ADDITIONAL
アディショナルデザイア
DESIRE

presented
by
Izumi Tanizaki
谷崎　泉

contents

ADDITIONAL DESIRE

本作品はフィクションです。
実在の人物・団体・事件などには関係ありません。

イラスト　笠井あゆみ
デザイン　清水香苗（CoCo.Design）

一話　アディショナルデザイア

六月に入ってから東京《とうきょう》では雨の日が続き、間もなくして梅雨入りしたとみられるという気象庁の発表があった。梅雨に入ったと言いながらも晴天が続いたりして、首を傾《かし》げたくなる場合もあるが、ここ数日は律儀に雨が降り続いている。

ベントレーの運転席でハンドルを握る半林《なかばやし》は、赤になった信号を見てブレーキを踏む。バックミラーで後部座席を確認すると、組んだ脚の上に置いたタブレットを見ている音喜多《おときた》は、降り続く雨を全く気にしていないようだった。

半林が長年仕える若き主人音喜多は、総資産数千億円という富豪で、半ば趣味で不動産開発会社の経営に携わっている。揺らぎない成功を手中に収めた音喜多は多少のことでは動じない。更に、今は愛《いと》しい恋人の元へ向かう途中であるから、雨が降ろうが槍《やり》が降ろうが、気に留めないだろう。

だが、最近の雨は降り方が激しい。今もフロントガラスのワイパーをマックスで動かしても、さばききれないほどの雨が降っている。音喜多を揚羽《あげは》大学まで送る際は、久嶋《くしま》の研究室のある四号棟近くの公道で降ろすことにしているが、そこから五分以上歩かなくてはならない。

傘はもちろん用意している。だが、この降り方では傘で保護出来るのは上半身に留《とど》まるだろう。半林はどうしても不安が拭えず、つい、心配を口にした。

「光希《みつき》さん。もうすぐ着きますが、大丈夫ですか？」

「何がだ？」

聞き返す音喜多はタブレットに目線を向けたままだ。何を見ているのかは分からないが、熱心そうな様子から仕事関係の資料でないのは確かだと分かる。久嶋と何処《どこ》へ行こうか計画を立てているに違いない。

雨の降り方が激しいと半林が伝えると、音喜多はようやく顔を上げて外を見た。

「…そうだな」

「傘を差しても濡れてしまうかと」

「こんな天気の中、教授を一人で帰らせるわけにはいかなかったから、ちょうどいい」

自分が濡れることはどうでもいいらしく、久嶋の心配をする音喜多に、それ以上何を言っても無駄だと判断し、半林は「そうですね」と相槌《あいづち》を打った。赤信号が青に変わり、車を発進させる。音喜多はタブレットを横に置いて、土砂降りと言っていい外を眺めながら、「そうだ」と呟《つぶや》いた。

「これから雨の多い時季だし、教授に傘をプレゼントしよう。よさそうなものを見繕っておいてくれないか？」

「承知致しました」

「この前、ビニール傘を使っているのを見かけたが、あれは教授に似合わない」

「……」

もっと久嶋に相応《ふさわ》しい傘を…と音喜多は真剣な口調で話すが、久嶋は合理的判断に基づいてビニール傘を使っているのではないだろうか。

久嶋は天才ではあっても、常人にとっては当たり前とされる生活能力が欠如している。雨が降っている時に傘を差したとして、雨が上がればその存在を忘れ、次に使う際には手元にないということを繰り返していそうだ。音喜多が高価な傘を贈ったところで、無駄だとつれなくされる姿が頭に浮かぶ。それでも、主人である音喜多の要望に応えるのが自分の務めと考え、半林は余計な口出しはしなかった。

揚羽大学近くに到着すると、いつも音喜多を降ろす路肩に車を停《と》め、半林は傘を二本持って運転席から降りた。一本は自分の為《ため》に使い、後部座席のドアを開けて、もう一本を開いて音喜多に渡す。

「また連絡する」

「お気をつけて」

跳ね返りも気にせず、音喜多は颯爽《さっそう》と四号棟を目指して歩いて行く。半林はその足下が早速びしょ濡れになっているのを目にして、音喜多が戻ったらすぐに革靴を手入れしなくてはと憂い、顔を曇らせた。


半林の嫌な予感は的中し、四号棟に着く頃には音喜多の膝下はずぶ濡れになっていた。水たまりを避けたところで、歩道そのものが小川のようになっているような状況なのだから仕方がない。

ようやく辿《たど》り着《つ》いたエントランスの軒先へ入り、傘を閉じると、大量の水が表面から流れ落ちた。軽く振った傘の石突《いしづ》きを下げ、露先《つゆさき》を束ねるための口《くち》ネームバンドを留める。骨が十六本ある紳士用傘はまとめるのに手間がかかるので、手を濡らさないよう露先だけを留めた傘を持ち、音喜多は二階へ続く階段を上がった。

強雨のせいで薄暗い廊下を歩き、久嶋の部屋のドアをノックする。いつものように「はい」と応える声が聞こえるはずだったのに、しばらく待っても返事はなかった。

今日は午後から研究室にいるはずなのに。怪訝《けげん》に思いつつ、ドアを開ける。

「教授？」

部屋の奥へ呼びかけても返事はなく、明かりも点《つ》いていない。席を外しているのか、所用で出ているのか。音喜多はドアを閉め、斜め前にある池谷《いけたに》の部屋を訪ねた。

今度はノックするとすぐに池谷の声が聞こえた。

「池谷さん、教授は…」

部屋に入り、手にしていた傘をドアの近くに立てかけながら、久嶋の居場所を尋ねる。声で音喜多だと気づいた池谷は、奥からひょいと顔を覗《のぞ》かせて「聞いてませんか？」と問い返した。

「お出かけですよ」

「お出かけって…何処へ行ったんだ？」

「目黒《めぐろ》のホテルです」

ホテルと聞いて、音喜多が真っ先に思い浮かべたのはアフタヌーンティーだった。スイーツ好きの久嶋がホテルへ足を向けるのは大抵の場合、アフタヌーンティーを楽しむためだ。「また」と口にしないよう気をつけながら、音喜多は確認した。

「あれか。ヌン活というやつか？」

色んなホテルのアフタヌーンティーを巡ることを「ヌン活」と言うのだと、先日、久嶋から教えられた。久嶋のヌン活仲間は池谷以外にもいる。すっかり名前を覚えたスイーツ好きの学生、桜井《さくらい》と一緒に行ったのかと尋ねる音喜多に、池谷は違いますと返した。

「今日はヌン活じゃないんです」

「じゃあ…」

「ええと…ビエンコ…だったかな。骨董《こっとう》のようなものを見に行くと言ってましたよ」

「ビエンコ…鼻煙壺《びえんこ》のことか？」

骨董で鼻煙壺と言えば、嗅ぎ煙草《たばこ》を入れておく為の容器を指す。嗅ぎ煙草入れは、十七世紀から十八世紀にヨーロッパの貴族の間で流行し、十七世紀後半に中国《ちゅうごく》へ伝わった。湿気の多い中国では気密性の高い壺《つぼ》状の容器が好まれるようになり、最盛期の清《しん》朝の頃には単なる携帯容器から芸術性を伴う美術工芸品として進化した。

様々な形や色、素材で作られた鼻煙壺は、美術品として博物館や美術館に展示されているものもあり、欧米《おうべい》のコレクターの間で人気が高い。陶磁器や骨董品などに造詣の深い音喜多に確認された池谷は、申し訳なさそうな顔で首を傾げた。

「すみません。詳しくは聞いてなくて…。黒尾《くろお》先生のお知り合いに有名なコレクターがいらして、コレクター仲間向けのセミナーを開くそうなんです。その方のコレクションも見せて貰《もら》えるそうで、嬉《うれ》しそうに出かけて行かれました。一応、ホテルまでの行き方は詳しく説明しておきましたけど」

「教授が鼻煙壺に興味があったなんて…初耳だ」

「僕もです。先生は博識ですから」

自分には想像もつかないくらいの知識量であるから、何に興味があっても不思議ではない。音喜多は池谷の言葉に深く頷《うなず》き、ホテルへ行ってみると伝えた。

「すごい雨ですけど、大丈夫…ああ！　音喜多さん、足下がびしょ濡れじゃないですか」

「車を降りて歩いて来るまでの間に濡れてしまったんだ。こんな雨の中、教授は大丈夫だろうか」

「先生が出かけて行った時はまだ降ってませんでしたから…」

「だったら、傘を持ってないいな？」

「だと思います」

やはり自分が迎えに行くしかない。音喜多はそう結論づけて、池谷に別れを告げてから半林を呼び戻し、再び豪雨の中を歩き出した。


久嶋が目黒区のホテルに向けて揚羽大学を出発した頃には、まだ雨は降り出していなかった。ただ、梅雨に入っているし、いつ降ってきてもおかしくない空模様であったので、道を行き交う人々の中には長傘を所持している人も見受けられた。

そんな中、久嶋は長傘どころか折り畳み傘も持っておらず、雨が降り出す可能性が高いということも全く考えていなかった。その時の久嶋にとって雨よりも傘よりも大切だったのは鼻煙壺を見せて貰うことで、それよりも先に問題として彼の前に立ちはだかったのは、目的地であるホテルに辿り着けるかどうかだった。

池谷に目黒のホテルへ行くと話したところ、地下鉄の乗り換え方を教えてくれて、駅からホテルまでの行き方も親切丁寧にレクチャーしてくれた。一人で大丈夫かと随分心配されたが、駅からは歩いて五分ほどだというので、心配しすぎだと笑って返したのだが。

「……」

奇跡的に地下鉄の乗り換えを無事にこなし、目的地の最寄り駅である目黒駅には到着出来た。そこから、言われた通りの出口を出て、言われた通りの方向へ歩いて来たはずなのに、二十分近く経《た》ってもそれらしき建物は見えない。そして、「恵比寿《えびす》駅」まで三百メートルという看板が見えたところで、久嶋は足を止めた。これは…もしかすると違う方向に進んでいるのかもしれない。

自分が重度の方向音痴だという自覚はある。このまま突き進むのは危険だと判断し、来た道を引き返すことにした。何事も起点に戻れば糸口が見つかる場合が多い。時間に制約がなければ歩き続けてもよかったが、目的にしているセミナーの開始時刻までは余裕がなく、早々に修正を図らなくてはならなかった。

ただ真《ま》っ直《す》ぐ歩いていただけだったのに、何処でどう間違えたのか。そもそも歩き出した方角が違っていた可能性が高い。とにかく出発した地点に戻って…と考えていた久嶋だったが、目黒駅近辺まで戻って来たところで、はたと気づいて足を止めた。

自分が出発したのはもう少し先だと思ったが、この辺りだったろうか。怪しみ始めると自分の記憶全てが怪しく思え、久嶋はその場で考え込んだ。記憶力には自信があるのに、道だけはどうしても覚えられない。困ったなと首を傾げている間にも、時間は刻々と過ぎていく。

これは…スマホの地図アプリで確認してみるべきか。しかし、地図アプリを見たところで自分がどこにいるのか、正しく判断出来る自信がない。それよりも、池谷に意見を仰いだ方がいいだろう。確か、駅からホテルまでのバスが出ているような話をしていた。歩いて五分の場所にバスなど必要ないと却下した案を採用すべき時なのではないか。

久嶋は池谷に電話しようと思い、スマホを取り出そうとした…ところで、重大な失敗に気がついた。

「…あ」

いつもポケットに入れているスマホがない。持って出た覚えがないので、研究室へ置いて来たと思われる。しまった。一人で出かける際にスマホを忘れるというのは致命的な失態だ。

どうしたものか。池谷の番号は覚えているので、公衆電話を探してかけてみるかと思ったものの、出かける際に午後からは講義が入っていると話していたのを思い出す。恐らくまだ講義中で、電話をかけたところで出てはくれないだろう。

ということは。なんとしても自力でホテルへ辿り着かなくてはならない。つまり。

「……」

ホテルの場所を知っていそうな通行人を捕まえ、道を聞くしかない。久嶋は辺りをきょろきょろと見回し、ちょうど自分の前を通り過ぎようとしていたスーツの男性に声をかけた。

「あの、すみません」

久嶋が呼び止めたのは、年の頃は二十代後半、眼鏡をかけてスーツを着た、真面目そうな印象のある男性だった。男性は急いでいるのか、少し迷惑そうな表情を浮かべ、久嶋を見た。

「雅叙園東京《がじょえんとうきょう》というホテルへ行きたいのですが、場所をご存じですか？」

久嶋がホテル名を口にしたところ、男性の表情が少し緩んだ。自分も今から行くのだと男性が話すのに、久嶋は安堵《あんど》する。その上、

「よろしければ一緒に行きませんか？」

と言ってくれる男性の申し出は願ってもないもので、久嶋は礼を言って、彼に同行させて貰うことにした。男性が横断歩道の赤信号に気づいて立ち止まるのを見て、感心したような声を上げる。

「あちら側にあるんですか…！　僕は…あっちだと思って行ってみたら恵比寿まで行ってしまい、戻って来たんです」

「恵比寿まで？　相当歩かれたんですね」

そんなに歩いたのかと驚き、男性は確かに分かりにくいかもしれないと、久嶋をフォローするように付け足した。

「駅前の交差点が五叉路《さろ》のようになっていますし…道がカーブしたりしていますから」

「横断歩道の向こうだとは思ってもいませんでした」

信号が青になったのを見て、二人は連れだって横断歩道を渡る。男性は幹線道路ではなく、脇の細い道へ入って行った。

「説明して貰ったとしてもこの道を進めた自信はありません」

「でも、案内の看板がありますから」

ほら…と男性が指さす先にはホテル名を記した看板がかけられている。久嶋には優れた観察力があるけれど、目的地へ辿り着くことに関しては全く役に立たない。急な坂道の脇に作られた歩道を男性を前にして縦に並んで歩き、久嶋は自分は方向音痴なのだと打ち明けた。

「僕は一人で歩いていると、この手の看板がどうも目に入らないんです。先ほど、恵比寿駅まで三百メートルという看板が目に入ったのも偶然で、あの偶然がなければ恐らく駅まで行っていたと思います。駅まで行って電車で戻った方が早かったかもしれないのですが」

「確かに…そうかもしれません…」

「おかげでこんな時間になってしまい…焦っています」

全く焦りの見えない顔で言う久嶋を振り返り、男性は約束の時間でもあるのかと尋ねる。

「二時半からのセミナーに出席しなくてはならないので」

「あ、そうなんですか。僕もです」

久嶋が「二時半からのセミナー」と口にしたところ、男性はぱっと表情を明るくしてそう言った。続けて、「よかった」と呟き、打ち解けたような笑みを浮かべて名乗る。

「参加者は紹介された少人数だけだと聞いていたので、ちょっと不安だったんです。あ、僕、田之上《たのうえ》と言います」

「久嶋です」

参加者が限定されているのは、久嶋も紹介者である黒尾から聞いていた。セミナーだけでなく、大変貴重なコレクションを見せてくれるというのだから、それも当然だろうと理解していた久嶋は、その方が安心出来るのではないかと指摘した。

「あちらも信頼出来る相手を選びたいでしょうし」

「そうですよね。ちなみに久嶋さんはどなたの紹介で？」

「ドクター黒尾です」

「ドクター…というと、医師ですか？」

「いえ。そのドクターではなく…揚羽大学の教授だと言った方がいいでしょうか」

「ああ…あの揚羽大学ですか」

揚羽大学の名を聞いた田之上は、久嶋を見て、眼鏡の奥の目を見開いた。揚羽大学は国内最高峰と言われる大学だ。その名前は信頼に値するもので、田之上は「なら安心だ」と呟いた。

安心だ…というのはどういう意味だろう。久嶋はどう理解すべきか考えた末に、田之上がこれから見せて貰えるコレクションの来歴に不安を感じていたのではないかと推測した。本人が秘蔵のコレクションだと誇りにしていても、眉唾物も多いのが骨董の世界だ。久嶋は黒尾の紹介なのだし、間違いないはずだと田之上に伝えた。

「黒尾先生はその辺、しっかりされているので」

「そうなんですね」

「しかし、ここはかなり急な坂ですね」

「行人坂《ぎょうにんざか》というそうです。ここのお寺は大圓寺《だいえんじ》という有名なお寺で…ホテルはこの先です」

前を歩きながら説明する田之上に久嶋が頷くと、カーブした道の左手にホテルの入り口が見えて来た。恵比寿から引き返して来た時間よりもずっと早く到着出来るとは。池谷が歩いて五分と話していたのは本当だったようだ。ようやくホテルに着けたことを喜んだ久嶋は、ホテル内へ入ってからも、同じセミナーに参加するという田之上の後に従った。


田之上は入り口近くに控えていたホテルスタッフに場所を尋ねることもなく、慣れた様子で歩き進んだ。音喜多によく連れて行かれるホテルとは少々違った、装飾豊かな建物の内部を興味深げに眺めながら、久嶋はここへはよく来るのかと尋ねた。

「ええ。ここはホテルというよりどちらかと言えば結婚式場として有名で、宴会場を利用した会議やミーティングなんかも多く開かれますのでそれに参加することが多いです」

「失礼ですが田之上さんはどのようなお仕事を？」

「僕は会社を経営しています」

田之上はどういった会社なのかまでは言わなかったが、彼にそれなりの財力があることは察していた。田之上が着ているスーツは地味だが、よく見ればかなり上等なもので、腕にはめている時計も高級品だ。音喜多と知り合ってから、その手の知識が増えた。そして、そういう観察眼は時として状況を把握するのに役に立つ。

「久嶋さんは？」

「僕は…揚羽大学で心理学を教えています」

初対面の相手に対しての無難な答えを返し、久嶋は笑みを浮かべる。田之上は「そうなんですか」と相槌を打ち、エレヴェーターの前で立ち止まった。一階のラウンジ上部は高く吹き抜けになっており、全体がガラス張りのアトリウム空間となっている。晴れていれば光が差し込むのだろうが、雲行きが怪しいせいか、さほど明るくは感じられなかった。

乗り込んだエレヴェーターも壁面がガラス張りで、上がって行く途中にもラウンジを見渡すことが出来た。田之上は五階のボタンを押していて、到着したエレヴェーターから降りると、その近くにスーツ姿の若い男が立っていた。セミナーの関係者らしく、田之上と久嶋を見て、出席者かと確認する。

「はい。僕は榎本《えのもと》さんの紹介で…」

「もう始まりますのですぐに入って下さい」

時間がないと急《せ》かす男性に、久嶋は微かに疑問を抱いた。セミナーと言っても、知り合いや、その紹介者だけを集めた、ごく内輪の会だと聞いている。なのに、開始時刻を気にするというのは、それだけ時間にうるさい御仁なのだろうか。

だとしたら、田之上と出会えたのは幸運だった。遅刻したことで不興を買い、折角の機会を逸してしまったら、出かけて来た意味もなくなる。田之上に感謝しつつ、絨毯《じゅうたん》の敷かれた廊下を歩き、案内された部屋へ入った。入り口には宴会場と称するプレートがかけられていたが、中は会議室のようにセッティングされていた。

部屋の奥にはスクリーンが下ろされており、中央に真っ白なテーブルクロスがかけられた長机が置かれている。長机の両端には椅子が対面する形で五脚ずつ並べられ、それぞれの席の前には資料らしき書類とペットボトルの水が用意されていた。

全部で十脚ある椅子は半分埋まっていた。右手奥に五十代くらいの夫婦らしき男女二人連れ。一席開けて、四十前後の男性。左奥に三十前後の男性、続いて同じ年頃の男性。彼らと一席空けて、田之上が座り、その隣に久嶋が腰掛けた。

部屋の隅には外にいたのと同じ二十代後半くらいの男性が二人立っている。背負っていたデイパックを下ろしながら室内の様子を観察していた久嶋は、想像とは違う集まりである様子に、違和感を覚え始めていた。

日本国内での鼻煙壺の愛好家というと、高齢者が多いイメージがあったが、集まっている参加者の年齢層は比較的若い。高齢者の集まりに若者が紛れ込んでいるという状況ならば不思議には思わないものの、参加者に高齢者が一人もおらず、全体が若いというのは…。

もしかすると、コレクターの若返りを狙って、若年層を中心に興味のある人間を集めたのだろうか。だからこそ、セミナーと銘打ってると考えれば、納得がいかなくもない。ふうん…と興味深く、出席者の顔を見回していると、奥へ続くドアが開き、三十代半ばの男性と六十前後の白髪の男性が姿を現した。

久嶋は白髪の男性の方に注視し、あれが黒尾の知人だというコレクターなのだろうと推測した。ただ、二人ともが堅い感じのスーツを着ており、いかにもビジネスマンという風貌なのが、少し気になった。二人はスクリーン横に用意されていた席に着くと、若い方の男性が軽く咳払《せきばら》いをしてから口を開く。

「皆様、本日はお集まり頂き、ありがとうございます。リープコンサルティング代表の水沼《みずぬま》です。こちらはプログレステックの二瓶《にへい》社長です。早速ですが、お手元の資料をご覧頂きながら、今回、出資をご検討頂いている事業についての説明に入らせて頂きます」

「……」

水沼と名乗った男性が話し始めた内容を聞き、久嶋は目を丸くした。

何かおかしいような気がしていたが…全く違う内容のセミナー会場へ来てしまっていたとは。前に置かれている資料を捲《めく》ってみると投資関係のものだと分かり、久嶋は手を挙げて出席すべきセミナーを間違えたのだと伝えようとした…のだが。

「説明の前に、一言、私からお祝いを述べさせて下さい。ここに集まった皆様は将来を約束されたも同然です。ご自分の幸運を喜び、紹介頂いた方への感謝を忘れないで下さい。このような破格の条件での投資案件は今後、出て来ないと思います」

水沼が続けた話が大変興味深いものであったので、動きを止めた。恐らく、田之上をはじめとしたセミナー参加者が投資をする側なのだろうが、投資される側の人間が「お祝いを述べる」というのはかなりおかしな話なのではないか。

それなのに、田之上も、他の面々も不思議な表情は見せずに話を聞いている。これはどういうことなのだろう。久嶋は好奇心を刺激され、目の前の資料を再び開いた。

博識で知られる久嶋だが、金融系は全くの専門外で、興味もないので知識はほとんどない。故に意味の分からない専門用語も多く、内容を理解するのに時間を要した。デイパックから取り出したペンを手に、チェックしながら読み進めていく。その間にも水沼の説明は続き、途中、二瓶の話も挟みながら進められたセミナーは、一時間半が経ったところで、終わりを迎えた。

「…私からの話は以上になります。続いて質疑応答に入らせて頂きます」

質問する機会があると耳にした久嶋は、書類に落としていた視線を上げると同時に手を挙げた。挙手制だと思っての行動だったが、水沼は最初に右奥にいる夫婦を「どうぞ」と指名していた。順番に全員が質問するシステムらしいと判断し、久嶋は手を下ろす。

夫婦の内、先に口を開いたのは妻の方だった。

「こんなに素晴らしい機会を与えて下さってありがとうございます。元本保証はもちろん、買い戻し特約も大変いい条件で入れて下さってて、なんの問題もありません。事業の成功をお祈りしておりますわ」

「私も妻と同意です」

大仰なジェスチャーと共に問題はないと言い切った妻に、夫は満足そうな表情で頷く。二人と一席置いたところに座っていた四十前後の男性も、夫婦と同じように満足だと発言した。

「事業計画も期待の持てるものですし、条件も悪くないですから、特に質問はありません」

続いて左奥に座っている男性も、特に聞くことはないと言った。三十代の二人は連れのようで、会社の代表として参加しているようだった。

「資料を持ち帰り、購入額に関して検討し、早急にお返事するようにします」

そして、田之上に質問する番が回って来た。久嶋は田之上の隣で、彼の様子を観察していた。資料を読むその顔が微かに曇ったのも確認していたから、他の参加者とは違い、適格な質問をするのだろうと思っていたのだが。

「あー…そうですね。僕も…特には」

周囲にあわせるように同意するのを見て、久嶋はなるほどと納得した。これが目的ならば…と考えながら、自分の番であると思い、発言しようとしたところ、水沼が話を切り上げようとしたので驚いた。

「では、今日はこれで…」

「待って下さい。僕は聞きたいことがあります」

水沼たちは久嶋は田之上の連れであると考えていたようだった。水沼だけでなく、その隣にいる二瓶も、室内に立っている男たちも揃《そろ》って怪訝そうな表情を浮かべる。それだけでなく、田之上以外の参加者も皆、似たような…迷惑そうな雰囲気を醸し出していたが、久嶋は構わずに自分の要求を伝えた。

「僕はこういう投資とか、金融関係の話に疎いので、この資料も全ては理解しきれなかったのですが、事業内容については幾つか疑問点があるので確認したいです」

「…あの…田之上さんのお連れ様ですよね？　田之上さんはご納得頂けたようなので…」

「いえ。僕は連れではありません」

田之上とは無関係だと久嶋が発言すると、その場の空気が凍り付いた。水沼はエレヴェーター前で田之上と久嶋を待ち構えていて、室内へ招き入れた男性へ鋭い視線を送る。その彼が慌てた感じで首を振るのを視界の端に捉えながら、久嶋は資料を開き、話を始めた。

「この内容を要約すると、そちらの二瓶さんが社長を務めるプログレステックの子会社がザンビアで行っている採掘事業で、新たな鉱脈が発見されたことにより、海外企業がこの子会社を高値で買収する予定がある…買収後は株価が高騰するので、その前に株式を購入した方がいい…というものですよね。この行為が日本《にほん》の法律に照らし合わせて問題があるのかないのかは、残念ながら金融関係の法律に関して知見がないので僕には分かりません」

「だったら…」

黙っていろとでも言いたげに、水沼は顔を顰《しか》める。険相を向けられても久嶋は気にせず、自分の疑問に答えて欲しいと続けた。

「僕が気になるのは事業計画の方なんです。コンゴとザンビアの間に主に銅を産出するカッパーベルトと言われる鉱山地帯が存在するのは有名な話です。その地域で産出した資源を運ぶ為にアンゴラを横断し、大西洋へ抜けるルートの新たな鉄道網を敷く計画が進んでいるという報道もされています。ただ、近年、この地域での政情悪化などを理由に、各国の鉱山会社が撤退を余儀なくされているという事実があるはずです。世界的な再生可能エネルギーへのシフト傾向から、銅が再び注目を浴びているとしても、短期的に利益が出るような事業ではないと思います。この資料では触れていませんが、具体的にどの国の企業が買収を予定しているのか…」

話の途中で、水沼が部屋の隅で控えていたスーツの男たちに目配せしているのに、久嶋は気づいていた。近付いて来た彼らが何をしようとしているのかも。

強制的に退出させる気に違いない。両脇から腕を摑《つか》まれる前にデイパックを背負い、田之上に口早に告げる。

「もう一度、よく考えた方がいいです」

再考を促したところで、男たちは久嶋を椅子から立ち上がらせた。久嶋に抵抗するつもりはなく、そのまま諾々と従い、部屋の外へ出される。追い出されなくとも、自分で帰る意志はある。手を離して下さいと言いかけた久嶋は。

「教授？」

聞き慣れた声に呼ばれて、振り返った。


激しい雨の中、半林の運転する車で目黒区のホテルへ向かう途中、音喜多は池谷からの電話を受けた。久嶋が参加する予定だったセミナーが急遽《きゅうきょ》中止になり、その連絡を入れたいのだが電話に出ないと、紹介者である黒尾から相談されたのだという。

『それでもしかして…と思って先生の部屋を見に行ったら、スマホがあったんです。どうも忘れていったようで…』

「ということは、中止を知らずに教授はホテルにいると？」

『たぶん…』

無事に着いていたら、なのですが。池谷が不安げに付け加えた一言を聞き、音喜多は渋い表情を浮かべる。ホテルに着いてセミナーが開かれていなかったら不思議に思い、連絡しようとしてスマホを忘れたのに気づくのではないか。どういうことなのか、確かめて欲しい、という連絡がないのは…。

『先生はスマホに入れている番号は全て覚えているんです。ホテルに着いているのなら、電話を借りることが出来るじゃないですか。なのに、僕に連絡がないというのは…』

「ホテルに着いていない…か…」

その可能性が高い気がする…と池谷が声を曇らせるのは、外が大雨だからだ。久嶋はスマホだけでなく、傘も持っていない。更に濡れるから雨宿りをしようという発想があるとも思えず、ずぶ濡れのまま、街中をうろついている…という惨事が易々《やすやす》と想像出来る。

音喜多は溜め息《いき》を吐《つ》き、「分かった」と池谷に返事をした。

「取《と》り敢《あ》えず、ホテルまで行って、セミナーが行われる予定だった場所を覗いてみてから、辺りを探すことにする。一人で誰かが来るのを待っているってのもあり得るからな」

『ああ…ありそうです。今、薄暗い部屋で本を読んでる先生の姿が頭に浮かびました…』

池谷と同じ光景を思い浮かべていた音喜多は、久嶋を見つけたら連絡すると言って通話を切った。後部座席で交わされる会話を耳にしつつ車を急がせていた半林は、歩道に久嶋の姿はないか目を光らせていた。電話を終えた音喜多に、今のところ見かけていないと報告し、ホテルへ送り届けたら周辺を探してみると続ける。

「頼む」

互いに久嶋を見つけたら報《しら》せると話をつけたところで、半林の運転するベントレーはホテルの車寄せに停車した。ドアマンが恭しく開けたドアから降り立ち、音喜多はセミナー会場があると聞いた五階へ真っ直ぐに向かった。

エレヴェーターを降り、廊下の両端を確認したところで、右手側前方にある部屋のドアが開くのが

見えた。吹き抜けに面した廊下に沿って幾つかの宴会場があり、等間隔でドアが並んでいる。それらについているネームプレートで久嶋がいるかもしれない部屋を確認しようとしていた音喜多は、何気なく開いたドアの向こうから出て来る人影に目をやった。

そして。

「教授？」

それが久嶋だったのに…その上、彼が二人の男に両脇を抱えられるようにして出て来たのに、驚いた。体調を崩した人間を支えているというより、連行している…いわゆる、つまみ出しているような体勢であったのにも、仰天した。

何故《なぜ》、久嶋があんな扱いを受けているのか。

「……」

身体がざわりとするほど、腹の底から怒りが湧き上がる。咄嗟《とっさ》に走り出した音喜多を見た久嶋は、不思議そうな表情を浮かべて「音喜多さん？」と呼びかけた。その顔付きから一方的な乱暴を受けているわけではなく、理由があっての扱いなのだと判断した音喜多は、すんでのところで理性を働かせることが出来た。

久嶋の元へ駆けつけると、男たちの手から久嶋を奪い、事情を尋ねる。

「どういうことだ？」

音喜多は久嶋を庇《かば》うようにして彼の前に立ち、厳しい表情で男たちに問いかけた。まだ若い雇われの身である彼らは、突然現れた極上の身なりをした美丈夫である音喜多を見て困惑する。久嶋は状況を説明するよりも先に、どうしてここにいるのかと音喜多に問いかけた。

「池谷さんに聞いたんだ。そうだ。スマホを忘れて来たんだろう？」

「ええ、そうなんです」

「池谷さんから…」

セミナーが中止になったという伝言を伝えようとした音喜多は、開け放されたドアの向こう…宴会場を利用した会議室の中を何気なく見た。久嶋が出て来たのだから、そこはセミナーが開かれる予定だった部屋で、中止になった事情を知らずに入り込んだ久嶋を、ホテルのスタッフがつまみ出した…というような経緯を、音喜多は思い浮かべていた。

よって、無人だと考えていた室内に人影があるのを見て、怪訝に思う。その上。

「…水沼…？」

見知った顔があるのに、驚き、同時に困惑する。どうして…と、さっぱり事情が読めずに混乱する音喜多に、久嶋は水沼を知っているのかと聞いた。

「今、あの人の名前を口にしましたよね？」

「…ああ。だが…」

水沼と久嶋の接点が全く分からない。音喜多が答えに窮していると、会議室の中で動きがあった。音喜多を見た水沼は慌ててスーツの男たちに命じ、資料を回収し始めた。水沼の動揺に感化され、二瓶やセミナーの参加者たちも、急いで場を離れる為に立ち上がる。

音喜多は微かに眉を顰《ひそ》め、久嶋を促して部屋の中へ入り、ドアを閉めた。音喜多の動きを察知した水沼は奥にあるドアへ駆け寄った。そこから逃げ出そうとした水沼に、音喜多は「待てよ」と声をかける。

「また何を企《たくら》んでるのか知らないが、俺の知り合いを巻き込んでただで済むと思うなよ？」

音喜多が久嶋を知り合いだと言うのを聞き、水沼は慌てて否定した。

「違う、違う。誤解だ。その人はターゲットじゃなくて…たぶん、間違えて紛れ込んだんだ。迷惑したのはこっちの方で…」

「ターゲットってなんですか？」

水沼が口にした言葉を、久嶋は繰り返して質問する。狼狽《うろた》えて口ごもる水沼に対し、冷静で落ち着いた久嶋の声は室内によく響き、音喜多以外の全員が息を呑《の》んだ。沈黙が流れ、答えが返って来ないのを見て、久嶋は「では」と切り出した。

「僕の見解を先に述べさせて貰います。ターゲットは田之上さん一人で、他の参加者はサクラというやつですね？」

「えっ」

久嶋の指摘を聞いた田之上は驚き、声を上げる。サクラだと言われた他の参加者たちは互いの様子を窺い、指示を仰ぐように水沼へ視線を向けた。水沼は動揺を深めて、「何を言ってるんだ」と久嶋を非難しようとしたが、その隣にいる音喜多を恐れているようで、その声は力のないものだった。

久嶋は水沼と音喜多の力関係を興味深く見ながら、どうしてそう考えたのか、理由を続ける。

「僕は違う目的でこのホテルへ来ようとしたのですが道に迷い、偶然、田之上さんに声をかけたのです。田之上さんは行き先が同じだと分かると、親切に同行を申し出てくれました。一緒に来る途中で話をしていたところ、目的地と開始時刻が同じだったせいで同じセミナーに参加するのだという誤解が生まれてしまったんです。その中で、僕が『揚羽大学』の関係者に紹介されたという話をした際、田之上さんはほっとしたように見えました。それはつまり、田之上さんはこのセミナーに参加することを迷っていた、怪しく感じていたということです。『揚羽大学』は著名で、世間一般では信頼に値する大学です。まあ、確認もせずにそれだけで信頼するというのは問題だと思いますが、取り敢えず、田之上さんは安心した状態でセミナーに参加しました。田之上さんの到着を待ち構えていて、もう始まるからと追い立てるように部屋へ入れたのも、考える時間を奪う為でしょう。水沼さんが話を始めてすぐ、僕は参加すべきセミナーを間違えたと気づいたのですが、大変興味深い話が始まったので、聞いてみようと思い、留まりました」

「興味深い話って？」

どんな内容だったのかと尋ねる音喜多に、久嶋は「お金が儲《もう》かる話です」と簡潔に伝える。

「音喜多さんなら理解出来たのだと思いますが、僕は金融系の知識が余りないので…自分の浅学さを恥じました」

真面目に反省している顔付きで恥じたと言い、久嶋は「ただ」と続ける。

「海外事業への出資を募る内容でありながら、肝心の事業計画に曖昧な点が多く、質問しようとした僕は水沼さんにとっては都合が悪かったようで、追い出されてしまったというわけです。説明後に行われた質疑応答の際、水沼さんは参加者として集まっていたこの人たちを優先して発言をさせました。全員が、質問の余地はなく、前向きに検討するのが当然だという回答をしたので、その後、尋ねられた田之上さんは他の人たちにあわせるようにして、特に何もないと答えたんです。恐らく、田之上さんの性格を把握した上での計画だったのだと思います。周囲を見て同調し、和を乱す行いを嫌うタイプなのでしょう、田之上さんは」

久嶋に指摘された田之上は、はっとした表情になり、両手をぎゅっと握り締めた。話を聞いていた音喜多は、「出資か」と低い声で呟く。

「懲りないな。まだこんなことやってるのか」

「…っ…」

呆《あき》れた顔付きで音喜多が声をかけると、水沼は苦々しげに顔を顰め、足下に置いていた鞄《かばん》を引っ摑んで、逃げるようにして奥のドアから出て行った。二瓶はその後を追いかけ、田之上以外の参加者たちも慌てて会議室を出て行く。音喜多は同様に急いで出て行こうとしたスーツの男が集めた資料の一部を取り上げた。

逃げることに必死だった男は特に抵抗することはなく、音喜多は水沼の資料を手に入れた。部屋に残ったのは久嶋と音喜多、田之上の三名で、嵐が過ぎ去ったかのような室内を呆然《ぼうぜん》と見回した田之上は、「はあ」と息を吐いた。

それから久嶋を見て、「ありがとうございました」と礼を言った。

「久嶋さんがいてくれなかったら…僕は騙《だま》されていたと思います。すごいですね。あんな風に渡り合えるなんて…」

「いえ。専門外の案件だったので音喜多さんが来てくれて助かりました。僕だけだったらあのまま追い出されて終わっていたかもしれません」

「専門外？」

「僕はＦＢＩでの捜査経験があるのですが、専門は殺人なんです」

「……」

ＦＢＩに続いて、殺人と聞いた田之上は目を丸くして久嶋を見た。ＦＢＩも殺人も、にっこり微笑《ほほえ》む久嶋には到底似つかわしくない用語だ。返答に困って曖昧な相槌を打ち、音喜多の方を見る。

「あの…もしかして、ワルツコーポレーションの音喜多さんですか？」

音喜多は経済界では良くも悪くも有名人である。怪しげな投資話に引っかかりかけていた田之上がその顔と名前を知っていてもおかしくなく、音喜多は無表情で「ああ」と頷いた。現在は不動産デベロッパーの顔を持つ音喜多だが、かつては投資顧問会社を経営していた。

その際に検察から取り調べを受けた苦い過去を田之上は知っているだろうし、余りその手の話を久嶋の前でされたくはなかった。素っ気ない態度を見せる音喜多の心情に気づかない久嶋は、田之上に知っているのかと尋ねる。

「ええ。僕が経営している会社も不動産に関係がありますので」

「そうだったんですか」

久嶋は田之上から会社を経営しているという話は聞いたが、その内容までは知らなかった。音喜多と同業者だったのかと言う久嶋に、田之上は「とんでもない」と返して首を振る。自分の会社は単なる資産管理の会社でしかないと、少し恥ずかしそうに付け加えた。

「すみません…会社を経営しているとか言ってしまうと大袈裟《おおげさ》に聞こえますよね。親から引き継いだ資産を管理しているだけの会社なんです。その中にワルツさんのマンションもあるので、それで知ってまして…」

恐縮したように田之上は説明したが、管理の為に会社を必要とするほどの規模の資産だとすると、かなりのものだ。音喜多は「そうか」と相槌を打ち、逃げて行った水沼が用意した資料を捲ってざっと読みながら内容を把握していく。

「音喜多さんはあの水沼という男をどうして知っていたんですか？」

「あいつは前にもポンジスキームでやらかしてる詐欺師なんだ」

「詐欺師だったんですね。道理で。ポンジスキームという詐欺があるんですか？」

「ポンジっていうのは有名なアメリカの詐欺師の名前で、出資された資金を運用して利益を還元するって言いながら、実際には運用なんかせずに、新たな出資者から集めた資金を配当金として回すやり方の詐欺を、ポンジスキームっていうんだ」

その手口を聞いた久嶋は「なるほど」と大きく頷いた。

「次々と出資者を募っていけば、資金が運用されているような錯覚を与えられますね。しかし、いつか破綻するのでは？」

「もちろん」

だから、詐欺なんだ。肩を竦《すく》めて言い、音喜多は捲っていた資料をくるくると丸めて右手で握った。水沼が詐欺師だと聞き、顔を強張《こわば》らせている田之上を見て、誰に紹介されたのかと尋ねる。

「知り合いに…確実な成長が見込める事業があるので出資してみないかと勧められて…その説明会だと聞いて来たのですが。元は五丸《ごまる》商事に勤めていた方だから事業計画もしっかりしているって…」

五丸商事は日本でも有数の商社で、世界的にも広く名前を知られている。その社名を聞いただけで、納得して信用してしまうほどの、影響力は十分にある。

「確かに水沼は五丸にいたが、同僚に出資詐欺を持ちかけたりして、辞めざるを得なくなったんだ。その後も五丸の名前を出して詐欺を働いてる。今のところ、逮捕まではいってないが、いつかあげられてもおかしくないはずだ」

「そうなんですか」

知らなかった…と呟く田之上の顔は青くなっていた。音喜多は丸めた書類でポンと田之上の肩を叩《たた》き、もう少し勉強すべきだと助言する。

「金が余ってるのかもしれないが、ああいうのに捕まったらあっという間に億単位で持っていかれるぞ。今回は教授がいたから俺も口出ししたが、本来ならスルーしてる。儲けに目がくらんで手を出す奴《やつ》らに関しては、騙される側が悪いって思ってるからな」

「…すみません…」

「これだって、確実に出資法違反で引っかかる内容だぞ。それでもいいから利益を得て先に抜けようっていう連中もいるが、今のあんたは抜かれる側の人間だ。美味《おい》しい話には近付かないことだ」

はい…と頷いた田之上は、二人に対し「お世話をおかけしました」と言って頭を下げた。しゅんとした顔付きで挨拶し、帰って行く背中は丸まっていた。久嶋は素朴な疑問を音喜多に向ける。

「田之上さんはお金に困っているようではないのに、どうして儲け話に飛びつこうとしたんでしょうか？」

「金が欲しいってわけじゃないんだろう。人の良さそうな男だったから付き合いがあるから断り切れなくて…とかじゃないのか。小銭を持ってると有象無象にたかられるものだしな」

なるほど…と頷き、久嶋は「ところで」と話を変える。

「音喜多さんは何か用があって大学に？」

「いや。ただ教授に会いたかっただけだ」

シンプルな理由を伝える音喜多に、久嶋はにっこり笑みを浮かべる。音喜多も笑みを返し、池谷に行き先を聞いたところ、ホテルでのセミナーだと言われたので、終わるのを待って食事に誘おうと考えたのだと続ける。

「雨も降っていたし。教授は傘を持っていないだろう？」

「雨…そうなんですか？　僕が来た時には降ってませんでした」

「ならよかった。すごい降り方だったから心配していた。そうだ。ここへ来る途中で池谷さんから電話があったんだが、教授が参加しようとしていた鼻煙壺のセミナーが急遽中止になったらしい。教授に連絡しようとしても電話が繋《つな》がらないから、池谷さんに連絡があったようだ」

「そうだったんですか。でも、よかったです。鼻煙壺を見せて貰いに来たのに、妙な展開になってしまって残念に思っていたので」

間違いに気づいた時に会議室を出ていたとしても、鼻煙壺は見られなかったのだから、結果としてよかったと久嶋は微笑む。

「田之上さんの助けにもなれましたし」

「教授が鼻煙壺に興味があったとは知らなかった」

「音喜多さんは鼻煙壺を知って…ああ、そうでしたね。音喜多さんは骨董に詳しいんでした」

久嶋は来日直後に偶然訪れた青山《あおやま》の美術館で音喜多と出会っている。あの時も…と呟く久嶋に、音喜多は「折角だから」とホテル内にある文化財を見て行かないかと誘った。

「文化財…ですか？」

「ここは元々料亭で傾斜地を利用して作った木造建築の一部が残ってるんだ。貴重なものだから文化財に指定されている。見学出来る時期は限られてるんだが、今日は開いているようだったし、色々と珍しい細工も多いから教授も…」

「行きます」

興味があるのではと音喜多が皆まで言うのを遮り、久嶋は目を輝かせて返事をする。思わぬデートになりそうだと頬《ほお》を緩め、音喜多は久嶋と連れだって歩き始めた。

エレヴェーターで一階へ下りると、正面玄関の方へ引き返した。その途中で見られる彫刻などが施された豪華な内装を指し、久嶋はこれはオーナーの趣味なのかと音喜多に尋ねた。

「料亭だったっていう歴史からミュージアムホテルっていうのをコンセプトとしているからなんだろう。ここは結婚式場や宴会場としての利用が多いからホテルというよりそっちのイメージの方が強いはずだ。オーナー一族が関わっていた運営会社は破綻し、その後は海外企業も含めて色んな会社が買収を繰り返している」

「独特のオリエンタリズムを感じます」

回廊の絵を興味深げに見ている久嶋を、音喜多は「こっちだ」と促す。正面入り口から入って左手にある受付で、「百段階段《ひゃくだんかいだん》」として有名な木造建築物を見学する為のチケットを購入した。

「百段階段」という名称を目にした久嶋は、階段に細工がされているのかと音喜多に尋ねる。

「階段というより、料亭だった頃に宴会場として使われていた部屋を階段で結んでいるんだ。その部屋の内装が凝っている感じだな」

「その部屋を繋いでいる階段が百段あるんですね？」

「いや。九十九段だ」

音喜多の答えに対し、久嶋はどうしてと問いかけたりはしなかった。なるほど…と頷き、理由を推理してみせる。

「百段に一段足りないというのは何かしらの意図があるように思えますね。九十九という奇数を好んだとか…九は縁起のいい数字だという考えがあるとか…」

久嶋の好奇心を満たすためにはガイドのイアフォンを借りた方がよかったのだろうが、それではデートとして成立しなくなる。音喜多は「そうかもしれないな」と適当な相槌を打ちつつ、百段階段に続くエレヴェーターに乗ろうと久嶋を促した。専用のエレヴェーターはドアからして大変豪華で、内部も黒漆で塗られた上に輝く螺鈿《らでん》細工が施されており、その装飾に久嶋は感心した。

「これは素晴らしいですね。分かりやすい豪華さです」

三階まで上がったエレヴェーターを降りると、靴を脱ぎ、廊下を進んだ。突き当たりにはミュージアムショップがあり、その右手に木製の階段が現れる。

「先が見えませんね。斜めになっているのか…」

「教授は目黒駅から何処を通って来たんだ？　急な坂道を通らなかったか？」

「通りました。行人坂という名前だと田之上さんが話していました」

「あの坂に沿って建っているかららしいぞ」

かなりきつい坂を下って来たことからも、敷地そのものが傾斜地にあることは想像がつく。それを利用した施設だから階段が必要なのだと納得し、久嶋は音喜多と共に階段を上り始めた。

「天井にも絵が描かれているんですね。窓枠やガラスも…かなり古いもののようで…ああ、素晴らしいです」

階段の途中にある七部屋の天井や欄間には、それぞれ違った画家による豪華な絵が描かれており、障子や建具も手の込んだ造りのものになっている。各所に使用されている木材なども、今では手に入らない貴重なもので、久嶋は一部屋一部屋を丹念に見学していった。

以前に訪れている音喜多は、久嶋ほどの熱心さで見学はしなかったが、嬉しそうな久嶋を見ているだけで十分にしあわせな気分が味わえる。久嶋の感想を聞いたり、話をしたりするのも楽しく、思いがけなく満足のいくデートとなった。

窓から見える限りでは雨は止《や》んだようだったが、雲は厚いままで、薄暗かった。夕方が近付いていることも影響しているのだろう。最後の部屋へ向かう階段の途中で、音喜多は久嶋に次の予定を提案した。

「あの部屋が最後だ。見終わったら食事に行こう」

「もうそんな時刻ですか？」

「いや。まだ早いが、大学に戻らなきゃいけない用があるのか？」

「いえ。今日は特に…」

ないと言いながら、久嶋は「頂上《ちょうじょう》の間《ま》」と名付けられた部屋に足を踏み入れる。二間続きの広い部屋はぐるりと窓ガラスに囲まれた開放感のあるもので、先客がいた。対角線上に立つ男女二人連れ。背を向けているから顔は見えなかったものの、久嶋はすぐに気づいて、自分の後ろにいた音喜多を振り返った。

「どうし…」

何かあったのかと聞こうとした音喜多の口を手で塞ぎ、身を隠す為に階段の方へ戻る。どうして久嶋がそんな行動を取ったのか、さっぱり分からなかった音喜多は、怪訝そうな表情を浮かべた。久嶋は音喜多の耳元に唇を寄せ、「汐月《しおつき》さんがいます」と小声で伝える。

音喜多は眉を顰め、久嶋を真似《まね》た小声で「汐月？」と繰り返した。

「顔は見えませんでしたが、汐月さんだと思います」

「……」

久嶋の観察眼は、こと道に関しては全くあてにならないが、それ以外については大変優れている。疑うつもりはないけれど、場所が場所だけに信じられない思いも強く、音喜多は出入り口部分の袖壁に身を隠すようにして部屋の中を覗き見た。

頂上の間の中央辺りに紺色のソファが置かれており、その向こう側に男女が立っている。男は濃色のスーツ、女は淡い色のジャケットに揃いのスカート。背の高い男は後ろ姿からもその逞《たくま》しさが際立っているのが分かる。汐月に見えなくもないが、悪天候のせいで室内は薄暗く、そうだと確信することは出来なかった。

しかし、音喜多の隣からもう一度見た久嶋は、「汐月さんです」と断言する。

「……。だとして、どうしてこんなところに？」

しかも、女性連れ…二人きりだというのが引っかかった。現役の警察官僚である汐月は多忙な男だ。自分のように愛しい恋人の顔をちょっと見に行こう…と思い立って、すぐに足を向けられるというような暮らしは送っていない。それに汐月に恋人がいるとも思えない。どういう関係の相手なのか。

どうして…と呟いた音喜多に、久嶋は首を捻《ひね》って推測を口にする。

「汐月さんは音喜多さんへの恋心を隠したりしないので、女性には興味のないタイプなのだと思っていましたが…音喜多さんへの想《おも》いは憧れのようなもので、実際には女性と付き合えるタイプなんでしょうか」

「いや…、男女問わず、あいつに恋人がいるって話は聞いたことないが…」

「音喜多さんには隠すでしょうから、知らなかっただけなのでは？」

「だが、そんな雰囲気じゃなさそうだぞ？」

久嶋は汐月と一緒にいる女性が交際相手ではないかと考えているようだったが、音喜多の目にはそうは見えなかった。後ろ姿しか見えなくても、甘い雰囲気は一切ない。甘いどころか、親しさも感じられず、勤務中なのではという考えが浮かんだ。

汐月の同僚であれば、警察関係者ということになる。仕事であれば、堅い雰囲気なのも納得がいく。ただ、問題は…。

「何をしてるんですか？」

百段階段という場所だ。そこまで考えたところで、背後から声をかけられた。久嶋と共に袖壁の端から室内を覗き見ていたので、周囲の状況に気を配れていなかった。声の調子が強いものだったのもあり、不審な思いで音喜多が振り返ると、三十代後半くらいの、スーツを着た男性が立っていた。

訝《いぶか》しげに見てくる目つきは鋭く、汐月と似た感じの控えめなスーツであるのを見て、同職なのだろうと音喜多は推測した。何らかの理由で、部下を連れて来ているのか。要人の訪問予定があり、下見に来ているのかもしれない。

そんな風に考えながら、「別に」と返そうとした時だ。

「音喜多先輩っ…!?」

ひっくり返ったような汐月の声が室内側から聞こえた。声をかけてきた男に応対している間に、汐月が部屋の出入り口まで出て来てしまっていた。後ろ姿だけで汐月だと久嶋が断言した男が、本当に汐月なのであれば、見つからないように身を隠そうと音喜多は考えていた。長年、音喜多に恋心を寄せている汐月は、顔を見ただけで大騒ぎするので、音喜多にとっては用がない限り、出来るだけ接触を避けたい相手だ。

しまった…と思いつつも、顔には出さず、音喜多は汐月を見た。

「偶然だな」

「っ…いや…その、そう…ですねっ…」

「……?」

いつもの汐月であれば、音喜多の顔を見ただけで大喜びし、「ご尊顔を拝せて光栄です」などという大仰な文句を並べ立てる。たとえ部下を連れていようが、音喜多を前にするとたがが外れるのを知っていたので、汐月の反応が鈍いのを怪訝に思った。職務中であったとしても、態度が妙だ。汐月ならさっさと部下を追いやり、音喜多との偶然の出会いをくどくどと喜び称《たた》えるはずなのに。

それにかなり動揺している。まともな言葉が出せず、目が泳いでいる様子は明らかにおかしい。その理由を考えながら、何気なく汐月の斜め後ろにいた女性に目を向けた。

「……」

声をかけてきた男性と同様に、汐月の部下…もしくは同僚の、警察関係者だと考えていた女性が、意外にも見知っていた顔であったのに、音喜多は軽い衝撃を受けた。目を見張った音喜多の反応から、自分に気づいたと察したらしい女性は、汐月の横を抜けて先に部屋を出て行く。

そして、音喜多が汐月の部下だと考えていた男性は、女性の後に従った。つまり、男性は女性の連れ…もしくは、部下なのか。階段を下りて行く二人をじっと見る音喜多に、汐月は「申し訳ありません」と深く頭を下げて謝った。

「折角、先輩にお会い出来たのですが…今日は少々立て込んでおりまして…失礼します…っ」

無念そうな表情を浮かべ、汐月は先に階段を下りて行った二人を追いかけて行く。三人の姿が階段の向こうに消えると、久嶋がぽつりと呟いた。

「汐月さん、おかしかったですね」

「……」

不思議そうに階段を見ている久嶋は、汐月が一緒にいた女性を知らないようだった。音喜多は「そうだな」と相槌を打ち、改めて頂上の間を見ようと久嶋を誘う。

室内へ入った後も久嶋は汐月の話を続けた。

「いつもだったら汐月さんは音喜多さんと一緒にいる僕を見ると、ゴミを見るような目を向けてくるのですが、それがありませんでした。僕に気づかなかったはずがないですし、一瞬、目もあったのにわざと無視したようでした。音喜多さんに対する態度もいつもとは違っていたと思います。音喜多さんを見つけただけでハイテンションになって大喜びするのに…今日は違いましたよね？　まずいところを見られてしまったというような…そんな表情に見えましたが…」

それまで違う部屋へ入るごとに、装飾や設《しつら》えに感動し、熱心に見学していた久嶋は、すっかり汐月のことで頭がいっぱいになってしまったようだった。ぶつぶつと呟いている久嶋に、音喜多は女性が原因ではないかという考えを伝える。

「女性…ですか。そういえば、声をかけてきた男性は、女性と知り合いのようでしたね」

「たぶん、秘書か何かなんだろう」

「どうして秘書だと？」

「あれは衆議院議員の花城郁子《はなしろいくこ》だ」

「……！」

音喜多が女性の正体を伝えると、久嶋は目を丸くした。それから神妙な表情を浮かべ、自分の無知さを恥じる。

「知りませんでした…。今日は反省することが多いです。金融関係の知識の浅さを情けなく思ったばかりなのに…」

「教授はまだ日本で暮らし始めて二年も経ってないんだ。政治家の顔を知らなくても仕方がない」

「勉強します。音喜多さんは僕の知らないことをよく知っているので、本当に頼りになります」

誇らしげに笑みを浮かべ、頼りになると口にする久嶋は本当に可愛《かわい》らしくて、音喜多はその腕を摑んで引き寄せた。ふわりと包み込むように抱き締め、久嶋の耳元で囁《ささや》く。

「教授に褒められると照れるな」

「どうして抱き締めるんですか？」

「可愛くて」

シンプルな理由を口にする音喜多に「そうですか」と返して、久嶋は抱き締められたまま、「汐月さんは」と話を続けた。

「どうして議員と一緒にいたんでしょうか？」

「さあな。最初はなんかの下見かと思ったが…」

仕事であれば、汐月はあれほど動揺しなかったはずだ。花城が逃げるようにして立ち去ったのも気になる。

考えられる可能性は…。

「花城はまだ独身のはずだから、お見合いだったのかもしれないな」

「お見合い…というのは、結婚する為にするものでは？」

汐月が結婚を考えているというのは、久嶋にとっては意外だった。音喜多への想いと、結婚は別と考え、家庭を持とうとしているのだろうか。怪訝そうに首を傾げる久嶋を放して、音喜多は汐月の事情を教える。

「あいつの実家は堅い家柄だからな。結婚して子供を作ることを迫られていてもおかしくない」

「そういえば…官僚一族なのだという話を聞いたことがあります」

「花城は大物政治家だった父親が急逝して地盤を継いでる。まだ三十代前半のはずだ。確か…父親は防衛大臣も務めていたから、汐月の家にとっては良縁なんじゃないのか」

「なるほど」

ふむ…と頷き、久嶋は窓辺に近寄る。凝った建具にはめ込まれた窓ガラスは古いもので、景色が微妙に湾曲して見える。外は暗く、再び雨が降り出してもおかしくない。大変そうですね…と呟いた久嶋の声は、美しく描かれた天井画に吸い込まれるようにして消えていった。

その後、目黒から場所を移して食事をし、久嶋は音喜多によって自宅まで送り届けられた。翌日、いつも通りに大学へ出勤すると、先に池谷の部屋へ寄って、前日の礼を伝えた。

「世話をかけました」

「いえ。音喜多さんが先生を追いかけて下さったので助かりました。スマホはありましたか？」

「たぶん部屋にあります」

まだ確認していないと久嶋が言った時、池谷の部屋の電話が鳴った。各部屋に備え付けられている電話へ連絡してくるのは、大学の事務管理を行っている部署がほとんどだ。池谷は「はいはい」と言いながら受話器を持ち上げる。

「…はい。…ええ、…あ、はい。……ああ…そうなんですか。いや、今、ここにいらっしゃいますが…ちょっとお待ち下さい」

電話を受けた池谷は、話しながら久嶋を見ていた。送話口を塞いで、目の間に立っている久嶋に来客だと伝える。

「来客…ですか」

誰かが訪ねて来る予定はないし、まだ授業も始まっていない時間帯だ。伝える池谷の顔にも、戸惑いが滲《にじ》んでいた。というのも。

「警察の方だそうです」

「警察？」

「汐月さんと仰《おっしゃ》る…」

「通して貰って下さい」

池谷が汐月と口にした時点で、久嶋は即座に指示を出した。池谷が受話器を持ち直し、「研究室へ来て貰うように…」と電話口で伝えるのを聞き、「池谷さんの部屋へお願いします」と訂正する。

「久嶋先生の部屋ではなく、僕…池谷の部屋の方へ案内して下さい。今、こちらにいらっしゃいますので」

お願いします…と言い、池谷が受話器を置くと、久嶋は一旦池谷の部屋を出て、斜め向かいにある自分の研究室へ向かった。そこに背負っていたデイパックを置き、スマホを探す。池谷によって机に積まれた本の上に置かれていたスマホを手にし、戻ろうとしたところで、階段を上がって来た汐月の姿が目に入った。

「汐月さん」

久嶋に呼びかけられた汐月は微かに眉を顰め、足を止めて一礼した。

「何度か電話したんだが、出なかったので訪ねて来た。突然、すまない」

「スマホを研究室に置き忘れてしまっていたんです。…本当だ。何度もすみません」

スマホの着歴を確認すると、昨夜遅くから今朝まで、汐月は五度ほど電話をかけてきていた。久嶋は事情を説明して詫《わ》び、「こちらです」と池谷の部屋へ案内する。

戻って来た久嶋に続き、入って来た汐月を見た池谷は、ぎょっとした表情を浮かべた。汐月は大学という場には不似合いな体格と雰囲気を持つ男だ。汐月の方も久嶋の部屋だと思い入った場所に、見知らぬ男がいたのに、顔付きを硬くした。

久嶋は戸惑う二人に構わず、それぞれの紹介をする。

「汐月さん、こちらは僕の助手を務めてくれている池谷さんです。池谷さん、汐月さんは音喜多さんの後輩で、いつもお世話になっている警察の方です」

「音喜多さんの…」

久嶋と汐月の関係が読めずにいた池谷は、音喜多の後輩で、しかも、警察関係者なのだと聞いて納得する。汐月の方は、池谷が音喜多と知り合いである様子なのを見て、邪険には出来ないと判断したようだった。斜め四十五度のきっちりしたお辞儀をして、「汐月です」と短く名乗って挨拶する。

「僕の部屋は手狭なので、こちらでお願いします」

「コーヒーでも入れますね」

「ありがとうございます。池谷さんは信頼出来る人なのでどんな話をして頂いても大丈夫です」

池谷が信頼出来る人間であることを予《あらかじ》め伝え、久嶋は汐月に座るよう勧めた。汐月は池谷が同席することに少し迷う素振りを見せたものの、腕時計を見て時間を確認し、妥協したようだった。汐月が忙しいスケジュールの間を縫って訪ねて来ているのは、分かっていた。

汐月がソファに腰を下ろしたので、久嶋は池谷のデスクの椅子に腰掛けた。デスク越しに汐月と向かい合い、「昨日の件ですか?」と尋ねる。汐月は表情を厳しくし、重々しく頷いた。

「正確には昨日の件に関わる内容だ」

「あんなところで会うとは思ってもいませんでした。汐月さんが音喜多さんと一緒にいた僕に反応しなかったのは、一緒にいた方が関係しているんですか?」

「……。先輩は…音喜多先輩は、何か仰っていたか?」

音喜多を気にする汐月が、どんな答えを求めているのか、久嶋には分からなかったので、事実だけを伝える。

「汐月さんと一緒にいたのは花城郁子さんという国会議員で、恐らくお見合いだろうと話していました」

「……」

久嶋の話を聞いた汐月は、絶望的な顔付きになってがくりと項垂《うなだ》れた。その頭上には暗雲が湧き、そこだけ世界が違って見える。

コーヒーを入れたマグカップをトレイに載せて現れた池谷は、汐月を心配そうに見て、マグカップをソファの前にあるローテーブルへそっと置いた。久嶋にもマグカップを渡し、トレイを持って久嶋の隣に立つ。

「どうされたんですか？」

「汐月さんは長年音喜多さんに想いを寄せているのですが、昨日、お見合いしているところを音喜多さんに見られてしまったので、ショックを受けているのだと思います」

「想いというのは…その…」

「ええ。ですから、僕は汐月さんにとって天敵のようなもので、どちらかと言えば嫌われているというのに、こうして訪ねて来られたのには、それなりの理由があるのだと考えています」

事情を尋ねた池谷に、久嶋が説明する内容を聞いた汐月は、ゆっくりと顔を上げた。鬼気迫る表情で「そうだ」と認める。

「誰が好き好んで貴様なんかに会いに来るものか。他にいなかったんだ」

「他にいないというのは、相談出来る相手が、ということですか？」

「ああ」

ぶっきらぼうに吐き捨て、汐月は「はあ」と大きな溜め息を漏らす。両手で額を押さえ、緩く頭を振った後、意を決した表情で顔を上げた。

「頼みがある」

「何でしょう？」

「見合いを破談にする方法を考えてくれ」

汐月が切り出した頼みは、久嶋が想定していなかったもので、何も返せなかった。汐月は真剣な表情で、適任だと考えた理由を続ける。

「お前は頭が回るし、弁も立つし、姑息《こそく》な真似も得意そうだから何とか出来るんじゃないかと考えた」

「姑息な真似というのが引っかかるんですが」

「姑息な真似を使わなかったら、音喜多先輩ほどの方が、貴様のような奴に惑わされるわけがない」

「音喜多さんは僕の顔に惑わされたのだと思いますが、僕は自分の意志でこの顔に生まれついたわけではありませんし、この顔を利用して音喜多さんを惑わしたつもりもありません。そもそも音喜多さんは僕に対し、一方的に…」

「ああ、もういい。その件はもういいから、どうやったら見合いを破談に出来るか、教えてくれないか」

うんざりしたように手を振り、汐月は投げやりな物言いで久嶋に尋ねる。久嶋は池谷が入れてくれたコーヒーを一口飲んでから、見合いに至った経緯を聞かせて欲しいと汐月に伝えた。汐月は鼻先から息を吐き出すと、ソファに姿勢よく腰掛けたまま、話を始めた。

「以前にも話したが俺の家は一族郎党ほぼ官僚の堅い家柄だ。考え方も保守的で、成人したら男子は嫁を取って子を作る、女子は問題のない良家に嫁ぐことが当然とされている。俺も二十代の頃からいつ結婚するのかと迫られていたんだが、仕事が忙しいからと逃げ回っていた」

「とうとう逃げられなくなったということですか？」

「俺ももう三十半ばになるからな…。自分でも年貢の納め時だとは思っているんだが…」

「納得はしていない？」

久嶋の問いかけに、汐月は難しい表情を浮かべ、しばし沈黙した。葛藤しているような様子が見られた後、「していないわけじゃない」という否定を否定するような、まどろこしい答えを返した。

「ということは…納得しているんですね？」

「汐月家の人間として…男子として、結婚して子をなすことは当然の義務だと承知している。それが家の為でもある」

「でも、汐月さんは音喜多さんを想っているじゃないですか」

「それはっ…なんていうか…先輩は俺の憧れであって、想いが叶《かな》ったらいいとは思うが、叶うわけがないという思いもあって…いや、だからといって、貴様のような奴が先輩の恋人面しているのは許せない…」

「センシティブな質問なので、答えたくなければ答えなくても構わないのですが、汐月さんはゲイではないんですか？」

「……」

音喜多を好きだが、家の為に結婚しなくてはならないと考えていると言う汐月は、女性との関係も許容出来るタイプなのだろうか。久嶋が呈した疑問に、汐月は答えを返さなかった。厳しい表情のまま、沈黙している彼に、久嶋は「失礼しました」と詫びる。池谷もいる場でするべき質問ではなかったと反省しつつ、見合いを破談にしたいというのは、相手が気に入らないからなのかと尋ねた。

「個人的にどうということではないんだが、俺には荷が重すぎる」

「花城議員と言えば、民自党《みんじ》の若手ホープで、亡くなった父親も大物議員でしたから、結婚となると世間の目が集まりますからねえ」

久嶋と汐月の会話から、彼の見合い相手が花城郁子だと知った池谷は、荷が重いという汐月に同情する。久嶋は池谷も花城を知っているのかと、驚いた。

「もちろんです。父親が亡くなって政治家になる前はアナウンサーだったんですよ」

「…花城家は代々政治家を輩出してきた家柄で、そういう家と縁が出来るのは喜ばしいと、うちの父親も祖父も乗り気なんだ。だが、あんな有名人と結婚してしまったら、プライベートはなくなるも同然だ。万が一、音喜多先輩にご迷惑をおかけしてしまったら…」

「汐月さんの場合、片思いしているだけなので、自分から話さない限り、別に問題にはならないと思いますが…」

考えすぎだと指摘する久嶋を、汐月は鋭い目で睨《にら》んだ後、自分でも何とかしようと思ったのだと続けた。

「何とか会わずに済むよう、立て続けに出張に出たり、ドタキャンしたりして悪印象を与えたりしたんだが、話は流れず…。どうしても会わなくてはならなくなってしまったから、嫌われる為に食事の席では一言も話さなかった。その後、貴様と会ったあそこを見学することになった際も、とにかく無口で無愛想であるのをアピールしてみたんだが…」

「駄目だったんですか？」

「気に入ったから話を進めて欲しいという連絡が来た…」

暗い表情で俯《うつむ》く汐月を、池谷は気の毒そうに見る。

「それは…もしかしたら、花城議員はそういう男性を探していたのかもしれませんね。仕事が多忙で、無口な人を」

「えっ」

「議員自身も忙しい毎日を送ってるでしょうし、あれこれ構わなくてはならない人よりもドライな関係を築ける人の方がいいと思っていたのではないでしょうか」

「池谷さん、鋭いですね」

池谷の指摘に汐月は息を呑み、久嶋はうんうんと大きく頷いて感心した。池谷は男女の恋愛関係に聡《さと》いわけではないが、その読みは当たっていると思われた。自身の作戦が裏目に出た汐月は、沈痛な顔付きで頭を抱える。

「そうか…確かに…そうかもしれない…。なんてことだ…！」

「でも、汐月さんが家の為に結婚しなくてはならないと本当に考えているのだったら、そういう相手の方が都合がいいのではないですか？」

花城側も体面を重視した、ビジネスライクな結婚を望んでいるのだとしたら、うまくいくのではないか。そんな久嶋の指摘を、汐月は神妙に聞いて…動かなくなった。一点を見つめ、微動だにすることとなく固まっている汐月を、池谷は心配そうに見る。

「…大丈夫でしょうか？」

そっと小声で聞いてくる池谷に、久嶋は「分かりません」と返した。そもそも、人の気持ちが分からない久嶋にとっては難しい問題だった。久嶋はグレイな部分を理解することが出来ない。何もかもに「どうして」という疑問が湧く。結婚も恋愛も自分の意志でするものではないのか。

だが、そうは出来ない事情があるから、天敵である自分を訪ねて来ているのだというのは分かって、久嶋は汐月に確認した。

「つまり、汐月さんは家の為に結婚しなくてはならず、花城さんがその相手として適切だという考えはあるけれど、今、彼女とは結婚したくないと思っているんですね？」

「…そういう…ことだ」

「分かりました。考えてみますので、少し時間を下さい」

久嶋の返答を聞いた汐月は「よろしく頼む」と言って、深く頭を下げた。律儀な態度は、気に入らないと公言しつつも、頼めば協力してくれる汐月らしいものだ。久嶋は笑みを浮かべ、コーヒーを飲むように勧めた。


時間がないので…と言いながら、汐月はマグカップのコーヒーを一息で飲み干した。呆気《あっけ》にとられる池谷に礼を言い、久嶋にはまた連絡すると言い残して、足早に帰って行った。汐月がいなくなると、久嶋は彼が座っていたソファへ移動し、スマホを取り出した。

池谷は久嶋のコーヒーをソファ前のローテーブルへ移動させ、どうするつもりなのかと尋ねる。

「破談と言っても、家同士の体面もあるでしょうから、双方が傷つかないようにしなきゃいけないですよ」

「そういうものですか？」

「そういうものだと思います」

池谷の意見を「なるほど」と聞いて、久嶋はスマホで調べた花城のスケジュールを口にする。

「花城さんの公式ブログによると十時半から新宿《しんじゅく》で行われる式典に出席するらしいので、ちょっと見に行って来ます」

「えっ。見に行くって…先生、花城議員と話とかするつもりですか？」

「出来れば。でも、国会議員となると警備も厚いでしょうから、難しいかもしれませんね」

涼しい顔で言うけれど、久嶋ならどんな厳重な警備でもすり抜けて、花城に近付きそうだ。久嶋は花城に接触して何を話すつもりなのか。汐月は見合いに乗り気ではないのだと真正面から伝えかねないと思い、池谷は慌てて、音喜多を呼んだ方がいいのではないかと進言した。

音喜多が一緒にいてくれれば、どんなトラブルが起きても上手に解決してくれそうだ。しかし。

「音喜多さんですか？　でも、汐月さんは音喜多さんには関わって欲しくないと思いますよ」

「確かに…そうですね」

汐月にしてみれば、見合いをしたということ自体、想いを寄せている音喜多には知られたくなかっただろう。池谷は頷いたものの、久嶋を一人で行かせた場合に起こりそうな惨事が、どうしても気になった。他に相手がいないからと、わざわざ久嶋に助言を頼みに来た汐月が追い詰められるようなことになったりしたら気の毒だ。

それに久嶋がその式典会場にすんなり辿り着けるとも思えない。昨日だって、かなり丁寧にホテルへの行き方を説明したのに、案の定、迷子になったらしい。

「十時半からなら…僕、今日は午前中の講義がないので、一緒に行きましょうか?」

「それはいい案ですね」

仕方なく、池谷が同行を申し出ると、久嶋はにっこりと笑って頷いた。


久嶋が調べたところによると、花城は新しく設立された新宿区の児童養護施設の開設記念式典に出席を予定していた。池谷が場所を調べ、高田馬場《たかだのばば》駅近くの施設に二人が到着したのは、十時半を少し過ぎた頃だった。建物自体は古くからある区の所有物であり、他にも社団法人などが入居していることもあって、出入りのチェックはほとんど行われていなかった。

エントランスを入ったところで、真新しいプレートを見つけた池谷は、「二階のようです」と久嶋に伝える。

「階段がありますから、あれで上がりましょう」

建物内に入ってすぐのロビーは吹き抜けになっており、左右に伸びる階段が二階へ繋がっていた。

久嶋たちが右手の階段を上がると、たむろしていた関係者が、二人を出席者だと勘違いして式典はもう始まっていると声をかけてきた。

「まだ入れますか?」

「もちろんです。どうぞ」

その勘違いを利用し、久嶋と池谷は式典会場へ潜り込んだ。広い会議室には五十脚程度のパイプ椅子がずらりと並べられ、三分の二ほどが埋まっていた。施設長だという男性の挨拶が始まっていたので、久嶋たちは邪魔にならないよう最後列の端席に座った。

部屋の正面中央には演壇が置かれており、その両脇に施設関係者と来賓の席がある。花城の姿は来賓席の方に確認出来た。

「警備が厳しいかと思いましたが、そうでもないですね」

「一般のお客さんは入ってないからじゃないですか？」

「でも、僕たちは簡単に入れましたよ？」

そうですね…と頷き、池谷は演壇のある前方を見る。来賓席は三つ設けられており、花城は左端に座っていた。淡いミントブルーのスーツ姿で、女性は彼女一人なこともあって、そこだけ華やいで見える。

「こうして見るとアナウンサーをやっていただけあって、綺麗《きれい》な人ですねえ。人気があったのも頷けます」

「そうなんですか？」

「あんな人がお見合い相手なんて、一部の人間には夢のような話だと思いますよ」

池谷の意見にふうんと相槌を打ち、久嶋は会場内をぐるりと見回した。すると、壁際に見覚えのある男の顔を見つけた。昨日、百段階段で声をかけてきた、花城の秘書ではないかと音喜多が指摘していた男だ。

今日も一緒にいるところを見ると、音喜多の見立ては当たっていたと考えられる。花城の様子をじっと見ているその顔は真剣で、思い詰めているような雰囲気さえ、感じられた。

何か気になることでもあるのだろうか。不思議に思ったところで、男は懐からスマホを取り出した。マナーモードにしてあったそれに電話が入ったらしく、スマホを耳につけて、部屋を出て行く。その後、式典が終わっても男は戻ってこなかった。

閉会の辞が終わり、司会者から式典の終了が告げられると、出席者たちは一斉に立ち上がった。演壇上では関係者と来賓が挨拶を交わしており、久嶋は池谷と共に会議室を出て行く出席者たちと逆行する形で、前方の演壇へ近付いた。花城とは昨日会っているのだが、彼女は顔を見られるのを避けるようにして先に出て行った。よって、音喜多の陰に隠れてしまっていた自分を見ていなかった可能性が高いと考えて、久嶋は初対面を装うことにした。

関係者たちへの挨拶を終え、演壇から下りて来た花城は、秘書の男の姿を探すように、辺りを見回す。久嶋は花城に一歩近付き、「こんにちは」と挨拶した。

「……」

久嶋を見た花城は、一瞬、怯《おび》えた表情を浮かべた。久嶋は長身だが、華奢《きゃしゃ》で、顔立ちは少女のように可愛らしいものだ。女性から警戒される外見ではない。

どうして…と不思議に思った久嶋は、昨日、音喜多と一緒にいた自分を花城は覚えているのかもしれないと考えた。男性と二人きりでいるところを見られたのは、立場のある花城にとってまずいことだとしたら。

ならば、悪意がないことを先に説明しなくては。

「僕は久嶋と言います。昨日、お会いした際に…」

汐月の知り合いであることを遠回しに伝えようとして、話を始めた久嶋は視界の端を人影が過《よぎ》るのに気がついた。

池谷は右側の斜め後ろにいて、動いていない。左側から久嶋を追い抜くようにして花城に近付いたのは、黒いキャップを被《かぶ》った男で、その手にはナイフが握られていた。

「……！」

光る刃物を目にした瞬間、久嶋は花城を庇うようにして男と彼女の間に入った。花城に向かって突進していた男は久嶋にぶつかり、それが花城でないのを見て、驚いた表情を浮かべて身体を翻らせる。そのまま駆け出す男を追いかけ、久嶋は声を上げた。

「誰か…！　その男を…捕まえて下さい！」

「先生！」

室内にまだ残っていた式典の出席者たちにぶつかりながら、男は猛スピードで逃げて行く。その後を追う久嶋を、池谷も慌てて追いかけ、二階から一階へ続く階段を駆け下りる。必死で逃げる男の足は速く、建物の外まで出たが、その姿は何処にも見えなくなっていた。

どちらに行ったのかも分からず、足を止めた久嶋の元へ、池谷が追いついて事情を尋ねる。

「せ、先生…どうした…んですか…」

「あの男がナイフで花城さんを刺そうとしたんです」

「えっ」

久嶋から驚きの話を聞き、池谷は声を上げて顔を青くする。久嶋は「戻りましょう」と池谷を促し、再び式典が行われていた二階の会議室へ入った。室内は何事があったのかと訝しむ人々で騒然としていた。戻って来た久嶋と池谷に注目が集まる。花城は先ほどと同じ場所にいて、その横には席を外していた秘書と思《おぼ》しき男の姿があった。

久嶋が花城に近付くと、男は二人の間に入って久嶋に尋ねる。

「何なんですか?」

「話があります。場所を変えませんか?」

「話って…」

「先ほどの男が何者なのか、花城さんに心当たりはありますか?」

久嶋が花城を見て確認すると、硬かった彼女の表情が歪《ゆが》む。花城は自分の前に立つ男に「倉持《くらもち》くん」と呼びかけた。

倉持と呼ばれた男は花城を見る。二人は視線だけで会話を交わし、久嶋と池谷に別室へ移動しようと持ちかけた。倉持の手配で来賓の為に用意された控え室へ移ると、久嶋は開口一番、花城に質問を向けた。

「花城さんは脅迫を受けているのではないですか?」

ストレートな問いかけに、花城と倉持は同時に息を呑む。その反応だけで自分の推測が当たっているのだと判断し、久嶋はそう考える理由を続けた。

「先ほど、花城さんは近付いて声をかけた僕に対し、一瞬、身構えるような表情を浮かべました。花城さんが一般女性であれば、そういうこともあるのだと思いますが、普段から不特定多数を相手にしている政治家としてはいささか違和感を覚えます。僕はこの通り、フェミニンな印象があり、女性が緊張を覚えるような外見ではありません。それなのに職業柄コミュニケーション能力も高いであろう花城さんがそういった反応を見せたのは、相手の顔は分からないけれど、恐らく年齢が若いと思われる男性から脅迫を受けているからなのだと考えました。その考えを裏付けたのは花城さんをナイフで刺そうとした男が現れたからです」

「……！」

「ナイフ…？」

ナイフと聞いた花城は顔を青ざめさせ絶句し、倉持は苦々しげな表情を浮かべる。久嶋が間に入った為、近付いて来た男がナイフを手にしていたのが、花城には見えていなかったようだ。久嶋は「ええ」と頷き、背負っていたデイパックを下ろした。

「たぶん…この辺りに…」

ナイフが当たった痕《あと》があるはずだと…と久嶋が指し示したのは、デイパックのサイドについたポケットの辺りで、何かに切られたように生地が裂けていた。それを見た池谷はひっと息を呑み、いつの間にと驚愕する。

「せ、先生っ…！　だ…大丈夫なんですかっ…他は…怪我とか…してませんか!?」

「平気です。ナイフが見えた時に花城さんを刺そうとしているのだと判断し、咄嗟に背中を向けて庇いましたから。いつもデイパックを背負っているのが役に立ちましたね」

「何言ってるんですか！　こんな危ない真似…デイパックじゃないところに刃物が刺さっていたりしたら…音喜多さんが激怒しますよ？」

「ああ、そうでした」

池谷が音喜多の名前を口にした途端、久嶋は表情を曇らせた。困ったように首を傾げ、傷のついたデイパックを見つめる。

「これは音喜多さんから貰ったものですから…怒るでしょうか？」

「そういう意味じゃありません！」

物が傷ついたことなど、音喜多が怒るはずがない。久嶋が傷つく可能性が僅かでもあったことに卒倒するはずだと池谷が説明していると、倉持が「あの」と声をかけた。

「ということは…あなたは先生を守って下さったんですか？」

「ええ」

「そう…だったんですか…」

確認する倉持に久嶋が頷くと、花城は掠《かす》れた声で言い、ふらりとよろめいた。倉持は慌てて花城を抱きかかえ、「郁子！」と名前を呼ぶ。花城は大丈夫だと言い、椅子に座らせて貰うと久嶋に断った。

「もちろんです。顔が真っ青です。何か飲まれた方がいいと思います」

「ここにはないので買って来ます」

花城を座らせた倉持は慌てて部屋を飛び出して行く。久嶋は花城に、倉持は秘書なのかと尋ねた。

「はい。あの…ありがとうございました。助けて頂いたなんて思っていなくて…すみません」

「いいえ。花城さんは僕の方を見ていたので、男も、その手元も見えていなかったんですよね。いきなりぶつかって来た僕を不審に思うのも当然です」

「申し訳ありません…」

深く頭を下げた後、花城は久嶋の言う通りだと認めた。

「半年くらい前から…脅迫文が届くようになって。その手のものは議員になる前もありましたし、気にしないようにしていたのですが、私の行動を細かに観察しているような内容で…」

「警察に相談はしましたか？」

「いえ…」

「花城さんの都合もあるのかと思いますが、相手に花城さんに危害を加えようという意志が見られる以上、届けを出して対応を頼んだ方がいいです。汐月さんに言えば…」

「汐月…って」

汐月の名を口にした久嶋を、花城は不思議そうに見た。その表情から、昨日百段階段で会ったことを花城が覚えていないのだと分かった。

「記憶にないのかもしれませんが、昨日、百段階段でお会いしてるんです」

「え…」

「頂上の間で汐月さんが僕の連れに声をかけた際、花城さんは急いで出て行かれたので、見えてなかったんですね。あの時、僕は汐月さんの高校の先輩と一緒にいて、僕は彼を通じて汐月さんと知り合ったんです」

「そうだったんですか…。失礼しました。昨日は…そのプライベートで…」

花城が言葉を濁して説明しかけた時、飲み物を買いに出ていた倉持が戻って来た。両手で持っていた三本のペットボトルを置こうとして、「あっ」と声を上げる。

「それ…血じゃないですか？」

倉持が指し示したのは、久嶋の左腕上腕…ちょうど肘の上辺りだった。久嶋自身から怪我はないと言われ、信じていた池谷は慄《おのの》き、慌てて確認する。ちょうど腕の裏側で、自分自身では確認しにくい場所だった。

「本当だ…！　先生、怪我してるじゃないですか⁉」

「おかしいな。気づいてませんでした。あれですね。場所的にデイパックが切られた後、刃先が当たったのでしょう。大した傷じゃないので…」

「血が出てるんですから、大した傷です。病院…病院へ…！」

「そんな大袈裟にしなくても平気です」

久嶋は大丈夫だと言い張ったが、池谷はもちろん、花城と倉持も病院へ行くべきだと強く勧めた。勧めるだけでなく、倉持が知り合いだという病院を受診出来る手筈《てはず》まで整えてしまったので、久嶋はそのまま花城の車で傷の手当てに向かうことになった。

久嶋が処置室に入ると、池谷はすぐに音喜多に連絡を入れた。汐月の件が絡んでいるので音喜多には知らせないようにと久嶋から言われていたが、出血するような怪我を負ったのだから、話は変わってくる。何より、久嶋が何者かに切られたという一大事を知らせなかったら、音喜多との信頼関係を損ないかねない。

池谷から電話を受けた音喜多は、驚天動地の驚きぶりで、すぐに行くと言うのももどかしいように通話を切った。それから二十分余りで、音喜多は病院に姿を見せた。

息せき切って駆けて来た音喜多は、池谷や一緒にいた花城と倉持に声もかけず、彼らの目の前にあった処置室のドアを開けて中へ入った。許可も取らず、久嶋の姿だけを探してカーテンを開けると、久嶋が医師と看護師によって処置されているところだった。

「処置中ですよ！　すぐに出て下さい」

「知り合いなので大丈夫です」

声高に退出を命じる看護師に、久嶋は冷静に伝える。強張った表情の音喜多を見て、「池谷さんですか？」と情報源を聞いた。

「……」

音喜多は声もなく頷き、その場にしゃがみ込む。先生が怪我をして、病院に来てるんですが。池谷のそんな一言を聞いただけで胸が潰れるような思いを味わい、経緯も怪我の程度も分からないままで飛んで来た。なので、元気そうな久嶋を見ただけで力が抜けて、立っていられなくなったのだった。

久嶋は心配をかけたのを詫びた後、音喜多が来てくれてよかったと続けた。

「手首や身体の傷を怪しまれているんです。事情を説明したらもっと怪しまれたようで…音喜多さんから補足して貰えませんか？」

肘上の傷を治療する為、久嶋はシャツを脱ぎ、上半身裸になっている。その手首や背中には見るに堪えないような傷痕が多数あり、医師が訝しむのも当然だった。音喜多はどういう説明をしたのかと久嶋に確認する。

「ＦＢＩの特別捜査チームでアドバイザーをしていた時、捜査対象だった被疑者に拉致監禁されて負った傷だと」

久嶋のように可憐《かれん》な顔付きの青年から、そんな説明をされて、そうですかと信じる人間の方が少ないだろう。音喜多に話す久嶋を、医師は訝しげに見ている。音喜多は立ち上がり、本当のことなのだと医師に保証した。

「嘘《うそ》じゃない。子供の虐待事案でもないし、大人の傷痕を疑う必要はないだろうが、裏付けが欲しいのなら警察庁の汐月警視に確認を取ってくれ。…それより、教授。廊下に池谷さんと一緒に花城がいた気がしたんだが…」

「いると思いますよ。僕をここに連れて来たのは、花城さんと秘書の倉持さんです。昨日、声をかけて来た男性はやはり、花城さんの秘書でした」

「どうして花城が？」

不思議そうに聞く音喜多にどう説明したものか考え、久嶋はしばし口を閉じた。その間に医師による処置が終わり、説明がなされる。

「傷を塞ぐ処置をしていますので、二、三日くらいは激しく動かしたりはしないで下さい。化膿《かのう》を防ぐ為の抗生剤と痛み止めを出しておきますから、処方箋を薬局へお持ち下さい」

「ありがとうございました」

医師に礼を言い、久嶋は看護師から渡されたシャツに袖を通した。一部が裂け、血が滲んでいるシャツを見て、音喜多は新しいものを買いに行こうと促す。久嶋はボタンをとめながら、今はシャツよりも、外で待っている花城との話が先だと返した。

花城がいる理由は音喜多も知りたくて、シャツを着た久嶋と共に処置室を出る。外の廊下では、池谷と花城、倉持の三名がベンチに座って待っていた。出て来た久嶋を見て、三人は一斉に立ち上がる。

「先生！　大丈夫ですか？」

「はい。お騒がせしました。処置して貰ったのでもう大丈夫です」

「このたびはご迷惑をおかけして…」

「どういうことだ？」

久嶋に対して頭を下げる花城と倉持に、音喜多が厳しい表情で迫る。花城たちは音喜多の顔を覚えていたようで、「昨日の？」と久嶋に確認した。

「はい。汐月さんの先輩の、音喜多さんです。音喜多さん、落ち着いて聞いて下さい」

「俺はいつでも落ち着いてる」

「そう見えないから言ってるんです。僕が怪我をしたのは、花城さんを襲おうとした脅迫犯から庇った為です。怪我をしたのは僕のミスで、花城さんは悪くありません」

「……」

久嶋の怪我は花城のせいだと聞いた音喜多は、腹の底から怒りが湧き上がるのを感じた。しかし、花城は悪くないとはっきり言い切る久嶋の表情は真剣で、それ以上、花城側を責めれば不興を買うことは間違いなく、音喜多は拳《こぶし》を収めるしかなかった。不満を目一杯ためた顔付きで音喜多が口を閉じるのを見てから、久嶋は倉持に通報はしたのかと確認する。

倉持は頷き、間もなく警察が到着するはずだと返した。

「お手数をおかけしますが、事情を聞かれると思いますので、今しばらくお付き合い願えますか。それと治療費に関しましては私どもの方でお支払いします」

「私のせいで怪我をさせてしまい、本当にすみませんでした」

頭を深く下げ、改めて詫びる花城の顔色は青く、実際に怪我をした久嶋よりも堪《こた》えているようだった。久嶋は花城に休んだ方がいいと伝え、倉持にはしばらく人前に出る機会を減らした方がいいとアドバイスする。

「犯人の目的は花城さんを傷つけることでしょうから、警察の捜査が入って、相手が特定される…もしくはその動きが牽制《けんせい》出来たのを確認するまでは、行動を慎重にした方がいいです」

「はい。…あの…揚羽大学の教授だと伺ったのですが…刑法とか、そういうご専門で…？」

適格な指示に頷きながらも、倉持は久嶋を不思議そうに見た。久嶋の処置を待つ間、池谷から久嶋の氏名と揚羽大学の教授であることを聞いたものの、専門分野までは話題に出なかった。法律…それも刑事事件に関する専門家なのかと尋ねられた久嶋は、「いえ」と首を振った。

「僕の専門は法律ではありません。様々な分野の研究を行っていますが、犯罪心理学にも携わっています」

「それで…」

「あと、日本に来る前はＦＢＩの捜査に協力していましたので、犯罪捜査には詳しいんです」

にっこり微笑む久嶋と、ＦＢＩの三文字はかけ離れていて、倉持と花城は揃ってぽかんとした表情を浮かべる。そこへ病院に似つかわしくない複数の足音が響き、二名の制服警官を連れた私服姿の男が近付いて来た。

私服の男は通報を受けて駆けつけた刑事で、被害に遭った久嶋と、脅迫を受けた花城に警察署での事情聴取を求めた。犯人逮捕の為の協力ならと、久嶋は花城たちと共に警察署へ移動し、音喜多は大学に戻らなくてはならない池谷を送り届けてから、久嶋を迎えに警察署へ向かった。

音喜多が警察署に着いた時、久嶋は一人で迎えを待っていた。花城たちは次の予定がある為、先に帰ったと言う。

「大学まで送りましょうかと言われたのですが、音喜多さんが来てくれると思っていたので、断りました」

「そうだったのか。待たせてすまなかった」

「僕の方こそ。池谷さんを送ってくれてありがとうございます。池谷さんは講義があるのに、僕を心配してついて来てくれていたので…間に合ったでしょうか」

「大丈夫だと言ってた」

花城と話をするだけならさほど時間はかからないだろうという考えで、池谷は久嶋に付き添ったのに、病院で手当てを受けなくてはいけないような事態に陥り、大学に戻るつもりだった時間を大幅にオーバーしてしまっていた。なんとか滑り込んだと聞き、久嶋はほっとした表情を浮かべる。

「よかったです。では、僕も…」

「今日は安静にして貰うぞ」

大学に戻ると言いかけた久嶋の台詞《せりふ》を奪うようにして、音喜多は厳しい口調で言い切る。え…と戸惑う久嶋を促し、警察署を出ると、目の前につけられたベントレーに乗り込んだ。音喜多は半林に行き先として、揚羽大学近くにある自分のマンションを告げた。

「一人にしておくと無茶をするからな。俺が見張る」

「しませんよ」

久嶋のすることと言えば、普段でも読書が中心だ。怪我に影響するような無茶など、しようがない。久嶋は困惑して音喜多を見たが、その顔にまだ動揺が残っているのを見て、それ以上、異を唱えなかった。

処置室に飛び込んで来た時の音喜多は、自分自身が重傷患者であるかのように、青い顔をしていた。怪我をしたという知らせが、相当ショックだったに違いない。心配をかけたのを反省し、神妙にする久嶋に、音喜多は途中になっていた質問を向けた。

「汐月が絡んでいるのか？」

「……」

久嶋は怪我をしたのは花城を庇ったからだと説明したが、そもそも、どうして花城と同じ場所にいたのかは、話していない。汐月の名を出した音喜多に、久嶋は池谷が話したのかと確認する。

「いや。池谷さんは教授から口止めされているから何も話せないの一点張りだった。自分ではなく、教授に聞いて欲しいと」

「さすが池谷さんです」

音喜多の話を聞いた久嶋は池谷の義理堅さに感心し、判断の良さを褒める。

「僕が怪我をしたという事実を音喜多さんに知らせなければ、後々の関係に影響するから、その点については報告しつつも、僕の意思を尊重して、話さないでいてくれたんですね」

「教授？」

ごまかすことは出来ないぞ…と眼光鋭い目で、音喜多は久嶋を見る。久嶋は口元に薄く笑みを浮かべ、汐月が関係しているのを認めた。花城と久嶋の接点は汐月以外にない。音喜多が納得するような言い訳は思いつかなかった。下手な嘘を吐けば、後々まで尾を引きかねない。

「今朝、汐月さんが大学まで訪ねて来たんです」

「どうして…」

「特に口止めはされなかったので、話しても構わないと思いますが、僕なりに汐月さんの気持ちというものを考え、音喜多さんには知らせないでおこうと考えたんです。理解して貰えますか？」

回りくどい言い方だったが、音喜多も長年、汐月から懸想されているという自覚がある。確認する久嶋に頷き、自分の考えを口にした。

「見合いを断る方法を考えてくれとでも…？」

「正解です。音喜多さんはこういうことに本当に聡いですね」

「教授はその為に花城に会いに行ったのか…」

そして、花城を狙う脅迫犯から彼女を庇い、怪我をした…。なるほど…と頷きつつ、音喜多の表情は冷めたものになっていた。久嶋はその顔を見て、汐月へ怒りを向けるのは筋違いだと先に忠告する。

「僕が怪我をしたのは汐月さんのせいでも、花城さんのせいでもなく、ナイフを持って切りつけようとした犯人のせいです」

確かにその通りなのだが、きっかけを作ったのは汐月だ。そう反論すれば、久嶋と言い合いになることは読めていたので、音喜多はそれ以上、何も言わなかった。汐月のせいで、久嶋との時間を無駄にしたくない。

マンションに着くと、音喜多は久嶋にベッドで横になるように勧めた。だが、病気ではないし、怪我の程度も軽い。久嶋はそこまでするほどではないとあしらい、読書をする為に居間のソファを陣取った。

クッションを重ねて背もたれにし、早速デイパックから本を取り出そうとした久嶋の元へ、音喜多は新しいシャツを持って来て、着替えるよう勧める。

「俺のものだから大きいかもしれないが、血のついたシャツをそのまま着ているよりはいいだろう」

「ありがとうございます」

久嶋は礼を言い、着ているシャツを脱ぐ。新しいものに袖を通そうとすると、音喜多が隣に座って、怪我をした方の腕を取った。そっと持ち上げて手当てした箇所を見ると、久嶋が言う通り、大きな傷ではないのが分かったが、だからといって、よかったとはとても思えなかった。

「…痛むか？」

「いえ。痛みには鈍い…というか、鈍くなったので平気です」

「……」

どうして鈍くなったのかは、久嶋の身体を見れば分かる。音喜多は深く息を吐き、久嶋を引き寄せて抱き締める。

「…怪我をするような真似はしないでくれ…」

「今回は不可抗力というやつなんですが…」

苦笑して返しながら、久嶋は音喜多の背に手を回す。心配しすぎて、音喜多の方が弱っているように感じ、「僕は大丈夫《うず》ですよ」と耳元で囁いた。

久嶋の首筋に顔を埋めていた音喜多が顔を上げる。そっと重ねられる音喜多の唇を受け止め、優しく啄《ついば》むような口づけに応える。

甘いキスを繰り返し、離れていった音喜多の唇に、久嶋は惜しむような目を向けて吐息を零《こぼ》した。濡れた口元に笑みを浮かべ、音喜多に尋ねる。

「安静にさせる為に連れて来たんじゃ？」

「キスだけなら、安静にしていられるだろう？」

目的から外れていると指摘する久嶋の唇を、音喜多は再び塞ぐ。柔らかな唇を吸って、緩く開いた口に舌を差し入れる。望んで迎え入れる久嶋の舌に絡ませ、口内を味わうように丁寧に動かす。

「っ…ふ……」

久嶋の鼻先から漏れる音は、その響きで彼の望みを音喜多に教える。差し出される久嶋の舌を唇で含み、深く、終わりの見えない口づけを続ける。ソファの背にもたれかかっていた久嶋が、体勢を変えたそうにしているのに気づき、音喜多は彼の身体を抱き上げて自分の上へ乗せた。

「…っ…は…」

脚を開き、音喜多をまたぐような形で座った久嶋は、唇を離して音喜多の顔を上から覗き込んだ。欲情に濡れた瞳で音喜多を見つめ、掠れた声で尋ねる。

「キスだけで…いいんですか？」

久嶋を上に乗せた時点で、彼自身が反応を示していることに気づいていた音喜多は、笑みを浮かべてからかいを口にする。

「安静にさせたいからな」

「……」

つれない台詞はわざとだと分かっていたから、久嶋は音喜多の顔を両手で摑んで自ら口づける。行為へと誘うために淫らなキスをして、舌と唇で音喜多の顔中を愛撫《あいぶ》する。額に、瞼《まぶた》に、鼻先に。決して激しくはない、控えめな触れ方で、音喜多の欲情を煽《あお》る。

大胆なやり方よりもその方が音喜多の気を引けると分かっている。頬から耳元へ舌を這《は》わせ、耳殻に直接唇をつけて確認した。

「本当に…？」

小さな囁きに、音喜多の身体がぴくんと反応する。してやったりという気分で笑みを浮かべると、乱暴に唇を奪われた。

「っ…ん…っ」

舌を絡めて感じる快感で夢中になって、貪り合うようなキスを続ける。口内で得た刺激により、昂《たか》ぶったものが窮屈さを覚えて腰が揺れる。

「ん…」

焦《じ》れったそうな久嶋の動きに気づき、音喜多は下衣の布越しに、硬くなっているものを掴んだ。

久嶋が喉の奥で上げる音は甘い欲望を音喜多に伝える。直接触って欲しくて音喜多の手に押しつけるように腰を動かすと、唇が離れた。

「教授はしたいんだな？」

「っ…キスしてきたのは…音喜多さんの方です…」

悔し紛れみたいに言い返す久嶋を笑い、音喜多は露《あら》わになっている胸の突起を摘《つま》んだ。

「ここも、硬くなってるじゃないか」

着替える為にシャツを脱いだところだったので、上半身裸のまま、抱き合っていた。音喜多に指摘された通り、突起も弄《いじ》られるのを待っているかのように形を変えている。指先で少し擦《こす》られただけで、久嶋は高い声を上げた。

「あっ…んっ」

「安静にしていないと…駄目なのに」

笑いの含んだ声で言い、音喜多は久嶋の胸に顔を埋めた。より感じると分かっている左側の突起を舌先で突き、唇で吸い上げると、久嶋は全身を震わせた。

「やっ…！」

ビクンと大きく反応し、音喜多の肩を摑んで離そうとする。音喜多は胸に埋めていた顔を上げると、久嶋の身体を抱き締めたまま立ち上がった。

「っ…おとき…たさんっ…？　…んっ…」

驚いて声を上げる久嶋の唇を塞ぎ、そのまま寝室へ移動する。ベッドに久嶋を横たえ、上着を脱いだ音喜多は、その上に覆い被さった。形を変えている久嶋自身を解放する為に下衣を脱がせ、裸にした久嶋を見下ろして笑みを浮かべる。

「安静にするにはやっぱりベッドだろう？」

「安静だとは思えませんが」

同意は出来ないと言う久嶋に、音喜多は「静かにやる」とへりくつのような台詞を吐く。

「だから、教授も静かにしないと」

声を上げないように。そんな縛りを提案された久嶋は、怪訝そうな顔付きで反論しようとしたが、怪我をした方の腕を持たれて、口を閉じた。

「痛くなったらすぐに言えよ」

「……」

何処までも自分を優先して、気遣い、想ってくれる音喜多に、久嶋は微笑んで頷く。音喜多は治療した左腕に響かないよう、久嶋の左半身を上にして背後から彼を抱き締めた。

「…あ…っ」

脇から回された音喜多の手に、形を変えているものを握られただけで、嬌声《きょうせい》が上がる。後ろから耳に唇をつけた音喜多は、「声」と囁いて指摘する。

「漏れてる」

「…っ…」

声を出さなかったからと言って、安静に出来ているわけじゃない。理屈が通らないと返したいのに、音喜多の指で勃《た》ち上がったものを愛撫される快楽に思考が犯されて、判断が鈍くなる。

「っ…ふ……」

声を出さないように口を閉じていても、鼻の奥から甘い音が抜ける。声にならない程度の息使いは、あからさまな嬌声よりも淫靡《いんび》で、音喜多の欲望を昂ぶらせた。

掌《てのひら》で包んでいる久嶋のものは、きつく扱《しご》いているわけでもないのに大きさを増し、上を向いて反り返っている。自分の愛撫に慣れた身体が、その先の快楽を求めている様を見せつけられるだけで、腹の奥が滾《たぎ》る。先端から溢《あふ》れる液を指先で拭い、音喜多は耳殻を後ろから舐《な》め上げた。

「んっ…」

ゆっくり舌を動かすと、久嶋は身体を震わせて身を竦める。音喜多の手の中にある久嶋自身も反応し、ぐっと硬くなる。緩く優しい愛撫がかえって辛《つら》くなり、久嶋は音喜多の腕を摑んだ。

音喜多は久嶋の意図を理解し、彼の手をそっと離して、取り出した潤滑剤のパッケージを破る。濡らした指先で久嶋の孔《あな》に触れると、ぎゅっと窄《すぼ》める仕草を見せる。それに苦笑し、音喜多は耳元で囁いた。

「逆だ。緩めないと。…中を、弄って欲しいだろう?」

「…っ……は…あ」

指で得られる快感を望んで、久嶋は深く息を吐き出す。身体が緩んだ隙を突いて、音喜多は指を中へ忍ばせる。奥まで挿《い》れて中を探るようにぐるりと動かすと、久嶋が「んっ」と鼻声を上げて孔を窄ませた。

「…お、ときた…さんっ…」

「……」

もっと中を弄って、久嶋を翻弄したいと思っているのに、切なげな声で名前を呼ばれるだけで、どうしようもない衝動が湧き上がる。早くないかと問いかける理性は瞬時に姿を消し、久嶋の上に覆い被さって細い脚を摑んでいた。

「っ…」

「あっ…! …っ…いい…」

音喜多の形に慣れた孔は短い愛撫でも、彼を望んで受け入れる。ずるりと最奥まで挿入すると、久嶋は高い声を上げて、音喜多にしがみついた。背中に回した手に力を込め、久嶋は音喜多の耳元に熱い吐息を吹きかける。

「は…っ…ふっ…」

「……」

反射的には声を漏らしても、出来る限り声を上げないという約束を守っているらしい久嶋を、音喜多はとてつもなく愛おしく思う。どんな過去があろうとも、今、腕の中にいる久嶋を育て上げたのは自分だという実感が、欲望を刺激する。

奥まで挿れたものを入り口ぎりぎりまで引き出し、再度、深い場所に突き立てる。それを何度か繰り返しただけで、久嶋はビクビクと身体を震わせて、勃起していた自分を解放した。

「っ…んっ…！」

達した久嶋が身体を硬くすると、音喜多を包んでいる内壁もぎゅっと締め付けるような反応を見せる。奥へ吸い込まれるような錯覚に、音喜多は引きずられそうになるのを耐え、更に激しく腰を動かし始めた。

「ふ…っ……んっ…」

繋がった部分が擦れる音が響き、互いの欲情を煽る。達したはずの久嶋自身は形を保ったまま、先から液を零し続けている。音喜多にそれを握られると、大きな声を上げてしまいそうになり、久嶋は引き寄せた音喜多の唇を乱暴に奪った。

「っ…」

夢中になって口づけながら、中を音喜多のもので擦られる快楽に没頭する。激しさを増す動きを互いが止められず、安静などという言葉はいつしか遥《はる》か遠くへ消えて行った。

長く睦《むつ》み合い、音喜多の身体から離れた久嶋が、シャワーを浴びて浴室を出ると、居間の方から話し声が聞こえた。バスローブ姿のまま居間へ向かうと、ソファに座っている音喜多と、その近くに直立不動で立っている汐月の姿が見えた。汐月は久嶋が風呂上がりなのを見て、訝しげに表情を顰めかけたが、すぐに改め、申し訳そうな顔付きで頭を下げた。

「話は聞いた。怪我を負わせて、申し訳ない…」

「いえ。倉持さんが汐月さんに報せたんですか？」

警察で事情聴取を受けた際、久嶋は汐月の名を出さず、一参加者として臨席した式典で、偶然事件に巻き込まれたと説明した。倉持は事件のあった管轄署に通報しただけでなく、汐月にも相談したのだろうかと考え尋ねた久嶋に、汐月は真面目な顔で首を横に振った。

「いや。花城議員が関わる傷害事件が起きたという一報を見て、もしやと思って調べたら、被害者として久嶋の名があったから…先輩に連絡を取ったんだ」

「教授が風呂に入ってすぐ、電話があったんだ。ここにいるって話したら、謝りたいからと言われて」

「そうだったんですか。僕の怪我は大したことないので気にしないで下さい。それより、花城さんが受けていた脅迫というのが気になっているんです。花城さんにはしばらく人前に出る機会を減らした方がいいと忠告はしておきましたが、具体的にどういった脅迫を受けていたのか、汐月さんの方で把握していますか？」

久嶋が被害者となった傷害事件の原因と、逃げている犯人の心当たりとして、花城は脅迫を受けている事実を警察で報告したはずだった。事情聴取が終わった後、その内容を詳しく聞きたかったのだが、次の予定があると言われて諦めた。だが、警察に相談したのであれば、汐月は供述内容を知っているのではないか。そんな久嶋の読みは当たり、汐月は花城が警察で申告した内容を把握していた。

「以前から脅迫めいたメールや手紙は複数届いていたようだが、三月頃から同じ人間によるものだと思われる脅迫文が続けて届き始めたらしい。その内容からは、若い男性だということしか分からず、対応を悩んでいたようだ。脅迫文は既に処分してしまったものもあるが、最近のものは保管してあるので明日提出するそうだ。今日の事件を受けて、花城議員には警護をつけることになった」

「逃げた男の行方は？」

「そちらも捜査を進めている。久嶋から報告を受けた『黒いキャップにマスク、黒いパーカーとズボン、年齢は二十代後半から三十代の男性』を中心に、付近の防犯カメラを精査中だ」

「あの建物内に防犯カメラはないんですか？」

「残念ながら、古い建物で、対応していないようだ。せめて逃げた方角が分かれば早いんだが…」

久嶋は池谷と共に犯人の後を追いかけたものの、帰りがけの式典出席者の人波に阻まれ、何とかして建物の外へ出た時には何処にも男の姿は見当たらなかった。自分の力不足だと悔いる久嶋に、汐月は「いや」と真面目な顔で首を横に振った。

「身を挺《てい》して花城議員を守ってくれたんだ。感謝している」

「そんな大したことではありません」

「大したことだ。怪我までしたんだぞ」

「そうでしたね！　大丈夫なのか？」

久嶋が平気だと言うのを聞き、音喜多が不満げな表情を浮かべると、汐月は焦って同意する。つい

でのように具合を聞く汐月に、久嶋は頷き、左腕が少し切れただけだと伝えた。

「この通り…」

実際に傷を見せれば、騒ぐほどの怪我でないとすぐに分かるだろう。そんな考えで、久嶋はバスローブの左側だけ脱いでみせる。ウエスト部分を紐《ひも》で縛ってあるので、裸身を晒《さら》すことにはならなかったが、上半身のほとんどが露わになった。

肘を曲げ、処置を受けた左腕の部分を汐月に向けた久嶋は、その顔が強張っているのに気づいて、「あ」と声を上げる。汐月の視線は、手首の傷痕に釘付《くぎづ》けになっていた。

「汐月さんはご存じかと思いますが、これは拉致された際の傷です。気にしないで下さい」

「…あ…ああ」

「この通り、今日の怪我は軽いものなので…痕も残らないと思いますから」

気にしないでくれと言い、久嶋はバスローブを着直す。汐月の顔が硬いままなのを見て、話題を変える為に、「それよりも」と口にした。

「汐月さんに頼まれた件なのですが」

「そ…その件は…」

「音喜多さんなら、僕が話さなくても花城さんと一緒にいた時点で気づかれてしまったので、気遣いは無駄だと思います。花城さんについてひとつ、気づいたことがあるので、会えるような手筈を整えてくれませんか？　たぶん、汐月さんが望む形に持っていけると思います」

久嶋の頼みは汐月にとって願ってもないもので、すぐに段取りをつけると約束した。汐月は重ねて久嶋に迷惑をかけたのを詫び、音喜多には久嶋よりも何倍も大袈裟な謝罪をして、花城の件は追って連絡すると言い残して帰って行った。

汐月がいなくなると、久嶋はバスローブを着替えた。音喜多から借りたシャツに袖を通し、今度こそ読書をする為に、ソファに座る。床に置いてあったデイパックを引き寄せた際、それが傷ついているのに気づいて、「あ」と声を上げた。

「そうだった…！　音喜多さんに謝らなくてはいけないと思っていたのを忘れていました」

「謝る？」

「音喜多さんに貰ったデイパックを…切られてしまったんです」

花城を襲おうとした犯人から庇おうとした際、ナイフがサイドポケットに当たり、裂けてしまった。被害はそれだけだと思っていたのが、腕も切れており、そちらにばかり気を取られて、すっかり忘れていたのだが。

生地が裂けているデイパックを見せて、「すみませんでした」と詫びる久嶋に、音喜多は溜め息を吐く。久嶋は音喜多の反応を不思議に思って首を傾げた。

久嶋が使っているデイパックは音喜多がクリスマスにプレゼントしたものだ。久嶋がそれを覚えていて、傷をつけてしまって悪いと思ってくれることが、音喜多には嬉しかった。けれど、嬉しいなどという感情を出すには不適切な状況である。ごまかす為に吐いた溜め息を不審がられ、音喜多は軽く咳払いして、久嶋が謝る必要はないと低い声で告げた。

「教授のせいじゃないし、デイパックなんて百個でも千個でも買ってやる」

「千個あっても困ります」

「シャツも買わなきゃいけないし、一緒にデイパックを買いに行こう」

「いえ、別に新しいものが欲しいわけではなくて…」

以前使っていたデイパックも残してあるし、必要ないと久嶋は言ったが、音喜多は相手にしなかった。どんなデイパックがいいかと考える音喜多の横顔は楽しそうで、久嶋は本当に千個買われたらどうしようかと、少し心配になった。


久嶋の要望を受け、花城と会う約束を取り付けた汐月から連絡が入ったのは、翌日の朝だった。花城側も改めて詫びがしたいとのことで、夕方に揚羽大学を訪ねて来る運びとなった。例によって久嶋の部屋は人を招けるような状況ではないので、池谷の部屋を指定し、待っていると、午後五時前に花城が倉持と共に姿を現した。

昨日の詫びにと、倉持からとらやの羊羹《ようかん》を渡された久嶋は、にっこりと笑みを浮かべた。

「ありがとうございます。僕は甘い物が大変好きなので嬉しいです。池谷さん」

受け取った紙袋を池谷に渡し、切ってくれるように頼む。池谷は花城たちに何を飲むかと聞いたが、余り時間がないので…と断られた。

「こちらから時間を指定しておきながらすみません。この後、会食の予定が入っておりまして」

「いえ。政治家が忙しいのは当然です。僕はずっとアメリカにいたので日本の政治システムには疎く、あれから色々と調べました。今は通常国会の会期中で、会期末に向けて多忙な時期とか」

「そうなんです。ご理解頂けるとありがたいです」

「そんな時にお見合いまでこなさくてはいけないとは、大変ですね」

久嶋が付け加えた言葉に、花城は笑みを浮かべたままフリーズする。人形のような表情を張り付かせて、どう答えようか考えているようだった。久嶋は花城に二人で話せないかと持ちかけ、彼女の了承を得ると、池谷と倉持に少しの間、外に出て欲しいと頼んだ。

羊羹を切ろうとしていた池谷は手を止めて、倉持と共に部屋を出る。久嶋は花城にソファへ座るように勧め、自分は対面にあるデスクの椅子に腰掛けた。椅子の高さを調節してから、時間がないのに無理を頼んだことを詫びる。

「倉持さんにも関係することだったので、花城さんと二人で話した方がいいかと思いまして」

「何でしょうか？」

「花城さんは汐月さんとお見合いをして、その話を進めて欲しいと望まれたそうですね？」

確認するような聞き方をする久嶋をじっと見つめ、花城はゆっくりと頷いた。

「私も伺いたかったのですが、昨日、式典にいらしたのは…」

「汐月さんに頼まれたからです」

「……」

何を頼まれたのか、久嶋は明確にしなかったが、花城は不思議そうな表情を浮かべなかった。察しがついているような顔を見つめ、久嶋は花城に汐月と結婚したいという意思はあるのかと尋ねる。

「…汐月さん次第ですが、結婚を前提にしたお付き合いに発展すればいいと…思っています」

「それは汐月さんを気に入ったというより、彼の家柄と職業を重視して、ですか？」

「……。失礼を承知で申し上げれば、そうですね。汐月家は申し分のない家柄ですし、汐月さんの警察官という職業も私にとってプラスになると考えています」

「特に今は脅迫犯に狙われていますしね。議員になる前から脅迫文の類《たぐ》いは届いていたと仰っていましたから、そういうものを一掃する為にも警察官はうってつけの職業でしょう」

なるほど…と頷き、久嶋は「では」と続けた。

「あくまでも条件面で、汐月さんは花城さんにとって都合がいい、ということですね？」

「…私は政治家として花城家の跡取りでもありますから。結婚は家同士の契約ですし、条件を重視するのは当然だと思います。恐らく、汐月さんも同じなのではないでしょうか」

恋愛感情の伴わない結婚だとしても、立場上、仕方ないと納得している。花城が汐月も同じと言うのを聞いた久嶋は、どうでしょうかと首を傾げた。

「汐月さんも口ではそう言っていますが、本心だとは思えないんです」

「本心ではなくても従うべきだという考えはおありだと思いますよ」

「確かに。だからこそ、花城さんと会ったのですしね」

汐月は逃げ回っていたと言ったが、本気で厭《いや》だと…性的嗜好《しこう》も含め…、自分には無理だと思っているのなら、拒否することは出来ただろう。使命感の方が勝つ程度の…と言ってしまうのは、汐月が気の毒ではあるが…抵抗感なのだ。結婚はしたくない。だが、汐月家に生まれたからには、家が決めた結婚をせざるを得ない。

自分には到底理解出来ない考えだが、そういう事情を抱えた人間を否定する権利がないというのも、久嶋は分かっていた。旧弊に縛られるべきでないという意見を述べたところで、亡き父の跡を継ぎ、政治家という茨《いばら》の道を歩いている花城に響くわけがないというのも。

久嶋はデスク上に置いた手の指を組み合わせ、汐月について話し出す。

「僕はとある理由で汐月さんから嫌われているのですが、汐月さんは僕を嫌っていながらも、あれこれ頼むときちんと協力してくれるんです。職業柄もあるのか、いつも怖い顔でとっつきにくい雰囲気を醸し出していますが、あれで人がよくて、律儀なところがあるんです」

「ええ…」

汐月の長所をあげる久嶋を、花城は少し怪訝そうに見て、相槌を打った。話の流れ的に、条件だけで結婚を決めるなんて古くさい…というような非難を受ける覚悟をしていたらしい。久嶋は笑みを浮かべ、「今まで」と続ける。

「僕は何度も汐月さんの立場を頼りましたが、彼から頼られることがあるとは予想していませんでした。汐月さんにとって僕は宿敵で、頼み事をするなどもってのほか…と考えていそうだと思っていたんですね。でも、汐月さんは僕が捉えていたよりも、柔軟な考えの持ち主だったようです。元々、シンプルで、情の深い人ですしね。ですから、このまま花城さんと結婚することになったとしても、いずれ、その環境に慣れ、花城さんを大事に想うようになると思うんです」

「……」

話を聞いていた花城の表情に困惑が混じるのを見て、久嶋は口元の笑みを消す。

「互いに惹《ひ》かれ合って結婚するのでなくても、きっかけが家同士の結びつきを得る為であっても、共にいる間に慈しみ合うような関係になれる可能性があるのなら、悪くないと思うんです。けれど、最初からそういった可能性のない結婚は、不幸を招くのではないでしょうか」

じっと見つめる久嶋を、花城は硬い顔つきで真っ直ぐに見返した。視線をそらしたりしないのは、政治家ならではの胆力か。久嶋は無言でいる花城に、昨日、生まれた疑いを伝える。

「花城さんが倒れかけた時、倉持さんは咄嗟に『郁子』と花城さんの名前を呼んだんです。秘書が議員を名前で呼ぶというのは珍しいと思うのですが」

久嶋の指摘を受け、花城は微かに目を見開き、能面のような無表情で殻を被った。納得のいく説明を求め、花城を見つめる久嶋に、「それは」と機械的な口調で答える。

「彼が中学の時の同級生だから…です。子供の頃は私を『郁子』と呼んでいましたから、つい、出てしまったのだと思います。気をつけるように言っておきますので…」

「同級生。なるほど」

さすが政治家。言い訳がうまいと久嶋は感心する。

「では、花城さんはかつての同級生を自分の秘書として雇い入れたのですね？」

「ええ。地元のことをよく知っていますし、問題はないかと思いますが」

「問題があるとは思っていません。僕は記者でもないですし、本当のところ、花城さんと倉持さんの関係に興味はないんです。僕が懸念するのは、『そのこと』が汐月さんに影響を与えないかということです。たとえば、花城さんが倉持さんと想い合っているのに、家の為に汐月さんと結婚したとしたら、汐月さんはどうなるんでしょう。汐月さんは他に想う人がいたとしても、真面目に花城さんと向かい合おうとすると思います。その時、花城さんはどうしますか？」

「……。そんなたとえ話には答えられません」

花城の回答は彼女の立場としては正しいもので、久嶋は「そうですね」と相槌を打つしかなかった。問い詰めることは出来るが、そうしたところで、解決にはならないのも分かっている。これだけ言えば十分だろうと考え、時間を貰った礼を伝えた。

「お忙しいところ、ありがとうございました」

「いえ。私の方こそ…助けて頂き、感謝しております」

「犯人が早く捕まることを願っています。汐月さんも現場に声をかけているようですから、早々に目星はつくと思いますよ。汐月さんは有能なので」

花城は微笑んで「そうですか」と頷き、ソファから立ち上がる。久嶋も席を立ち、花城を見送る為に彼女と共に部屋の出入り口へ向かった。花城がドアを開け廊下に出ると、すぐ前に倉持と池谷が並んで立っていた。倉持は花城を見て、その顔付きが硬いのに気づいたのか、微かに表情を曇らせる。心配そうに見る倉持に、花城は首を小さく振ってなんでもないと伝えた。

「それでは、失礼致します」

花城は倉持と共に久嶋たちにお辞儀をし、廊下を歩き、階段へ向かう。二人の姿が見えなくなると、久嶋は池谷に羊羹を切って欲しいと頼んだ。

「美味しそうな羊羹でしたから、食べたいです」

「美味しいですよ。とらやですから。すぐに用意しますね」

何か飲むかと聞く池谷に、久嶋は羊羹だから緑茶がいいと返す。室内へ戻り、花城が座っていたソファに腰掛けた久嶋は、羊羹と緑茶が運ばれて来ると、池谷と一緒にお茶をした。

「…この羊羹、滑らかな口当たりで、しっかりとした甘みがあるのに味がしつこくないですね。こんなに美味しい羊羹をくれるなんて…」

「お詫びにはとらやの羊羹を持参するのが定番だって言いますから」

「そうなんですか？」

「ビジネスマナーらしいですよ」

ほう…と池谷の豆知識に頷き、久嶋はスライスされた羊羹を口へ運ぶ。もぐもぐと咀嚼《そしゃく》し、「確かに」と頷いた。

「こんなに美味しいものを貰ったら許そうという気持ちも生まれるかもしれません」

「それで破談の件はうまくいったんですか？」

「たぶん」

汐月の頼み事を聞いていた池谷は、久嶋に家同士の体面を考え、双方に傷のつかない方法でなくてはいけないと助言した。久嶋は花城に具体的な要望を伝えたわけではないが、賢い彼女はたとえ話だけで意図を理解しただろう。汐月が花城を想い始めて彼女と向かい合おうとしたら、どうするのか。それに答えられないと返したのが、彼女の本音に違いないのだから。

久嶋は池谷が切った羊羹をあっという間に食べてしまい、おかわりを要求する。羊羹は意外とカロリーが高いのでほどほどにした方がいいんですけどね…と言いながらも、池谷もおかわりを食べられるのを喜んで、いそいそと羊羹を切り始めた。

その日の午後、定例会議を早々に抜け出した音喜多は、久嶋と買い物に行く為に揚羽大学へ車を向かわせていた。間もなくして到着するという頃、スマホに着信が入った。相手は汐月で、花城の件だろうと推測しながら、電話に出た。

「どうした？」

『…汐月であります！　お忙しい中、連絡を差し上げて申し訳ありません。少々、お話しさせて頂いてもよろしいでしょうか？』

　ああ…と返事をした音喜多に、汐月は電話越しにもその苦々しい顔付きが想像出来る物言いで、久嶋に会う予定はあるかと尋ねた。

「ああ。今、大学へ向かっているところだ」

『そうでしたか…！　…大変、厚かましいお願いをするのをお許し頂きたいのですが…』

「なんだ？」

『先ほど、久嶋某《ぼう》に電話しましたところ、出なかったので、助手の……』

「池谷さんか？」

『はい。彼に連絡しましたら、講義中だそうで…、大変恐縮なのですが、自分はこの後、急遽海外へ行かねばならなくなりまして…久嶋某に連絡出来る余裕がなくなりそうなのです。ですから、もし、可能であれば、先輩に久嶋某への伝言をお願い出来ないかと思いまして』

　汐月から久嶋への伝言というのは、花城絡みの用件に違いない。音喜多が頼みを引き受けると、汐月は久嶋に依頼した件は無事解決したと伝えて欲しいと言った。

「破談に出来たのか？」

『……ええ、向こうから断って貰うことが出来ました。恐らく、久嶋某の働きかけによる結果かと』

「だろうな。分かった。伝えておく」

　了承する音喜多に、勢いよく「ありがとうございます！」と返した汐月は、続けて、神妙な調子で久嶋にも礼を…と言いかけたが、音喜多はそれを遮った。

「いや。礼は直接、教授に言った方がいい」

『……！　そうですね！　先輩の仰る通りです。さすが、先輩です。勉強になります！』

いつもながらの暑苦しい物言いで音喜多を褒め称え、汐月は「失礼します」と結んで通話を切った。音喜多がスマホをしまうのと同時に、半林がベントレーを停車させる。久嶋を捕まえたらすぐに買い物に行こうと考えていたが、汐月の情報では講義を行っているらしい。少し時間がかかるかもしれないと半林に断りを入れ、また電話すると言って車を降りた。

四号棟へ向かい、池谷の部屋を先に覗くと、電話で聞いたように講義中だと知らされた。

「音喜多さん。先生は、今、講義中なんですよ」

「何時までだ？」

「あと…十分ほどだと思います」

ここで待っても構わないかと聞く音喜多に、池谷は快く頷く。

「あ、音喜多さん。羊羹、食べませんか？　とらやです」

「羊羹？」

「花城議員がお詫びにいらっしゃいましたので」

音喜多の返事は聞かず、池谷はいそいそと立ち上がり、給湯スペースで羊羹を切り始めた。お詫びだから羊羹かと納得し、池谷に久嶋は花城にどんな話をしたのかと尋ねる。池谷は自分は聞いていないのだと答えた。

「先生は花城議員と二人で話したいと言われて、僕と秘書の方は廊下で待ってたんですよね。音喜多さん、緑茶でいいですか？」

「ああ…」

久嶋が花城と二人きりで話したと聞き、音喜多はその内容が気になった。考える音喜多の前に、切った羊羹と緑茶を置き、池谷は自分用の羊羹を持ってデスクに戻る。

「汐月さんの件を話したと思うんですが、うまくいったのかと聞いたら、たぶんって仰ってました」

「そうか…」

汐月からもそのような報告を受けている。池谷に対して頷いた音喜多は羊羹を一口囓《かじ》り、「甘いな」と言って顔を顰めた。

「羊羹ですから」

小豆と砂糖で出来ている菓子が甘くないわけがない。久嶋や池谷とは違い、音喜多はさほど甘いものが好きではない。気軽に食べたのを後悔したが、一口囓っただけでやめるのはさすがに失礼だと考え、なんとか、一切れを食べ終えた。口の中の甘ったるさを拭う為に、カップの緑茶を飲み干す。池谷がおかわりを入れる為に立ち上がると、出入り口のドアが開く音がした。

「池谷さ…あ、音喜多さん。どうしたんですか？」

池谷に用があって部屋の中へ入って来た久嶋は、そこにいた音喜多が顰めっ面をしているのを見て、不思議そうに尋ねる。羊羹が甘くて…などと言えば、久嶋が長々と講釈を垂れるのは目に見えていたので、音喜多は「なんでもない」と返して立ち上がった。

「教授が戻るのを待ってたんだ。買い物に行こう」

「買い物…ですか？」

「ああ。シャツとデイパックを買いに行くって、昨日、約束しただろう？」

「約束した覚えはありませんが…」

それに以前使っていたものもあるので、新しく買う必要はないと言ったはずだの久嶋は気乗りしない顔付きだった。しかし、わざわざ訪ねて来た音喜多を袖にするほどではないと考えたのか、池谷に渡そうとしていた書類を預けて出かける旨を伝えた。

久嶋を連れて池谷の部屋を出た音喜多は、汐月から電話があったのを伝えた。

「花城が断って来たらしい。教授に電話したが繋がらず、出張で連絡出来そうにないからって、俺の方へ電話があったんだ」

「そうだったんですか。よかったです」

「どんな魔法を使ったんだ？」

花城と何を話したのかと尋ねる音喜多に、久嶋は気づいたことを指摘したまでだと答える。

「自分がターゲットだったと知った花城さんが倒れかけた時、秘書の倉持さんが彼女を『郁子』と呼んだんですね」

「ああ…なるほど」

それだけで音喜多は全てを察したらしく、大きく頷いた。久嶋はにっこり笑い、音喜多を褒める。

「さすが、音喜多さん。こういう話は飲み込みが早いですね」

「他の話も同じだ。それより、汐月は礼を伝えて欲しそうだったが、直接、教授に言うように言っておいた」

「礼なんて必要ないです。汐月さんには色々とお世話になってますし…。僕は花城さんと話してみて分かったことがあるんです」

「なんだ？」

「僕は自分で考えていたよりもずっと、汐月さんを大切に思っていたようです」

久嶋から発せられた言葉は、音喜多にとって聞き捨てならないものだった。久嶋が汐月を大切に思っている？　それは一体、どういう意味なのかと、愕然とした顔付きになる音喜多を見て、久嶋は表情を曇らせる。音喜多が一方的な思い込みであらぬ誤解をするタイプであるのは学習済みだ。

「またさめんどくさい思い違いをしないで下さいね？」

溜め息交じりに前置きをして、久嶋は汐月に対する考えを説明した。

「僕は汐月さんから敵視されているので、今回、彼が僕のところに相談に来たのは意外だったんです。他に相談出来る相手がいないというのは理解出来て、これまで汐月さんにはあれこれ調べて貰ったりしてますから、ギブアンドテイクで協力するべきだと思い、花城さんに会いに行ったんですが…花城さんと話している内に、僕は汐月さんにしあわせになって欲しいと思っているのだと気づきました。汐月さんは家の為に結婚しなくてはならないと考えていて、花城さんも同じで、そういう意味では釣り合いの取れた結婚なのだと思います。結婚は契約でもありますから、互いが想い合わなくても成立します。今回の場合、花城さんが倉持さんと深い関係であったとしても、花城さんがそれと結婚は別だと考えるならば、家同士の取り決めとして話は進んでいったのでしょう。汐月さんも場合によっては承諾せざるを得なかったのかもしれません。ただ…汐月さんという人は音喜多さんのことを想っていると言いながらも、実際に結婚したら花城さんを大切にすると思ったんです」

「だろうな」

音喜多にとって汐月はめんどくさい相手ではあるが、その人間性は信頼している。でなければ、あからさまな好意を向けて来る鼻息荒い体育会系男子など、とっくに距離を置いていた。相槌を打つ音喜多に、久嶋は頷いて「けれど」と続けた。

「花城さんは違う気がしました。公私にわたって花城さんを支えている倉持さんが相手では、汐月さんの分《ぶ》が悪いですしね。花城さんが断ってくれてよかったです」

「確かに…たとえ、家の為に愛のない結婚をしなきゃいけないとしても、最初から相手に愛人がいるっていうのはきついな」

久嶋の話に納得しながら、音喜多は改めて世話をかけた礼を言う。それから意外に思ったのは自分も同じだと告げた。

「教授なら、結婚は契約だから、愛なんてなくても構わないと考えているのかと思った」

「そうですね。確かにそう考えていますし、愛と言われてもよく分かりません。だからこそ…」

久嶋が言葉を切ったところで、二人は四号棟の建物を出た。外は薄暗く、今にも雨を降らせそうな厚い雲が空を覆っている。音喜多はスマホを取り出し、半林にいつものところまで迎えに来て欲しいと電話をかけた。音喜多がスマホをしまうのを見て、久嶋は歩きながら話を再開する。

「…自分が花城さんに、慈しみ合える可能性のない結婚は不幸を招くのではないかと話したのには、驚きました」

「……」

「たぶん、音喜多さんの影響ですね」

音喜多と一緒にいるようになったから、そんな風に考えるようになったのだと話す久嶋を、音喜多は抱き締めてしまいそうになった。けれど、久嶋が教授として知られている大学という場所だけに憚《はばか》られ、代わりに手を伸ばす。隣を歩く久嶋の手をぎゅっと握り締めると、久嶋は仕方なさそうに笑った。

「音喜多さんは手を繋ぐのが好きですね」

「全部好きだ」

手を繋ぐだけじゃなくて、久嶋とすることの全てが好きだし、久嶋の全てが好きだ。力強い声で告白する音喜多に、久嶋は笑みを深める。雨が降り出す前に車に乗ろうと促す音喜多に従い、歩道を歩く脚を速めた。

二話　アディショナルデザイア

この数日、池谷《いけたに》は困ったものだと憂えていた。穏やかで落ち着いた気質の池谷は、気分の浮き沈みがほとんどない。美味《おい》しいものが食べられてしあわせだとか、今日は暑くて厭《いや》になるとか。そういう小さな気持ちの変動はもちろんあるけれど、どうしたらいいものかと頭を抱えるケースは少ないのだ。

そんな池谷を悩ませる原因の大半は、彼の年若い上司にある。天才と誉れ高き久嶋《くしま》は、その能力に見合う分だけ、常識がない。常識がない、などと指摘すれば、常識とは何かと延々問いかけ、常識についての定義を語り出すほどに、常識がない。

けれど、久嶋には数多《あまた》の問題があっても、暴言を吐くとか威圧するとか、その手のパワハラ行為とは無縁だ。話が長くてくどくても、決して声を荒らげたりはしない。それに、優しい。人の気持ちが分からないと言いながらも、気遣いを見せたりする。彼によればそれは相手の気持ちを慮《おもんぱか》っているのではなく、これまでの経験による学習に基づき行動しているらしいのだが、池谷には十分だ。

だから、久嶋の世話係である現状に不満はないし、スイーツ好きという共通点もあるので、彼の下で働けるのはありがたいくらいだ。

とはいえ、最近の久嶋はいけない。早めに解決しなければいずれ騒ぎになる。本来ならば、この手のことは音喜多《おときた》に相談すればすぐに対応して貰《もら》えるのだが、一週間ほど前に訪ねて来た彼は、苦々しい顔付きで海外へ出張しなければいけないのだと池谷に告げた。帰国したならば真っ先に久嶋を訪ねて来ているはずで、その姿を見かけていないところを見ると、まだ戻っていないのだと思われる。

「今日も……なのかな…」

デスク上の時計を見ると、時刻は午後五時を過ぎている。窓の外はまだ明るく、気温も高そうだ。このところ東京《とうきょう》では最高気温が三十度を超える日が続いている。夜になっても二十五度未満にならない熱帯夜が続く時期も間もなく訪れるだろう。だからこそ、久嶋の問題を何とかしなくてはならないのだが…。

「僕ではどうにも出来ないしなあ…」

池谷が力無く呟《つぶや》いた時、ドアがノックされる音が聞こえた。はい…と返事をすると、ドアが開き、待ち望んだ声が池谷の耳に届く。

「池谷さん…」

「…!!」

音喜多の声に喜び、池谷は飛び上がるようにして立ち上がった。奥から駆け出して来る池谷を見た音喜多は、ぎょっとしたように目を見開く。

「どうした？」

「音喜多さん…っ…よかった…！　早く帰って来てくれないかなって、待ってたんですよ！」

音喜多の帰りを待ちわびていたと言う池谷の顔は喜びに溢《あふ》れており、そこまで歓迎される覚えのなかった音喜多は困惑した。池谷はいささか大袈裟《おおげさ》すぎたかと反省し、「いえ」と言って小さく首を振る。

「その…先生が」

「教授がどうかしたのか？」

池谷が久嶋の名を出した途端、音喜多はさっと顔付きを変える。池谷は慌てて両手を振り、何かあったわけではないのだと告げて、音喜多を心配させたのを詫《わ》びた。

「先生はお元気です。相変わらず…なんですが」

「何があったんだ？」

「エアコンが」

「エアコン？」

「自宅のエアコンが壊れたらしいんですね」

久嶋は同じ揚羽《あげは》大学文学部の徳澄《とくすみ》教授宅の一室を間借りして暮らしている。その部屋のエアコンが壊れたのかと確認する音喜多に池谷は頷《うなず》き、そのせいで生じている自分の懸念を切々と訴えた。

「なので…先生が帰らないんです」

「帰らないって…ずっと大学にいるのか？」

音喜多に尋ねられた池谷は、かくかくと頭を縦に振って何度も頷いた。

久嶋が家に帰っていないと池谷が知ったのは、一昨日《おととい》のことだ。朝、出勤して来ると、久嶋がトイレの洗面台で顔を洗っていた。池谷はラッシュを避ける為《ため》に朝早く出勤するようにしている。こんな時間にどうしたのかと聞いたところ、久嶋は帰っていないのだと答えた。

その理由が…エアコンだったわけで。

「今年は特に暑いので分からなくもないのですが…修理を頼んでいる様子もないので、このままずっと大学にいたりしたら…教務から怒られるのは間違いなく…」

「そういう問題じゃないだろう」

音喜多は大学で寝泊まりしているなんてあり得ないと首を振り、久嶋はどこにいるのかと尋ねた。

先に久嶋の部屋を覗《のぞ》いたが、留守だったので、池谷の元へ来たらしい。

「おかしいですね。今日は午後から予定が入っていないので、ずっと部屋にいると思っていたんですが」

　エアコンの件があるので、自宅に帰ったわけではないだろうと推測し、池谷はデスクの上にあったスマホを手に取る。久嶋に電話をかけて居場所を確認しようとしたが、長くコール音を鳴らし続けても、久嶋の声は聞こえなかった。

　久しぶりに久嶋の顔が見られると、喜び勇んで空港から直接やって来た音喜多は、俄《にわ》かに心配になり、捜してくると言い、池谷の部屋を飛び出そうとした。ドアを勢いよく開けたところで、目の前に久嶋が立っていたのに驚き、声を上げる。

「わっ！」

「音喜多さんじゃないですか」

　どうしたんですか？　と尋ねる久嶋は、いつも通りの可憐《かれん》な顔で微笑《ほほえ》んでいる。音喜多は脱力しながらも、一週間ぶりに恋人に会えた嬉《うれ》しさでいっぱいになり、久嶋の腕を取って引き寄せ、愛《いと》おしそうに抱き締めた。

「教授…」

　久嶋と離れている間、どれほど彼に会いたかったか。ワルツコーポレーションの社長である長根《ながね》から、どうしてもと懇願されて渋々出かけたLA《ロサンゼルス》で、こんな無駄な時間を過ごすくらいなら、辞めてやると幾度決意したか知れない。ようやく久嶋に触れられる喜びを満喫し、抱き締める腕に力を込めた音喜多は。

「……」

　いつもより埃《ほこり》くささを感じて、思わず咳《せ》き込んだ。けほっと咳く音喜多を上目遣いに見て、久嶋はその手から離れ、自分のにおいを嗅ぐ。

「においますか？」

「におうっていうか…なんか、埃っぽいぞ？」

「そうなんですよねえ」

眉を顰《ひそ》めて指摘する音喜多に、池谷は大きく頷いて同意した。

「先生って、こんなに暑い日が続く中でお風呂に入ってなくても、汗とか脂とか、そういう系のにおいはしないんですけど、埃っぽくなるんです。もしかしたら無機物なのかも…」

「僕は人間ですから有機物です」

池谷の冗談を真面目に受けて言い返す久嶋を、音喜多は眉を顰めたまま、呆《あき》れた目で見つめた。久嶋が普段から何日も服を着替えなかったり、入浴も怠けたりするのを知っているだけに、自宅に戻っていないという彼が、入浴などしているわけがないと確信する。音喜多は真面目な顔で、何日風呂に入っていないのかと質問した。

「風呂に入っていないというのは浴槽に、という意味ですか？」

「浴槽だったらかなり長い間になるだろう？　シャワーを浴びるのも入浴と数えていい」

「だったら…三日…いえ、四日…。…音喜多さんと会うのは何日ぶりですか？」

「……」

それを確認するということは、自分が海外出張に出てからずっとなのかと、音喜多は唖然《あぜん》とする。埃くさいくらいで済んでいるのが奇跡なのではないか。音喜多はあり得ないと首を振り、すぐに引っ越そうと提案した。

「引っ越すって…どうしてですか？」

「エアコンが壊れたんだろう？」

「エアコンは直せばいいのでは？」

そばで話を聞いていた池谷にも、いきなり引っ越すというのは極論に思えた。不思議そうに指摘する池谷に、久嶋は同意する。

「そうですよね。…あ、でも…」

その通りだと言いながらも、久嶋ははっとして、表情を曇らせる。音喜多は考え込む久嶋の小さくて可愛《かわい》い顔をじっと見つめ、明晰《めいせき》な頭脳が導き出そうとしている言い訳を邪魔した。

「教授が壊れたエアコンを直そうとしなかったのは、あの部屋の状態では業者が入れないと判断したからなんだろう？」

「えっ…まさか、先生…」

池谷は久嶋の自宅を訪ねたことはないが、音喜多が「あの部屋の状態」と言うのを聞いて声を上げた。まさかと口にした池谷が思い浮かべたのは、池谷の部屋の斜め前にある久嶋の研究室だ。入り口まで本で埋め尽くされた久嶋の部屋は、大きな地震が来て積み上げられている本が雪崩《なだ》れたりしたら、廊下へ逃げることは不可能な状態になっている。緊急時には窓から逃げられるようにと、吊《つ》り梯子《ばしご》を購入したほどだ。

もしや、自宅もあんなことに…と顔を青ざめさせた池谷は、神妙に沈黙している久嶋に向かって「ですよね」と独り言のように呟く。

「自宅だけ片付いているなんて…あり得ませんよね…」

「片付いてはいますよ。どこに何があるかは全て把握しています」

「床が見えないほど物がある状態を片付いているとは言わないんだぞ」

「ですが、足の踏み場がないというわけではありません。ちゃんと通り道は…」

「ああ…やっぱり同じなんだ」

久嶋の研究室も部屋の奥にあるデスクまで、人一人がなんとか通れる程度のスペースが空けられている。自宅もあれと同じなのかと池谷は頭を抱え、音喜多は反論出来ないでいる久嶋に、前々から提案している同居案を持ちかけた。

「いい機会じゃないか。そもそもあの部屋は教授の持ち物を置ける広さじゃない。徳澄教授だって、床が抜けるのを心配しなくて済む」

「その辺りはちゃんと計算しています。エアコンが故障したのは想定外で…でも、夏が終わるまでのことですから」

「先生。夏は始まったばかりですよ？」

東京では九月になっても三十度超えの日が続く。それに、ようやく冷房がいらなくなったなと思ったら、今度は寒くなるのだ。エアコンは年中必要で、その部屋に住み続けるなら、修理なり交換なりしなくてはならないのではないか。池谷の冷静な指摘に久嶋は押し黙った。池谷は更に、

「それに大学で寝泊まりしているのがバレたら、教務から叱《しか》られます。大目玉を食らいます」

と、真剣な顔で続ける。教務は話の通じない久嶋ではなく、世話係である池谷に責任を問うに違いなく、彼にとっては深刻な問題であった。

久嶋としても池谷に迷惑をかけるのは本意ではない。かと言って、音喜多と同居するつもりもなく、

自宅に戻る為の策を練るしかなくなった。

「分かりました。では、エアコンを修理して貰うようにします」

しかし、それには業者が入れる程度に部屋を片付けるという難関が待ち構えている。音喜多はひとつ息を吐き、ともかく、久嶋の自宅である徳澄宅へ行こうと持ちかけた。


帰国の目処《めど》がついてから、音喜多は日本に戻った後の久嶋とのデートを妄想していた。空港から大学へ直接迎えに行き、食事をしてドライブでもしよう。再会したらまず何が食べたいのか聞こうとしていたのに、想定外の展開に出鼻をくじかれた。しかし、久嶋がそばにいるならば、大抵のことはやり過ごせる。デートの代替プランが、どこから手を着ければいいか分からない、部屋の片付けになってしまったとしても。

徳澄家に着くと、既に徳澄は帰宅しており、顔馴染《なじ》みの音喜多を快く迎えてくれた。更に、その目的がエアコンの修理だと聞き、あからさまにほっとした表情を浮かべた。

「そうですか。よかった。エアコンが壊れたようなので、しばらく留守にすると久嶋くんから聞いて、どうしようかと思っていたんです。大家として、なんとかすべきなのですが、あの状態だと修理の為に業者を呼ぶことも出来ませんし…」

徳澄も気にかけていたらしく、池谷と同様に、音喜多を救世主のように見て崇《あが》める。二人ともが、まずは部屋を片付けろと久嶋に言えば、反論されるのが分かっているので、どうしたものかと悩んでいたらしい。徳澄によろしく頼むと見送られ、音喜多は久嶋と共に二階へ上がった。

徳澄は一階で暮らしているので、二階は久嶋しか使っていない。階段を上がった先の左手側にある部屋のドアを開けると、以前と同じように本で埋め尽くされた光景が広がっており、音喜多は隣にいる久嶋を見た。

「とにかく、一度本を全てこの部屋から出そう。修理か交換かは業者に聞いてみて…」

「何処《どこ》へ出すんですか？」

「取《と》り敢《あ》えず…廊下とか…他の部屋とか…」

そう言いかけて、音喜多は考えを改めた。大学で持ちかけた時は袖にされたが、これは久嶋と一緒に暮らす千載一遇のチャンスなのかもしれない。こほんと小さく咳払《せきばら》いをして、「教授」と呼びかける。

「これだけの本を部屋から出して、元に戻すよりも、やっぱり引っ越した方がいいんじゃないか？　俺のマンションならここよりも大学に近いし、構造もしっかりしているからどれだけ本を置いたとしても床が抜けるような心配はいらない。部屋だって余ってるんだから教授専用の図書室を作ろう。なんなら、あの居間の壁全部を書棚に変えてやる」

「……」

揚羽大学近くに音喜多が所有しているマンションは、久嶋の研究室から歩いて十分弱の場所にあり、久嶋にとっては通い慣れた場所でもある。よく知るあの居間の壁が全て書棚に…と想像し、悪くないと思いかけたが、相手が音喜多であってもなくても、誰かと同居することのハードルが久嶋には高かった。徳澄とは同じ家に住んでいても、大家と店子《たなこ》という間柄で、徳澄は久嶋の暮らしぶりについて苦言を呈したりはしないので…呆れても小言を言ったりは決してしない…成り立っている。

その点、音喜多は…恐らく、性格的に無理だろうと判断し、久嶋は首を横に振った。

「以前から何度も言ってますが、僕は誰かと暮らすことに向いていません」

「徳澄教授とは一緒に暮らせてるじゃないか」

「教授は大家です」

「だったら、俺にも家賃を払えばいい」

だだをこねる子供みたいな音喜多を苦笑して見て、久嶋は妥協案を提示する。今日はもう夜になるし、片付けは明日にして、音喜多のマンションへ行かないか。そんな一言で音喜多は簡単に籠絡され、満足そうに笑みを浮かべて「そうだな」と頷いた。


知り合って間もなくの頃、久嶋は音喜多のマンションで睦《むつ》み合っても、ことが済めばすぐに帰って行ってしまっていた。それが朝までいるようになったのは、音喜多が脚を怪我《けが》してからだ。少しずつでも、久嶋の変化を感じられるのが嬉しくて、いつか一緒に暮らせればと夢を思い描くのだって、日々を楽しむエッセンスだと思っているのに。

「……」

隣で眠る久嶋の顔を見ているだけで、音喜多はこの時間を永遠にしてしまいたいと、欲深な思いを抱く自分を抑えきれなくなる。このまま久嶋がここに住んでくれる方法はないものだろうか。久嶋の考えを変えることが出来ないのであれば、そうせざるを得ない状況を作り出してしまうとか？

徳澄のところに店子が増えたとしたらどうだろう。久嶋は徳澄と馬が合うようで、互いに関与しない暮らしを満喫しているが、そこにもう一人加わったならば違ってくるのではないか。不協和音を嫌い、自分の誘いに乗ろうと考えてくれるかもしれない。問題は徳澄が金銭目的で久嶋に部屋を貸しているわけではないことで、新たな下宿人を増やすのはかなり難しいと思われる。

どうしたら…と考えていると、久嶋の薄い瞼《まぶた》がぴくりと動いた。ゆっくりと目を開いた久嶋は、すぐ近くに人がいることに反応して、咄嗟《とっさ》に身構える。

少しずつよくなっては来ているが、過酷な経験によるトラウマはまだ久嶋の心に影を残していると感じることがある。久嶋が同居を望まないのはそのせいかもしれないと思いながらも、一緒にいた方が安心なのだと分からせたいという気持ちが強い。音喜多は落ち着いた声で「おはよう」と言い、そばにいるのは自分だと示した。

「音喜多さん…」

音喜多だと確認した久嶋は掠《かす》れた声で名前を呼び、少し怪訝《けげん》そうな表情を浮かべた。自分がどこにいるのか分からない様子の久嶋に微笑みかけ、音喜多は自分のマンションにいるのだと教える。久嶋は「ああ」と吐息混じりの返事をして、覆い被《かぶ》さってくる音喜多を受け止めた。

「そうでしたね…。すっかり熟睡していました。このところ、研究室の床で寝ていたので…」

「床…？」

「ええ。椅子の後ろの」

道理で埃っぽかったわけだ。音喜多は呆れつつ、愛おしそうに久嶋の頬《ほお》や額に口づける。

「よく眠れたならよかった。このベッドはシモンズ社のマットレスだから、快適だろう」

「それはよく分かりませんが、床よりはよかったです」

高級マットレスと床を比べる久嶋に苦笑し、音喜多は目覚めたなら着替えて朝食にしようと、久嶋を抱き起こした。

「何か食べたいものはあるか？　コーヒー？　それとも紅茶？　持って来た着替えはクローゼットにかけておいたから…」

「音喜多さん」

「なんだ？」

「一旦、部屋から出て行って下さい。着替えたいので」

真面目な顔で久嶋から通達された音喜多は、着替えを見られて恥ずかしがるような仲じゃないのにと怪訝に思ったが、頷いて先に寝室を出た。久嶋が着替えて出て来るまでに朝食の支度をしておこうとキッチンへ向かう。半林《なかばやし》がいれば任せるのだが、目白《めじろ》の家ほど広くはないマンションなので、食材の用意だけ頼んであった。

先にコーヒーメーカーをセットし、紅茶を飲みたいと言われた場合に備えて、お湯を沸かし、ポットを用意する。パンを食べるならオーブントースターで温めた方がいいだろうか。あれこれ考え、キッチンで動き回っていると、久嶋が寝室から出て来た。

「教授…」

「音喜多さん。もう時間がないので、僕は大学へ行きます」

「いや、半林に送らせるからまだ大丈夫だ。コーヒーだけでも…」

「結構です」

つれない物言いに音喜多はショックを受けつつ、キッチンを出て、玄関へ向かう久嶋を追いかけた。

久嶋は怒っているのかもしれない。寝顔を見ているのが楽しくて、つい起こさずにいたけれど、もう少し早く起こすべきだった。いや、久嶋の事情を考えず、寝ている彼のそばにいたのがいけなかったか。音喜多は自分の愚行を後悔しつつ、久嶋の背中に向けて謝った。

「教授、悪かった。もっと早く起こした方が…」

「いえ。目覚める時間はセットしてありましたから」

「セット？」

気づかなかったが、久嶋はスマホでもそばに置いていたのだろうか。そのアラームをセットしていたという意味なのかと尋ねる音喜多を、久嶋は振り返って違うと答えた。

「スマホではなく、自分に、です。明朝、何時に起きると決めて眠ると、その時間に目が覚めます」

「……。おかしな特技が多いな。教授は」

自分自身にアラームをかけるなんて、聞いたことがない。ちょっと引き気味に返す音喜多に、久嶋は首を傾《かし》げて「そうですか」と返した。玄関に着くと、三和土《たたき》に置いてあった自分の靴を履き、音喜多に予定を確認する。

「では、午後から、片付けの手伝いをお願い出来るということでいいですか？」

「ああ。徳澄教授宅で待ち合わせよう」

「了解です」

昨夜、重ねて同居を勧めたものの、久嶋の承諾を得られなかった音喜多は、仕方なく、代案を提示した。自分が部屋の片付けを手伝うから、エアコンを修理しよう。エアコンが直るまでの間は、大学ではなく、自分のマンションで寝泊まりしてくれ。そんな音喜多の提案に久嶋は頷き、午前中は大学で所用を済ませ、午後から部屋を片付けるという段取りを立てた。

「行って来ます」

「気をつけて」

玄関先で何気ないやりとりをして、出て行く久嶋を見送った音喜多は、胸が妙に高鳴っているのを感じて、額に手を当てた。行って来ます、なんて。久嶋から言われる日が来るとは思いもしなかった。今日はなんていい日なんだと、音喜多は「行って来ます記念日」としてその日を記憶に刻みつけた。


朝から燦々《さんさん》と日の光が降り注ぐ道を歩き、自分の研究室がある四号棟に辿《たど》り着《つ》いた久嶋は、自室へ入る前に池谷の部屋へ立ち寄った。池谷は早くに出勤するのでもう来ているだろうと思ってドアを開けると、コーヒーの匂いが鼻をくすぐる。池谷は給湯スペースでコーヒーを入れており、久嶋を見ると「おはようございます」と挨拶する。

「先生も飲みますか？」

「はい。ありがとうございます」

池谷の問いかけに頷き、久嶋は部屋の奥へ向かい、デイパックを下ろしてソファに腰掛けた。池谷は入れていたコーヒーを久嶋の元へ運び、先に飲んで下さいと勧める。

「菓子パンもありますけど」

「食べます」

頷く久嶋の前に、池谷は朝食用に買って来たパンの袋を置いた。自分の分も残しておいて下さいね…と付け加える池谷に頷き、紙袋の中からメロンパンを取り出した久嶋は、それをじっと見て動きを止める。何か気になることでもあるのかと、池谷が尋ねると、久嶋は自分の心境について語り始めた。

「僕は池谷さんの勧めは当たり前に受け取れるんです。朝、ここに寄ればコーヒーが飲めるし、こうしてお裾分けも貰えると分かっているからなんでしょうか」

「誰の勧めは受け取れないんですか？」

「音喜多さんです」

久嶋の答えは池谷にとって意外なもので、どう解釈すればいいのか分からないといった顔付きを返した。久嶋はメロンパンを見つめたまま、話を続けた。

「昨夜は音喜多さんのマンションに泊まったのですが、目覚めたら音喜多さんがじっと見てたんです」

「はあ…」

「音喜多さんが僕をじっと見るのはいつものことなので、さほど気にはならないのですが、よく眠れたかとか朝食を食べるかとかコーヒーを飲むか紅茶を飲むかとか着替えはクローゼットにあるとか、色々言われて、どう対応したものか迷い、時間がないからと言って出て来たんですが、こうして池谷さんのところでコーヒーを頂こうとしているわけで」

「なるほど」

矛盾する自分の行動に悩んでいる久嶋に、池谷は大きく頷く。音喜多自身、自分の愛が重い自覚はあるようで、それを許してくれている久嶋に感謝しているようなことを以前、話していた。久嶋は基本的に感情の動きが理解出来ない人間であるから、自身の反応をシンプルに受け取れないのだろうなと考え、池谷は代わりに久嶋の気持ちを言い表した。

「めんどくさいんですね」

「めんどくさい」

池谷から発せられた言葉を、久嶋は即座に繰り返す。その発想はありませんでした…と、衝撃を受けたように呟く久嶋に、池谷は音喜多の行動に対し久嶋が感じた戸惑いを解説してみせる。

「音喜多さんは先生と一緒にいる時間を一分一秒でも長くしたいし、一緒にいる間は先生に満足して欲しいと考えていますよね。とにかく与えたい人なんですよ、音喜多さんは」

「確かに。その通りです」

「でも、人は傲慢なもので、受け取ってばかりいると、窮屈に感じるようになります。先生と音喜多さんは割れ鍋に綴《と》じ蓋というか、供給過多な音喜多さんに対し、先生はある意味鈍感な方なのでうまくいってるのでしょうが、あれだけ重いと難しい部分もあると思いますよ。先生がめんどくさいと感じるのも当然ですし、音喜多さんご自身も分かっているようなので、罪悪感を抱く必要はないですから」

池谷が「重い」と表現したのも久嶋には新鮮で、大きく頷いた。うんうんと頭を動かしながら、メロンパンが入っている小袋を開けて、食べ始める。

「池谷さん。このメロンパン、美味しいです」

「よかったです。ところで、エアコンはどうなったんですか?」

「今日、午後から音喜多さんに手伝って貰って、部屋を片付けることにしました」

その後、修理を頼む予定だと聞き、池谷は安堵《あんど》したように笑みを浮かべる。音喜多の重い愛も、こういう時には役に立つ。割れ鍋に綴じ蓋とは、我ながらよく言ったものだと感心しつつ、池谷はコーヒーを入れたマグカップを持って席へ移動した。

午前中に出席を予定していた学部内の会議が終了したら下宿先へ戻り、音喜多が来るのを待とうと久嶋は考えていた。十時から始まった会議が終わったのは十一時過ぎで、それからお茶に誘われ、珍しい地方銘菓などをごちそうになった。久嶋を可愛がる年長の教授たちから贈られたお土産を携え、自分の研究室に戻ったのは、昼近くになった頃だった。

帰る為にデイパックを背負い、貰ったお菓子を池谷の部屋へ置いて行こうと考えて廊下に出たところで、「久嶋先生！」と呼びかけられた。それも、息も絶え絶えといった感じの声で。

「…？」

不思議に思って顔を向けると、階段の下り口に、知り合いが立っていた。

「あ、只野《ただの》先生。こんにちは」

久嶋に向けて無言で手を挙げたのは、医学部遺伝学研究センターに所属する只野だった。久嶋の所属先である文学部とは縁もゆかりもない医学部准教授である只野とは、表向きには彼のボスである柿《かき》山《やま》を通じて知り合った。

柿山は久嶋と同類の、基礎的生活能力が欠如した天才だ。只野は池谷と似たようなポジションにあり、柿山が主宰者である研究室を陰でとりまとめている。

その只野がかなり疲れている様子なのを不思議に思い、久嶋は近付いて「どうしたんですか？」と尋ねる。脱いだ白衣を左手で摑《つか》んだ只野は、額から滝のように汗を流して、文学部と医学部は離れすぎているると文句を零《こぼ》した。

「このクソ暑い中、十五分以上屋外を歩くなんて…途中で遭難して死ぬかと思いました」

「ご無事で何よりです」

にっこり笑って返す久嶋を見た只野は、なんとも言えない表情を浮かべて、「ああ」と溜《た》め息《いき》のような声を漏らした。手の甲で額の汗を拭い、ずり落ちてくる眼鏡のつるを上げる。久嶋に「普通の」対応を求めてはならないと分かっている只野は、池谷はいるかと聞いた。

「池谷さんですか？　どうでしょうか。確か、午前中は講義が…」

あるようなことを話していた…と久嶋が皆まで言わないうちに、「只野先生？」と呼ぶ池谷の声が下から聞こえて来た。階段の下り口から下方を覗き込むと、上がってくる池谷の姿が見える。池谷は只野同様、顔に汗を滲《にじ》ませていた。

「今日も暑いですね。どうされたんですか？」

「本当に、暑いですね！　よかったです。池谷先生がいなかったらどうしようかと思ってました！」

地獄で仏にでも会ったのかのように、只野は大仰に池谷と会えたのを喜ぶ。その様子を見た久嶋は、只野は池谷に会いに来たのだと考え、「では」と挨拶した。

「僕は失礼します。池谷さん、これ、おか…」

「待ってください！　俺は久嶋先生に用があって、汗だくになりながら、はるばるやって来たんです！」

「え？　そうなんですか？」

池谷がいるかどうかを尋ね、会えたことを喜んでいる只野が、自分に用があるのだと久嶋は考えていなかった。不思議そうに首を傾げる久嶋に、只野は真面目な顔付きで、久嶋と池谷はセットなのだと伝えた。

「池谷先生がいらしてくれないと話にならない…いえ、色々と困りますから。ええと…取り敢えず、エアコンのきいている部屋で…」

「そうですよね。僕のところへどうぞ」

　一応、全館空調となっているのだが、予算削減の為に設定温度を高くしているので、廊下は涼しいと言い難い。汗を流して涼を求める只野を、池谷は自室へ誘い、久嶋にも同席してくれるように頼んだ。久嶋が片付けの為に自宅へ帰る予定であるのは知っていたが、わざわざ訪ねて来た只野の話だけは聞いて貰わなくてはならない。

　池谷の部屋は廊下よりも冷房の温度が低く設定されており、只野は快適だと喜んだ。

「ああ…ようやく一息吐《つ》けました」

「今、冷たい飲み物をお持ちしますね」

「すみません、池谷先生」

「只野先生。申し訳ないのですが僕は自宅へ帰らなくてはならない用がありまして、出来たら手短に用件を話して貰えますか？」

　ソファに腰掛けた只野に対し、久嶋は立ったまま、話を聞くつもりのようだった。池谷は只野に冷茶を出しながら、久嶋にも座って話を聞くように促す。

「わざわざ医学部からいらしたんですから。ついでにという距離じゃありませんし、電話では話せない用件なんですよね？」

池谷に確認された只野は真剣な表情で頷き、グラスの冷茶を一息で飲み干した。

久嶋と池谷の研究室がある文学部四号棟と、只野の所属先である医学部遺伝学研究センターは、細長く南北に伸びる揚羽大学の広い敷地の端と端に位置している。地下鉄一駅分近く離れているその距離を、三十度近い炎天下の中、歩いて来るのは相当骨が折れる。講義の為、少し離れた校舎を往復しただけで汗だくになる池谷にとっては、ことの重大さが十分に感じられる事態だった。

久嶋は「そうですね」と頷き、デスクの椅子に腰掛ける。電話では話せない用件なのだろうと池谷が指摘したのが気になった。会議中に電話を貰っていたのだろうかとスマホを確認しても、只野からの着歴はない。久嶋の動作を見た只野は、電話はしていないと話した。

「池谷先生の言う通り、電話では話せない内容なので、直接来たんです」

「どういうことですか?」

久嶋が尋ねると、只野はグラスを持ち上げ、それが空になっているのに気づいて残念そうな表情を浮かべる。池谷は冷茶のペットボトルを持って只野に近付き、グラスにおかわりを注ぐ。只野は頭を下げて礼を言い、冷茶を一口飲んで、話を始めた。

「実は…研究室内で盗難事件が発生しまして…」

「盗難…ですか」

「もしかして、先生に犯人を見つけて欲しいと?」

探偵役を頼みに来たのかと、確認する池谷に、只野は微《かす》かに眉を顰めて、単純に犯人探しがしたいわけではないのだと返した。

「お二人ともご存じだと思いますが、うちはここと違い、出入りがかなり厳格に制限されています。

外部の犯行だとは考えにくく、研究室内の人間だと思われるので…犯人を捜すというより、犯人と話し合えれば…と思っているんですが…」

医学部遺伝学研究センターでは多額の予算が絡む重要な研究が複数行われていることもあり、ほぼフリーパスの文系学舎とは違い、身分証を提示しなければエリア内へ足を踏み入れられない。同じ大学の教員である久嶋や池谷も同様で、初めて柿山研究室を訪ねた時に、その違いに驚いた。学内でも警備が厳重なのは、それだけ盗まれてはまずいものがあるからだ。

「何を盗まれたんですか？」

興味を持って尋ねる久嶋に、只野は神妙な表情で「ＵＳＢメモリです」と答える。

「それに重要なデータが入っていたとか…？」

サスペンス映画みたいだと、池谷が息を呑《の》む。だが、只野は違うのだと首を横に振った。

「いえ。盗まれたＵＳＢメモリには研究に関する情報なんかが入ってたわけじゃないんです」

ちょっと話が長くなるが…と断り、只野は再び冷茶を飲んでから、口を開いた。

「最初に騒ぎが起きたのは先週の金曜日です。柿山は自分の部屋か、実験室の何処かで寝泊まりしてるんですが、小汚くなってきたんで、木曜の夜に一度帰らせたんです。で、朝、来てみたら誰かが部屋に入ったようだと言うんです。ですが、柿山の部屋は…その…元々荒らされた後のような状態でして…」

自分の管理が行き届いていないことを恥じるように言う只野に、池谷は全力で相槌を打ち、「大丈夫です」と励ました。

「うちの先生の部屋も同じようなものですから」

「僕の部屋は荒らされてはいませんよ。本が多いだけです。何処に何があるのかも把握していますから」

「柿山と同じことを言いますね！」

久嶋の口から出た言葉が、柿山の持論と全く同じであるのに、只野は目を見張る。久嶋は心外そうな表情を浮かべたが、反論は口にせず、只野に確認した。

「只野先生には分からなくても、柿山先生は誰かが入ったことに気づいたんですね？」

「そうです。俺にはいつも通り、散らかってるとしか見えなかったんですが、柿山は視覚で得た情報をそのまま記憶しているようなところがありまして…」

「それも先生と同じです」

「俺は本当に、池谷先生と心から分かり合えると思います」

「柿山先生の部屋に施錠は？」

同類相憐《あわ》れむみたいに、池谷と頷き合っている只野に、久嶋は冷静に質問する。只野は首を横に振って、防犯カメラの類《たぐ》いもないのだと付け加えた。

「研究室のメンバーを信頼していますし…それに、皆、柿山の部屋なんて入りたがらないから大丈夫だと思っていたんです」

「柿山先生は盗まれたUSBメモリを何処に置いていたんですか？　そんなに散らかっている部屋ならば、見つけるのも大変だったのでは？」

「そこなんです。実は、その時点ではまだ盗まれていなかったんです」

久嶋の指摘に、只野は身を乗り出して事実を伝えた。それから、盗まれるに至った経緯を伝える。

「柿山が最初に誰かが部屋に入ったと言いに来た時、俺は実験室にいた他のスタッフたちと様子を見に行ったんです。でも、あいつの部屋は元々散らかっているので、柿山の言ってることが本当なのかどうか、確かめる術《すべ》がなく…俺は何気なく、大事なものがなくなっているのかどうかを確かめたんです。柿山ははっとして、机の上を漁《あさ》って…書類の山を崩したり、あれこれひっくり返したり…大騒ぎしてUSBメモリを探し出したんですね。あった、よかったと喜んでいたので、ならよかったじゃないかと、その時は話が終わったんです。ですが、昨日…」

「そのUSBメモリが盗まれた、と」

言葉を続ける久嶋に、只野は重々しく頷く。

「先週の騒ぎの時、柿山は見つけ出したUSBメモリを、なくすといけないからと、机の引き出しにしまいました。それがなくなったということは…」

「その場にいた人間が強く疑われますね」

只野は溜め息を吐いて、グラスに残っていた冷茶を飲み干す。池谷がおかわりを注ごうとすると、もう十分だと言って断った。久嶋は金曜日に只野と一緒に柿山の部屋を見に行ったのは何人だったのかと尋ねる。

「俺を入れて…六名だったと思います。その場にいた全員でわらわらと見に行ったという感じで…講師の坂入《さかいり》先生と、ポスドクの福士《ふくし》さんとテクニカルスタッフの長濱《ながはま》さん、院生の門田《かどた》くんと今西《いまにし》くん…ですね」

「只野先生は誰が怪しいといった心当たりはありますか？」

「分かりません…。ですが、誰であったとしても、ことを大事《おおごと》にしたくないんです。今回は無関係の

ＵＳＢメモリでしたが、このまま放置しておいて、本当に重要なデータが盗まれるような事態を招くのもまずいので…どうしようかと悩んでいたところ、久嶋先生のことを思い出し、ご相談に来た次第です」

「なるほど。相談ですか。犯人捜しの依頼ではなく？」

「はあ…」

確認する久嶋に、只野は困った顔付きで曖昧な頷き方をする。久嶋は只野の反応を見て、「分かりました」と言って立ち上がった。

「一度、現場を見に行ってもいいですか？」

「もちろんです…！　そうして頂けると助かるというか…その…」

「でも、先生。音喜多さんと約束してるんじゃ…」

今から行くつもりらしい久嶋に、池谷は部屋を片付ける為に帰ると話していたのではと指摘する。すっかり忘れていた久嶋は、「そうですね」と言って、スマホを手にし、急用が入ったので時間を遅らせてくれるように頼む内容のメールを音喜多に送った。

「…メールをしたので大丈夫です。では、只野先生、行きましょうか」

「池谷先生は…」

「池谷さんは暑いので医学部まで歩くのは厭だと思います」

「いや、しかし…」

池谷がいてくれないと、何かあった時に久嶋の扱いに困るかもしれないという不安のあった只野は、縋《すが》るような目で池谷を見つめた。久嶋の指摘通り、こんな暑い時期に…しかも昼近い時間帯に…医学部まで歩くなんて正気の沙汰じゃないと思っていた池谷は、それとなく只野の視線を避けていたのだが、避けきれなくなって降参する。僕も行きます…とか細い声で申し出た池谷に、久嶋は可憐な顔に笑みを浮かべて「いいんですか？」と問いかけた。

久嶋の問いかけに「大丈夫です」と返した池谷だったが、四号棟の建物から足を一歩踏み出した時点で、既に後悔していた。夏の太陽はてっぺんから照りつける為、真昼の今は日陰を選んで歩くこともままならない。行き交う学生の中には、日傘を差している者もいて、池谷はうらやましそうに呟いた。

「日傘というのは涼しいんでしょうか…」

「だと思いますよ。遮光率にもよるのでしょうが、日陰を連れて歩くようなものですから」

「久嶋先生はこんなに暑くても長袖をきっちり着込んでいますけど、暑くないんですか？」

シャツの襟元も袖口も、きちんとボタンをとめて肌を見せていない久嶋を、只野は不思議そうに見て尋ねる。半袖のポロシャツの上に白衣を着ていた只野は、文学部に向かう途中で脱いだそれを手に持ったままでいる。久嶋は笑みを浮かべて、「暑さは感じています」と返した。

「でも、全然暑そうじゃないですよね？」

「先生は暑そうに見えなくても、暑いという感覚はあるんです。暑さを感じてなかったら、研究室で寝泊まりしてませんよね」

「研究室で寝泊まりって…」

「自宅のエアコンが壊れたんです」

柿山と同じ…研究に没頭しすぎて帰るタイミングを毎日失う…なのかと考えた只野に、久嶋はにっこり笑って理由を伝える。只野は即座に「直せば…」と言おうとして、口を噤《つぐ》んだ。普通の人間なら、エアコンが壊れたら修理する…もしくは買い換える。しかし、久嶋は普通ではない。神妙に沈黙する只野に、久嶋は彼が納得するような事情を続けた。

「直して貰うにはまず業者が入れるスペースを作らなくてはいけないので、今日は午後から部屋の片付けをするつもりだったんです」

「ああ…だから、自宅に帰るようなことを仰《おっしゃ》ってたんですね。すみません。邪魔をしてしまって」

「いえ。僕も片付けたいわけではないので」

本音を零《こぼ》す久嶋を呆れた目で見て、池谷は柿山の自宅も散らかっているのかと只野に聞いた。

「いえ。逆に何もないんです。柿山は実家を追い出される形で大学の近くにマンションを借りたのですが、その際に身一つで引っ越したので…あの部屋には俺が揃《そろ》えた最低限のものしかありません」

「では…全て大学に…？」

「そう…なりますすね」

人は生きていれば色々と物が増える。断捨離を強く意識してミニマムな暮らしを目指しているような人間ならばともかく、柿山も久嶋と同じように所有物が多そうだ。これから訪ねる柿山の研究室を思い浮かべた池谷は、乾いた笑みを浮かべて「そうですか」と相槌を打った。

多少の日陰はあったものの、ほぼ炎天下の中を歩くこと十五分。医学部遺伝学研究センターに着いた頃には、只野と池谷は汗まみれになっていた。冷房のきいた屋内に足を踏み入れると、二人は天国だと歓喜する。関係者以外の立ち入りが禁止されているエリアに入る為、久嶋と池谷は身分証を提示した上でゲストとして申請し、ゲストパスをつけてセンター内へ立ち入った。

「夜間の出入りはどうなっているんですか？」

「ここは午後八時に閉鎖されますが、裏口に守衛室がありまして、二十四時間、チェックしています」

「ＵＳＢメモリが盗まれたのを知っているのは、柿山先生本人と、只野先生と…他には…」

「いません。柿山は変人ですがバカではないので、自分の一言が周囲に与える影響を分かっています。個人的に使っているメッセージアプリで報《しら》せて来ました。俺が対処するからしばらく誰にも気づかれないようにしろと指示してあります。うちのラボでこの件を知っているのは俺と柿山だけです」

「賢明です。僕に相談することは柿山先生には伝えてあるんですか？」

「いえ。久嶋先生の名前を聞いただけで、あいつは大騒ぎするので…」

「では、柿山先生にもこちらの目的は知らせないでおきましょう。柿山先生は演技が上手ではなさそうですしね。…僕と池谷さんが訪ねた理由はこれにします」

　これ、と言って久嶋が掲げたのは、会議終わりに貰った銘菓だった。池谷のところへ置きに行こうと思ったところへ、只野が現れたのだ。お裾分けに来たという設定を三人で共有し、柿山の研究室があるフロアに入る。

　柿山がＰＩ…Ｐｒｉｎｃｉｐａｌ　Ｉｎｖｅｓｔｉｇａｔｏｒ《プリンシパル・インベスティゲーター》…研究室主宰者を務める柿山研究室は、揚羽大学に数多ある研究室の中でも、群を抜いて将来を期待されている。揚羽大学史上、最年少で教授となった柿山は、遺伝子治療での心臓再生に取り組んでおり、世界的な注目を集めている研究者である。

久嶋と同じく天才と称される柿山は、これまた久嶋と同じく、事務管理などの能力は皆無で、それを補佐しているのが同期の只野である。柿山研究室は多くの研究者とスタッフを抱えた大所帯で、複数の実験室の他に、教授、准教授、講師の個室、その他の職員用の部屋、ミーティングルーム、事務室などを有している。只野と共に久嶋と池谷が実験室へ足を踏み入れると、柿山がどこからともなく飛んで来た。

「久嶋先生っ…!!」

喜色満面、全身で歓迎の意を表し、駆けて来た柿山に、久嶋は微笑みを返す。その姿を女神を崇めるように見て、柿山は久嶋の前でぴょんぴょんと飛び跳ねた。

柿山は久嶋のファンだ。正確には、久嶋の「骨格」のファンである。骨格フェチの柿山にとって、背が高く、手足が長く、頭の小さい久嶋の骨格は一日中見ていても飽きない魅力に溢れている。

いつもの如《ごと》く、目を輝かせて自分を舐《な》め回すように観察する柿山に、久嶋は「こんにちは」と挨拶してお菓子の入っている袋を差し出した。

「これ、皆さんで召し上がって下さい。頂いたものなのですが、僕と池谷さんだけでは食べきれませんから」

「ありがとうございます！」

礼を言って袋を受け取った柿山は、久嶋と一緒にいる只野を見て、何処へ行っていたのかと尋ねる。

「教務に呼ばれてたんだ。帰って来たら久嶋先生と池谷先生に会って…一緒に来たんだよ」

「柿山先生。ちょっとご相談があるのですが」

久嶋に相談を持ちかけられた柿山はぴょんと飛び上がって、只野の横に移動した。柿山は憧れの対象である久嶋の前では極度に緊張してしまい、簡単な単語しか話せなくなる。その為、通訳として只野を介すのが常で、その肘を突いて代わりに返事をしろと要求する。

柿山の奇行に慣れっこの只野は、その意図を読み取って久嶋に答える。

「遠慮なくなんでも仰って下さい。柿山は久嶋先生の頼みならば、なんでも引き受けると思います」

「……！」

思い通りの内容を自分に代わって答えてくれた只野の腕を、柿山は嬉しそうにバンバン叩《たた》く。痛いからよせと顰《しか》め面で言われると、今度は只野が着ているポロシャツの裾を摑んで揺らす。只野を気の毒そうに見る池谷の横で、久嶋は柿山の部屋を見せて欲しいと持ちかけた。

「柿山の部屋…ですか？」

「はい。実は僕の部屋のエアコンが壊れまして。修理を呼ぼうにも本が多すぎてほとんど身動きが取れない状態ですから、まず、片付けなくてはいけないんです。柿山先生も本が多そうですし、どういう風に管理されているのか、参考にさせて頂ければと」

実際、エアコンが壊れたのは自宅であり、柿山の研究室が管理されているとは言い難い状態であるのは分かっている。只野と柿山以外にも、複数の研究室メンバーがいる中で、現場である部屋を見る為に、久嶋は適当な嘘《うそ》を吐いた。只野はそれを分かっていて、「分かりました」と答えたのだが、横から柿山にポロシャツの脇部分をぐいと引っ張られる。柿山は真剣な表情で、頭が取れるんじゃないかと心配になるくらいの勢いで、首を横に振っていた。

「…なんだ？　厭なのか？」

「……」

尋ねる只野に、柿山はうんうんと頷く。それから柿山の耳元に両手をつけて、内緒話のようにして理由を伝えた。

「汚いから…って、いや、ここはもう、敢えて見て貰おうじゃないか。お前は久嶋先生に見て貰って反省すべきだ」

「…！」

絶対厭だというように、柿山は更に激しく頭を振ったが、只野は無視して「こちらです」と久嶋と池谷を案内する。柿山は只野を止めようとしてポロシャツが伸びるほど引っ張っていたが、無理だと判断し、三人の前に出て走り出し、自分の研究室の前で立ちはだかった。

「久嶋先生っ…あの、これは…そのっ…」

いつもはこんな状態じゃないのだと言い訳しようとする柿山を、只野は「退《ど》け」と言って邪険に追い払う。テニスが趣味で、それなりに筋力のある只野に対し、柿山は実験室からほとんど出ない生活を長年送っている。腕力でかなうわけがなく、柿山は枯れ葉のように儚《はかな》げに排除された。

「久嶋先生、どうぞ。こちらです」

「ちが…っ…」

あたふたする柿山をよそに、久嶋は池谷と共に只野が開けてくれたドアから、室内を覗き込む。久嶋は「ほう」と感心したような声を漏らし、池谷は無言で目を見開いた。只野が「元々荒らされたような状態」だと言っていたのも頷ける。

久嶋の部屋の問題点は、とにかく本が多いことだ。いわば、ため込み型で、そこには規則性が見える。池谷が嘆く久嶋の書類のため込みも、置き場所は机の上と決まっているので、時間がかかったとしても、塔のように聳《そび》える書類の山から捜すことは可能である。

だが、この部屋で特定の書類を捜したりするのは不可能に近いだろう。一定の規則性が見られる久嶋の部屋とは違い、柿山の部屋は全てが散逸していた。とにかく、物が多く、散らかっている。床にも様々な物が落ちており、ところどころに山が出来ていたりもするので、何処に何があるのかを判断するのがとても大変そうだ。

「これは…なかなかですね」

「先生ってマシな方だったんですね…」

「マシってなんですか」

部屋に入ることはせず、久嶋と池谷は廊下で感想を呟く。池谷が思わず零した本音に、久嶋は心外だと言い返す。その傍らでは、憧れの人に恥を晒《さら》してしまい、ショックで廊下に頽《くずお》れている柿山に向かって、只野が説教を垂れていた。

「俺の言うことを聞いていればこんな目に遭わずに済んだんだ。自分で掃除出来ないのなら、誰かに頼むとかしろといつも言ってるだろう？」

「…勝手に動かされたりしたら…何処に何があるか分からなくなるじゃないか…」

「今でも分からないだろう」

「僕は分かってる」

不毛な言い合いをしている二人を横目に見てから、久嶋は室内に細かく視線を走らせた。柿山はUSBメモリをデスクの引き出しにしまったと只野は言ったが、部屋の中にデスクは一台しかなく、部屋の中央奥に置かれているそれが当該デスクだと思われた。久嶋の立つ出入り口から、引き出しは見えない。部屋にドアは一つで、窓はデスクの背後に一つある。よって、部屋に入り込んだ人間がデスクの陰に隠れれば、廊下側からの人目にはつかず、引き出しを漁ることが可能だろう。

室内全体の状況を確認し終えた久嶋が只野に声をかけようとした時、スマホに着信が入った。電話をかけてきたのは、待ち合わせ時刻の変更を頼んだ音喜多だった。久嶋は電話に出て、何かあったのかと心配する音喜多に、大丈夫だと伝える。

「ちょっと用が出来まして…でも、もうすぐ終わりますので、うちで合流しましょう」

柿山の部屋を確認することが出来たし、本来の目的もほぼ果たせたはずだ。久嶋は音喜多との通話を切ると、柿山に礼を伝えた。

「柿山先生、ありがとうございました。参考にはなりませんでしたが、池谷さんが僕を『マシ』だと分かってくれたので収穫はありました」

「先生。目くそ鼻くそって知ってますか？」

呆れた顔で返す池谷に、久嶋は平然と肩を竦《すく》める。久嶋に礼を言われた柿山は、役に立ったのならよかったと喜んでいいのか悪いのか、分からないといった複雑そうな顔付きで、取り敢えず久嶋に向かって頭を下げた。それから、只野のポロシャツを引っ張って、代わりにお礼を伝えさせる。

「お菓子、ありがとうございました…今度は部屋を片付けておきますから、また遊びに来て下さいと言ってます」

「…！」

部屋を片付けておくというのは、只野が独断で付け加えた内容で、柿山は慌てて首を振って否定したが、にっこり笑った久嶋が「はい」と返事をするのを聞いて、何も言えなくなる。久嶋は用事があるので帰りますと挨拶し、池谷と共に柿山研究室を後にした。立ち入り制限エリアを出るところまで、見送りに出て来た柿山と只野に別れを告げ、久嶋と二人になった池谷は、収穫はあったのかと聞いた。

「特には。でも、只野先生の目論見《もくろみ》がうまく働いてくれるよう、願っています」

「目論見…ですか？」

只野が久嶋に相談するのをそばで聞いていたが、具体的な希望などは口にしていなかった気がする。只野は窃盗があったという事実を話しながらも、久嶋に犯人を捜してくれとは言わなかった。

「只野先生は犯人捜しをしたいわけじゃないが、犯行が続くのは困ると話していましたよね。直接、言葉にはしませんでしたが、僕に抑止力になって欲しかったのでしょう。僕がＦＢＩにいたことは学内で知られています。柿山ラボの皆さんも恐らくご存じでしょう」

「ああ…だから」

犯人捜しを頼まれたわけでもないのに、久嶋が現場を見に行くと言い出したのを、池谷は少し不思議に思っていた。個人的に犯人の目星をつけたいのかもと考えていたけれど、只野の意図を読み取っての行動だったのか。

名目上、お菓子を渡しに来たと話したが、あの中にいるかもしれない犯人は、タイミング的に久嶋が窃盗事件の捜査に来たと考えるのではないか。自分の犯行だとばれるのを恐れ、行動を慎むようになるのではないか。

只野の目論見について納得する池谷に、久嶋は小さく息を吐いて呟いた。

「只野先生の願いが伝わればいいのですが」

久嶋が付け加えた言葉に、池谷は「そうですね」と相槌を打つ。ラボ内の窃盗…しかも、ＰＩの研究データを狙った犯行なのだとしたら、かなり深刻な問題だ。このまま事態が沈静化すればいいのだが。建物を出ると屋外は相変わらず暑く、じりじりと太陽が照りつけていた。再び文学部まで十五分歩かなくてはならないのかと項垂《うなだ》れる池谷を、久嶋は「頑張《がんば》って下さい」と涼しい笑顔で励ました。

医学部を出た久嶋は途中で池谷と別れ、池之端《いけのはた》の下宿先へ帰宅した。体質的に汗だくにはならないとは言え、暑さは感じるので、夏場の真昼に三十分近く歩いたのは、さすがの久嶋も堪《こた》えた。何より問題だったのは日焼けで、徳澄宅へ帰り着いた頃には、白い肌が真っ赤になってしまっていた。

徳澄が出勤している為、家に入れないでいた音喜多は、家の前に車を停《と》めて久嶋の帰りを待っていた。前方から歩いて来る久嶋に、先に気づいたのは運転席にいた半林だった。

「光希《みつき》さん。久嶋さんがお戻りのようです」

「…！」

タブレットを見ていた音喜多は半林の声で顔を上げ、颯爽《さっそう》と車を降りた。朝のお返しとして、「お帰り」と出迎えようとしていた音喜多は、近付いて来た久嶋の異変に気づき、表情を険しくした。

「音喜多さん。お待たせしました…」

「どう…したんだ？」

「何がですか？」

「その顔。真っ赤じゃないか」

頬や耳が赤く染まっていると指摘され、久嶋は両手で顔を押さえる。熱くなっている気はしたが、掌《てのひら》も熱かったので、よく分からない。確認しようにも鏡がないので、家の中へ入ろうと音喜多を促した。

「取り敢えず、中へ…入りましょう。昼間は徳澄教授も出かけていますから、入れなかったんですよね。すみません…」

音喜多に詫びながら門扉を開けようとしたところで、久嶋はふらついた。小さな段差に足先を引っ掛けてしまい、倒れそうになった彼を音喜多が咄嗟に支える。久嶋を抱きかかえた音喜多は、「熱いじゃないか！」と思わず叫んだ。

「熱中症になりかけてるんじゃないか」

「そう…なんでしょうか」

よく分からないと首を振る久嶋を、音喜多は問答無用でベントレーの後部座席に押し込む。半林にマンションへ向かうよう指示を出し、久嶋の頬や額に触れた。

「どこもかしこも熱い…発熱してるわけじゃないんだよな？」

「だと思います。たぶん、三十分くらい歩いて来たので…」

その前にも十五分歩いている。普段は冷房のきいた室内にいることがほとんどで、気温の上がる日中に外を長時間歩くことなど、滅多《めった》にない。そのせいで身体が温まってしまったのだろうと、呑気《のんき》に推測する久嶋を、音喜多は呆れた目で見て嘆息した。

「それを熱中症っていうんだ。水分は？　取ってたのか？」

「いえ」

「光希さん。こちらの水を」

運転席から半林が差し出したペットボトルを受け取り、音喜多は久嶋に飲むよう勧める。久嶋は水を一口飲んでから、「ですが」と反論した。

「頭痛や吐き気など、体調の変化は感じられませんから、どちらかと言うと、日焼けである気がします。僕の皮膚は強い日に当たると赤くなったりしますから…」

「分かってるなら、何故《なぜ》、日に当たるような真似《まね》を？」

「大学の構内を移動していただけです」

ならば日傘を差せ…と言いかけて、音喜多は言葉を飲み込んだ。雨傘さえ持っているかどうか怪しい久嶋に、日傘の必要性を説くのは時間の無駄だ。赤くなっている頰に触れ、心配そうに顔を顰めて「冷やさないと」と呟く。

「そんなに心配しなくても大丈夫です。さっきはちょっと立ちくらみがしただけで、もう落ち着きました。家に戻ってくれても…」

「落ち着いたと感じるのはここが涼しいからだ。そもそも、こんなに暑いのにエアコンが壊れている部屋の片付けが出来るのか疑問だったんだ。今日はもうやめよう」

久嶋は日焼けだと言うけれど、熱中症の疑いは捨てきれない。それに日焼けだとしても、早めに冷やして処置しないと、肌への影響が心配だ。音喜多は片付けの中止を決め、屋外を長時間移動しなければいけなかった理由を聞いた。

「まさか、また構内で迷子になってたんじゃないだろうな？」

「いえ。今日は池谷さんと只野先生と一緒でしたから」

「只野？」

「医学部の准教授です。只野先生の…正確には柿山先生の研究室なんですが、そちらに伺って、用を済ませてから家に帰って来たので、長く歩くことになってしまったんです」

「言ってくれれば迎えに行ったのに」

雲一つない晴天で、気温がぐんぐん上昇している日に、長時間屋外を歩くなんて真似はよした方がいい。音喜多が渋い顔で忠告している間に、車はマンションへ到着していた。車寄せで降車し、エレヴェーターで部屋のあるフロアへ上がる。玄関を入ったところで、音喜多は久嶋が背負っているデイパックを取り上げた。

「教授はこのまま、風呂に入れ」

「どうしてですか？」

「一度、水で身体を冷やそう。その方が早い」

でも…と反論しようとした久嶋の腕を掴み、音喜多はその場にデイパックを置いて強引に浴室へ連行する。汗だくにこそなっていなかったが、デイパックを背負っていた背面部分のシャツはしっとり湿っており、着替えも必要そうだ。浴室に入った久嶋は仕方なさそうにシャツのボタンを外して上半身裸になる。その様子を見張っていた音喜多は、久嶋の背後を覗き込んで、うなじに触れた。

「ここも真っ赤だ」

「…熱いですね」

音喜多に指摘され、自分で触れてみた久嶋は頷き、下衣も脱いでシャワーブースに入る。温度調節のバーを動かし、頭から水を浴びる。一瞬、身体を強張らせたものの、その後は項垂れたままシャワーを浴び続けている久嶋は、心地よさそうに見えた。それだけ身体が火照っていたのだろうと思い、ガラスのドア越しに音喜多は渋い表情で見ていたのだが、久嶋はいつまでも動かなかった。

そろそろ冷えたはずなのに。温度調節をする気配もなく立ち尽くしている久嶋が心配になって、音喜多はシャワーブースのドアを開ける。壁面に取り付けられたシャワーヘッドから降り注ぐ水に当たっている久嶋は、音喜多に背を向けていたので、表情などは窺《うかが》えなかった。

「教授？　大丈夫か？」

「……」

「教授？」

呼びかけても反応はなく、水音で聞こえないのかと思い、音喜多は背後から腕に触れる。久嶋はびくんと身体を震わせてから、振り返った。

「……」

自分を見る目に怯《おび》えが混じっているのに気づき、音喜多は息を呑む。驚かせてしまったのか。だが、声はかけたし、自分が背後にいるのも分かっていたはずだ。どうして怯えたりするのか。

湧き上がる疑問と戸惑いに揺られながら、音喜多は「すまない」と謝った。

「驚かせたか？」

「…いえ。ちょっと…ぼうっとしてたので」

久嶋はなんでもないと首を振るが、様子がおかしかった。やはり熱中症にかかっていて、気分が悪いのだろうかと考えたが、そういうのとは違う気がした。理由は分からないまま、そっと久嶋のうなじに触れる。さっきは熱くて驚いたけれど、今は逆に冷たすぎる。

「もういいだろう。冷えすぎてもよくないぞ」

久嶋にやらせるよりも自分がやった方が早いと考え、音喜多は温度調節バーを動かした。シャワーヘッドから流れてくる水がお湯に変わるのを確認し、久嶋に「どうだ？」と聞く。

「熱くないか？」

「…音喜多さん。濡れてますよ」

服を着たままの音喜多が濡れるのを気遣い、久嶋は顔を上げて自分でやると伝える。頭からシャワーを浴びたせいで、普段は髪で隠れている額の傷痕が露《あら》わになっている。それを目にした音喜多は、思わず久嶋の身体を引き寄せた。何の確証もないのに、怯えた目と傷痕を勝手に結びつけてしまう自分を苛《さいな》む。

そっと額に口づけ、唇で温度を測る。額はまだ少し熱い気がして、湯温を低く設定し直した。

「これくらいか…？」

「もう着替えなきゃいけませんよ」

すぐに出ていれば拭く程度で済んだのに、久嶋を引き寄せたりした音喜多のスーツは、すっかり濡れてしまっている。苦笑する久嶋に音喜多は笑みを返し、大丈夫だと言って、彼の唇を塞いだ。

「…ん…っ…」

久嶋と口づけを交わしながら、音喜多は上着を脱ぎ、ネクタイの結び目を緩める。深いキスに久嶋を夢中にさせる頃には、全ての衣類を脱ぎ終えていた。

「ふ…は…っ…」

口づけを解いた音喜多は、足下に落とした衣類をシャワーブースの外へ出して、シャワーを天井からのミストに切り替えた。再度久嶋を抱き締めて、これなら一緒に濡れても平気だと耳元で囁《ささや》くと、久嶋は音喜多の行動に疑義を唱える。

「音喜多さんは僕が熱中症ではないかと心配し、身体を冷やす為にシャワーを浴びさせたんですよね？　もう冷えたと思いますし、音喜多さんが服を脱いで入って来る理由が分かりません」

「恋人っていうのはそういうものだ」

理由を求める久嶋に言い切り、音喜多は反論しようとする唇を奪う。口内をじっくり味わうような深い口づけをしながら、脚の間に手を伸ばす。まだ柔らかな久嶋のものを優しく摑み、昂《たか》ぶりを促すように手を動かした。

「…っ…ん……」

鼻先から漏れる吐息が水音に溶けて、互いの身体を甘い響きで染めていく。音喜多はシャワーブースの壁面に備え付けられているラックから、ボディソープを手に取って、久嶋の背中に触れた。ぬるついた液を背中いっぱいに広げて、腰から臀部《でんぶ》へと掌を下ろしていく。

「…一緒に入れば、こうやって教授を洗える」

「っ……洗う…っ…て…」

子供でも、介護が必要な状態でもないのだから、自分で出来るのに。それに音喜多の手の動きは洗っているというよりも、快楽を感じさせるようなもので、柔らかな肉の狭間《はざま》に指先を忍ばされ、久嶋は反射的にぎゅっと双丘に力を込めた。

「ん…ふ…っ」

「そんなに力を入れたら洗えない」

「…っ…」

耳元で囁く音喜多の声には笑みが混じっていて、久嶋は頬が熱くなるのを感じる。日に焼けて熱くなるのとは違う、内側からの熱は皮膚だけでなく全身を冒していく。

力を抜くように促され、息を吐く。けれど、立っているからうまく出来なくて、音喜多にしがみつくと、壁に背中を押しつけられた。支えが出来たことにほっとして身体を預けると、緩んだ肉の狭間に入り込んだ音喜多の指が入り口を弄《いじ》った。

「は…っ……んっ…」

同時に前を包んでいる手を動かされると、久嶋自身はぐんと硬くなり、上を向いた。そのまま根元から扱《しご》かれる刺激に翻弄される。高い声を漏らす久嶋の口を唇で塞いだ音喜多は、舌を深く差し入れて口内を愛撫《あいぶ》した。

「っ…ん…っ…あ…」

食らいつくようにして応えてくる久嶋と共に、生まれ出る快楽を貪り尽くす。天井から降り注ぐミストで濡れた身体で抱き合い、続けるキスは、終わりがないように思えた。

唇が僅かに離れた隙間から声が漏れる。甘い音は反り返った久嶋自身と共に、淫らな欲望を音喜多に伝える。音喜多は久嶋の頬や額に口づけて、耳元で願いを聞いた。

「…このまま…ここで」

やりたいかと確認する音喜多を、久嶋は伏せていた目を上げて見つめる。快楽に染まった瞳に捉えられるだけで、音喜多は腹の底がざわりとするのを感じて、目を細める。緩く開いた口元はしどけなく、長く口づけたせいで赤みを帯びた唇は途方もない色香を放っている。

答えを待っていられなくて、音喜多は抱き寄せていた身体を反転させる。背後から腹を抱えて、脚の狭間に手を忍ばせる。ボディソープのぬるつきはミストによって落ちてしまっていたが、愛撫によって緩んだ孔《あな》は、音喜多の指をすんなり受け入れた。

「っ…あ…んっ…」

根元まで入れた指をぐるりと回すようにして動かすと、久嶋は切なげな声を漏らした。まとわりつくように動く内壁が指を締め付け、ヒクヒクとした動きで音喜多を誘い込む。

「んっ…あ…あっ…」

二本に増やした指を抜き差しして、内側からの欲情を煽《あお》り立てる。立ったままでいるのが辛《つら》いらしく、久嶋は腰を突き出すような体勢で、次第に前屈《かが》みになっていった。音喜多は崩れそうな身体を持ち上げ、勃《た》ち上がっている久嶋自身をぎゅっと握り込む。

「やっ…んっ」

高い声を上げると同時に、久嶋は後ろの孔を収縮させ、音喜多の指を奥へ引き込んだ。いやらしい仕草を見せている自覚はないらしく、そのまま中をひくつかせる。

「お…と、きたさん…っ…」

掠れた声で名前を呼び、限界を伝える久嶋に、音喜多は焦りが伝わらないように気をつけながら、「欲しいのか?」と尋ねる。素直に頭を動かして返事をする久嶋が愛おしくて、そのまま犯してしまいそうになるのを堪《こら》えるのに懸命にならなくてはいけなかった。

最初は後ろからして欲しいと請われた。その目的を知ってからは、そうしないようにしている。どんな理由があったとしても、久嶋が思い出そうとしている記憶は、蘇ってはいけないものだ。

後ろから指を抜くと、音喜多は久嶋の腹を支えていた手を離した。そのままずるずると床に倒れ込んだ身体を抱き上げて仰向《あおむ》けにし、脚を掴んで大きく開かせる。

屹立《きつりつ》したものも、その下も。しどけなく濡れた全てが音喜多を誘っている。余裕を失ってしまいそうになるのを耐えながら、膝裏から脚を持ち上げ、浮かせた腰に自分のものを密着させる。

「あ…」

入り口部分にあてがわれた音喜多の存在を感じた久嶋は短く声を上げる。ゆっくり入ってくる音喜多を望んで、深く息を吐く。最奥まで音喜多で埋められる悦《よろこ》びに身体を小さく震わせると、音喜多が身を屈めて口づけてきた。

「んっ…」

欲望をそそのかすような淫らなキスに夢中になって、互いの唇や舌を愛撫する。音喜多が腰を動かし始めると、奥を突かれる刺激に惑わされて、久嶋は浴室中に響くような高い声を上げた。

「ああっ…」

音喜多の首筋に抱きついて、自分でも快楽を求めて腰を揺らめかせる。限界を迎えた久嶋自身が達すると、音喜多はその身体を抱えて自分の上へ乗せた。

「はっ…あ…っ」

達したばかりの久嶋の目元は赤く染まり、凄絶な色香を振りまいている。音喜多は間近に引き寄せた小さな顔に口づけを降らせて、耳元で誘惑を囁いた。

「床の上だと背中を痛めるかもしれないから…こっちの方がいいだろう？」

「…っ…あ…ん…っ…」

「上手に動けるようになったよな？」

甘く低い声で確認され、久嶋は小さく頷く。尻を摑んで動くように促してくる音喜多に従い、腰を小さく振ると感じる場所に音喜多のものが当たって、嬌声《きょうせい》が零れる。

「あっ…んっ」

感じすぎてしまわないように。少しでも理性を残しておきたい。そんな気遣いを持っていられるのは最初のうちだけだ。激しい動きを誘うように、音喜多が下から突き上げると、久嶋は音喜多にしがみついて口づけた。

「んっ…」

口内で得られる快感と、内側で感じる悦楽があわせられて、身体が熱くなる。我を忘れて腰を動かし、中を擦られる悦びに浸る。冷やしたはずの身体はいつしか熱さを取り戻し、どんなに冷たい水でも抑えきれない熱情に冒されていた。

シャワーブース内で抱き合った後、音喜多は久嶋をバスタブへ移動させた。ジャクジーつきの広い浴槽は男性二人で入っても余裕があるものだ。香りのいいバスボムを入れてクリーム色にした湯の中で、音喜多は以前から抱いていた願いを実現させた。

「…音喜多さん」

「何だ?」

「楽しいですか?」

「ああ」

不思議そうに尋ねる久嶋に、音喜多は即答する。音喜多の願いとは久嶋の髪をシャンプーすることで、浴槽の縁に腰掛け、背後から久嶋の髪を洗う音喜多の表情は嬉々《きき》としたものだった。

久嶋には人の髪を洗って嬉しいという気持ちが全く理解出来ず、怪訝そうに首を傾げる。

「何が楽しいのか、さっぱり分かりません」

「気持ちいいだろう?」

「…そうですね」

洗う方の気持ちは理解出来なくても、洗われる側としては悪くないと感じられた。温かな湯に浸《つ》かり、頭をマッサージするように洗われるのは、眠気を催すような心地よさがある。

「僕にとってシャンプーは面倒だとしか思えない行為でしたが、こうしてされてみるとセックスとは違う快感があるのだと気づきました」

「まあ…そうだな…」

「グルーミングは本来衛生を目的とした行為ですが、気持ちがいいという感覚と結びついているからこそ、社会的なグルーミング行為としても成立するのかもしれませんね。相手をリラックスさせることは、信頼を生みますから…」

「俺は単純に教授に触りたいだけだがな」

小難しいことを語り始める久嶋に、音喜多は呆れたように言い、普段から無精なところが気に入らないのだと本音を告げる。

「あまり汗をかかないとか、におわないとかをいいことに、入浴をさぼるだろう。特に今は夏なんだから、毎日、入ってくれ」

「…努力します」

「ところで、教授はどこで髪を切ってるんだ？」

入浴や着替えといった、基本的な生活に無頓着な久嶋だが、髪だけはいつも同じくらいの長さに切り揃えられている。いつ、どこで切っているのか不思議だったが、尋ねる機会がなかった。

「徳澄教授宅から一番近いバーバーです」

「バーバー…床屋か」

「僕は襟足の髪が伸びると気になって仕方なくなるので、定期的に切ってるんです。気づいてませんでしたか？」

「いや。いつも同じ長さだからそうなんだろうなとは思ってた。そこだけは几帳面なんだな」

「そこだけではありません」

他にもあると反論しかけた久嶋の話が長くなりそうだったので、音喜多はシャンプーが終わったと伝える。

「もういいぞ。しかし、教授の頭は小さいな」

「みたいですね。柿山先生にもいつも好きだと言われます」

「好きって…」

「柿山先生は僕のことが好きなんです」

「……」

久嶋はなんでもないことのように話したが、音喜多にとっては聞き捨てならない内容である。表情を険しくして、柿山について確認した。

「柿山って…医学部の？」

顔が赤くなるほど屋外を歩いた理由として、久嶋は医学部を訪ねたからだと答えた。その時、柿山という名前が出て来たのを覚えていた音喜多が確認するのに、久嶋は頷く。

「はい。柿山先生とは郵便局で知り合ったんですが、それ以来、とてもよくして貰ってるんです。研究内容も興味深いですし、柿山先生の話は勉強になりますので…」

「そんなに…親しいのか…」

いつの間に…そんな男が。愕然《がくぜん》とする音喜多の声は暗いもので、様子がおかしいのに気づいた久嶋は、不思議に思って振り返る。

「音喜多さん？」

「…なんでもない」

自分以外に久嶋を好いている人間がいてもおかしくない。こんなにも魅力的な存在なのだから。現実を冷静に捉えようとするのに、余計な嫉妬心が頭を擡《もた》げてくるのを止められない。音喜多は深く息を吸い、どうして柿山を訪ねたのかと聞いた。久嶋は柿山研究室でＵＳＢメモリが盗まれる事件が起きたのだと教える。

「教授に犯人を見つけてくれって？」

「いえ。状況的に研究室のメンバー以外の犯行は難しいので、犯人を見つけるよりも盗難が続かないようにしたいようでしたので、訪ねてみたんです」

「なるほど。盗んだ奴《やつ》が自分の犯行だと知られたくないんだったら、教授にびびってやらなくなるかもな」

「……」

音喜多が何気なく発した言葉を聞いた久嶋はぴたりと話をやめて考え込んだ。音喜多は黙ってしまった久嶋の手を引いて立ち上がらせ、髪の泡を流す為にシャワーブースへ移動させる。その間も久嶋はずっと無言で、されるがままになっていた。

音喜多は久嶋の頭からシャワーをかけて泡を流し、リンスをして、再び流し、タオルをかける。ぼんやり突っ立ったままの久嶋にバスローブを着せ、洗面台の前に置いた椅子に座らせた。自身もバスローブを着て、ドライヤーを用意し、先に久嶋の髪をタオルドライする。その途中で、久嶋がようやく口を開いた。

「…僕は時々、音喜多さんの視点に驚かされるんですが、僕の考えが偏っているせいなんでしょうか」

「偏りのない人間なんていないだろう。どんなに近しい人間だって、全く同じ考え方をするなんて、あり得ないいんじゃないのか」

「その通りですね」

大きく頷き、久嶋は鏡に映っている音喜多を見つめる。自分の背後にいる音喜多と目が合うと、にっこり微笑み、意見を聞かせて欲しいと求めた。

「研究室内に犯人がいるのだとしたら、犯罪心理学を専門とし、ＦＢＩに捜査協力していたことで知られている僕が、研究室を訪ねることで次の犯行が抑止されると考えたんです。只野先生もそれを求めて訪ねて来たようだったので。窃盗行為を行ったのが誰なのか判明すれば、その人物は信頼を失います。話が外部に漏れたりしたら、他の大学へ転籍することも難しくなるでしょう。狭い業界ですし、悪い噂《うわさ》ほど広まるのも早いですからね。ですが、抑止力として機能するのは、音喜多さんが言ったように、『犯人が自分の犯行だと知られたくない』場合です。犯人が知られても構わないと考えているのならば、犯行は続くかもしれません。音喜多さんはどうして『知られたくないんだったら』と仮定したんですか？」

「どうしてって…、そんな限られた人間関係の中で盗みを働くなんて、自暴自棄な感じがするじゃないか」

「確かに…」

久嶋は頷き、再び考え込む。音喜多はタオルドライを終えた久嶋の髪をドライヤーで乾かし、ふわふわにセットする。額の傷が隠れるように前髪を下ろして髪型を整え、鏡に映った久嶋の姿を見て満足する。可愛い上にぴかぴかで、完璧だ。

毎回、一緒に入って洗いたいくらいだと思いつつ、まだ考え続けている久嶋の頬にキスをした。

「腹は減ってないか？」と尋ねると、久嶋は顔を上げ、「いえ」と首を振った。

「帰ります」

「何処へ？」

いつもことが済めば自宅へ戻っていたから、つい、そう答えてしまった久嶋に、音喜多は不思議そうに尋ねる。久嶋はエアコンが壊れたままであるのを思い出し、小さく溜め息を吐いた。

「そうでした…」

「片付けられなかったし、今日も泊まればいい」

「……」

「厭なのか？」

咄嗟に頷けなかった久嶋に、音喜多は不安げに尋ねる。なんと返すのが正解なのか分からず、久嶋は厭というわけではないと、言葉を濁す。何もかもが快適すぎて、逆に居心地がよくないという贅沢《ぜいたく》な気持ちを、どう伝えたらいいものか。悩みながらも、音喜多を傷つけたくないと考えている自分自身について、戸惑いを覚えていた。

翌朝もあれこれと気遣ってくる音喜多をそれとなくかわしてマンションを出た久嶋は、大学へ向かいながら、昨日、池谷に言われたことを頭に思い浮かべた。音喜多は重くて、だから、自分はめんどくさいと感じているのか。

四号棟に着くと、自室へ入る前に池谷の研究室に立ち寄った。いつもと同じく、コーヒーの匂いがしていて、久嶋を見た池谷は「おはようございます」と挨拶してから、コーヒーを飲むか聞いてくる。久嶋はデイパックを下ろしてソファに座りながら、返事をするよりも先に考察を始めた。

「たとえば、ここで僕が『いりません』と言ったら、池谷さんは『そうですか』と頷くじゃないですか」

「え？　ああ…そうですね。いらないんだって思いますね」

「だけど、音喜多さんはコーヒーがいらないのなら紅茶はどうだと勧めてくるんです」

「はあ」

真面目な顔で久嶋が語るのを聞き、池谷は昨日の続きなのかと、心の中で嘆息した。久嶋は昨夜も音喜多のマンションに泊まったらしい。

「あれから部屋を片付けてエアコンを直したんじゃないんですか？」

「いえ。家に着いたら僕の顔が赤くなっていて、熱中症だと音喜多さんが心配して、片付けは後日にしようということになりました。ただの日焼けだったと思うんですが」

「昨日は暑かったですし、日中にあんな炎天下を長時間歩くことはないですからね」

久嶋は日焼けだと言うが、音喜多が心配したように熱中症だった可能性も捨てきれない。池谷は音喜多の判断は賢明なものだったのではないかと言い、久嶋もそれには納得した。あの時、平気だと言い張って片付けをしていたら、エアコンのない部屋や廊下の暑さにやられて、本当に熱中症になっていたかもしれない。

「涼しくなるまで音喜多さんのマンションで過ごされたらどうですか？　下宿先より近いですし」

「……」

神妙な顔付きで沈黙した後、久嶋は池谷に「コーヒーを下さい」とリクエストした。池谷は苦笑して立ち上がり、給湯スペースでコーヒーを入れる。コーヒーメーカーをセットしながら、頂き物のマドレーヌを食べるかと聞こうとすると、独り言のように久嶋が呟いた。

「僕は音喜多さんをがっかりさせたくないと考えているようなんです」

まるでそれが困ったことであるかのように聞こえ、池谷は苦笑する。久嶋は戸惑っているようだが、二人の関係を知る池谷にとっては、普通の反応だと思える内容だ。久嶋を大切に想う音喜多の気持ちが、それなりに伝わっているらしいのは喜ばしくて、「そうですか」と相槌を打つ。

「先生、マドレーヌを…」

「食べます」

食べませんかと池谷が最後まで言う前に久嶋は即答する。池谷はコーヒーと一緒にマドレーヌを久嶋の元へ運び、どうぞと勧めた。

音喜多が言ったように、USBメモリを盗んだ犯人が自暴自棄になっている場合、犯行が再び重ねられる可能性が高かった。それについて、忠告をふまえた話を只野としたいと考え、連絡を取ろうとしていた久嶋を、柿山研究室の一員が訪ねて来たのは、その日の午後のことだった。

研究室のドアがノックされ、久嶋は「はい」と返事をした。久嶋の研究室を訪れる人間は限られていて、大半が音喜多と池谷だ。そのどちらであっても、久嶋の返事で在室であるのを確認すれば、そのまま部屋の奥までやって来る。しかし、どちらの姿も見えず、更に戸惑った声が「あの」と言うのを聞いて、久嶋は開いていた本から視線を上げた。

「どちら様ですか？」

出入り口の方へ向かって問いかけると、訪問者は名乗らずに用件を先に告げた。

「久嶋先生と話をしたいんですが」

「久嶋は僕です。ここにいます」

「あの…」

「はい？」

「これは…入ってもいいんでしょうか？」

躊躇《ためら》いがちに問われた久嶋は、本の山を崩さないように気をつけて自分のところまで来るよう促した。声の調子から若い男性であるのが分かり、学生が訪ねて来たのだろうと推測しながら待っていると、しばらくして高く積まれた本の間からおずおずと白衣姿の青年が姿を現した。中肉中背で眼鏡をかけた、理系学部であれば何処にでもいそうな青年だが、その顔には見覚えがあった。

昨日、柿山研究室を訪ねた際、実験室にいた青年だ。久嶋は読みかけの本を閉じ、微かに笑みを浮かべ、「柿山先生のところの？」と確認する。

「はい。福士と言います」

福士という名前は、最初に騒ぎがあった時に同席していた人間として只野が上げたものの一つだ。久嶋はにっこり笑って「どうぞ」と座るように勧める。福士は周囲を見回し、「どこに？」と聞きたそうな表情を浮かべた。久嶋は椅子の上に積まれた本を退かして座るように促したつもりだったが、福士は立ったままでいいと断って、相談があるのだと小さな声で切り出した。

「何でしょうか？」

「……」

久嶋に聞き返された福士は俯《うつむ》き、沈黙する。只野は福士をポスドクだと言っていたが、どういう立場のポスドクであるのかは、聞いていない。博士号を取得した研究員であっても、その背景は様々だ。民間企業に籍を置いている者もいれば、アカデミックでのポストを探しながら研究を続けている者もいる。福士の年齢は三十前後に見え、若くはないが、年がいっているわけでもなかった。

福士の言葉を待ちながら、彼の様子を観察していた久嶋は、彼が白衣のポケットに手を入れているのに気がついた。両手ではなく、右手だけを入れ、何かを握り締めているのが布越しにも分かる。

「…ポケットの中にあるのはUSBメモリですか？」

「……」

久嶋の問いかけに対し、福士はどきりとした表情を浮かべ、腕に力を込めた。このタイミングで訪ねて来た柿山研究室のポスドクは、USBメモリを盗んだ犯人だとしか考えられない。USBメモリという言葉に反応した福士は、俯いたまま黙っていたが、しばらくして右手をゆっくりとポケットから出した。

掌を下向きにして久嶋の方へ差し出し、机上に積まれた本の上に握っていたものを置く。黒く、細長い物体は、久嶋が指摘した通り、USBメモリのようだった。

「これ…」

小さな声でそう言った後、福士は言葉が続けられず、沈黙した。久嶋は腕を伸ばして福士が置いたUSBメモリを手にして、質問する。

「柿山先生の机から持ち出したものですね？」

確認された福士は頷き、大きく息を吸ってから、「すみませんでした」と詫び、頭を下げる。久嶋は観察していたUSBメモリを置いて、福士に理由を聞いた。

「どうして盗んだりしたのか、聞いてもいいですか？」

「…単純な好奇心です…。柿山先生が大事にしてるデータって…どんなデータなんだろうって…すごい内容なのかもって…」

「ということは、計画的な犯行ではないのですか？」

久嶋の問いかけに対し、福士は首を横に振った。その様子は嘘を吐いているようには見えず、久嶋はしばし考える。一度目は貴重品の在処《ありか》が分からず断念したものの、柿山の行動によって明らかになった為、盗み出せたわけではないのか。

「では、最初に柿山先生の部屋に入ったのは福士さんではないんですね？」

「はい。僕は…柿山先生が誰かが部屋に入ったと只野先生に言いに来て…その場にいた皆で様子を見に行った時に、柿山先生がこれを大事そうに引き出しにしまうのを見たので…」

魔が差したと言い、福士は項垂れる。つまり、犯人は二人いたのか。自分の推理も、音喜多の見立ても当たらなかったなと思いつつ、久嶋は福士に自分を訪ねて来た理由を聞いた。福士はぎゅっと両手で拳《こぶし》を握り、どうしたらいいか、教えて欲しいと久嶋に頼んだ。

「本当に…なんてバカなことしたんだろうって…後悔してて…すぐに戻そうとしたんですけど、先生があの部屋で寝てたりして入れなくて…。そしたら、久嶋先生が来て…先生たちは何も言ってなかったけど、ＵＳＢメモリが盗まれているのに気づいて、久嶋先生に相談したのかもと思ったんです…。久嶋先生はＦＢＩにいたんですよね？」

「はい。正確には特別捜査チームにアドバイザーとして参加していました。専門は窃盗ではなく、殺人です。いわゆるシリアルキラーの捜査です」

「シリアルキラー…」

「連続殺人犯です」

縁がなさすぎる内容であるせいか、ぽかんとしている福士に久嶋は説明を付け加える。自分が柿山研究室を訪ねれば抑止力になるかと考えたが、犯人自らが相談に来るとは。久嶋は泣き出しそうな表情を浮かべている福士を見て、彼が犯行を続ける可能性は低いと判断した。ＵＳＢメモリをもう一度手に持ち、福士に向けて掲げて見せる。

「ひとまず、これは僕に預けてくれますか？」

「はい…」

「それと確認ですが、福士さんはこれからも柿山研究室にいたいのですか？」

「……」

福士は無言で頷き、深く頭を下げた。そのままの体勢で動かない彼を見つめ、久嶋はこの件を誰にも言わないと約束させた。

「騒ぎにすることは只野先生も柿山先生も望んでないはずです。研究室内の不協和音は柿山先生の研究活動にも悪影響を与えますから」

久嶋の意見に同意して、福士は無言のまま、何度も首を縦に振る。久嶋は最後に、ＵＳＢメモリの中身は見たのかと、福士に確認した。

福士は俯かせていた顔を上げ、非常に気まずい表情を浮かべて、ゆっくり頷く。福士は柿山が大事にしているデータというのがどんなものなのか、知りたくて、好奇心で盗んでしまったと話した。ＵＳＢメモリの中身は、そんな彼の好奇心を満たすものだったのか。

「どうでした？」

薄い笑みを浮かべ、久嶋は尋ねる。福士は困ったように眉を顰め、首を傾げた。それだけで、彼が想像していたような内容ではなかったのだと察せられ、久嶋は「分かりました」と返した。

迷惑をかけてすみませんと詫び、福士が部屋を出て行くと、久嶋はＵＳＢメモリをしばらく見つめた後、スマホを手にした。只野に電話をかけ、会って話したい旨を伝えようとしたが、留守番メッセージに繋がってしまう。仕方なく、久嶋は立ち上がり、医学部を訪ねる為に四号棟を後にした。

晴天だった昨日とは違い、朝から厚い雲が空を覆っているのでさほど気温は上がっていないものの、蒸し暑い。夕立が来そうな気配が漂っていたが、久嶋は全く気にせず、只野のいる医学部遺伝学研究センターへ向かって歩いていた。昨日、訪ねたばかりだし、なんとなく覚えているから一人でも大丈夫だろう。そう思っていたのに、いつの間にか大学の敷地を出てしまっていることに気づき、あれと首を傾げた。

確か…昨日は四号棟前の歩道を真っ直《ます》ぐ歩いていたら着いたはずなのに。どこかで曲がったのだろうか。そんな記憶はないが…と首を傾げながら、久嶋は引き返す。迷子の常習犯としての心得は身についている。早めに人に聞く。これに尽きると思い、通りかかった学生を捕まえて聞いてみたものの、違う学部なので分からないと言われてしまった。

どうも医学部の人間を捕まえなくてはいけないようだと学習し、久嶋は白衣を捜した。医学部関係者は白衣を着ている率が高い。そんな考えで声をかけた相手からようやく遺伝学研究センターの場所を聞き出し、案内された通りに進んだ結果。

「……」

またしても、大学の敷地を出てしまいそうになり、久嶋は立ち止まった。困ったなと次の対策を考えていたところ、「あの」と背後から声をかけられた。

振り返れば、白衣を着た若い男が立っていた。誰かは分からないが、よかったと思い、久嶋は相手の用件も聞かずに、先に質問を向ける。

「医学部の遺伝学研究センターが何処にあるのか、知っていますか？」

突然尋ねられた若い男は、面食らった表情を浮かべながらも、頷いた。

「知ってますけど…」

「場所を教えて貰えませんか。迷ってしまって」

「ええ…でも、…それより…」

そう言って、若い男は自分の背後を見るように、久嶋を促す。彼に釣られて見た先には、歩道沿いに植えられた木があり、その陰から柿山が顔を半分覗かせていた。

「あ」

ちょうどよかったと思い、久嶋は柿山の方へ歩いて行く。柿山は久嶋が近付いて来ると、息を呑んで後退《あとずさ》りし始めたので、二人の距離はちっとも縮まらなかった。そうこうしている内に、柿山は背後にあった建物の壁に追い詰められ、逃げ場をなくす。にっこり笑った久嶋が「柿山先生」と呼びかけると、柿山は久嶋ではなく、その後をついて来ていた白衣の男に呼びかけた。

「蟻男《ありおとこ》！」

「須田《すだ》です！」

蟻男という謎の呼称に対し、男は「須田」という自身の名前を返す。柿山はどっちでもいいと言いたげな顔つきで、須田を手招きした。仕方なそうに駆けて来た須田に、柿山は内緒話で久嶋へ伝言するよう命じる。須田は怪訝な顔付きで「自分で言えばいいじゃないですか」と呟いた後、久嶋に柿山の言葉を伝える。

「何かお困りのことがあるんじゃないかって、柿山先生が聞くように言ってます。ちなみに俺は柿山研究室に所属している院生の須田と言います。蟻男というのは柿山先生につけられたあだ名みたいなものなので、気にしないで下さい」

「そうでしたか。久嶋です」

「……」

久嶋がにっこり笑って須田に自己紹介するのが気に入らない柿山は、顔を顰めて須田の白衣をぐいっと引っ張る。用件が聞けてないだろう…と須田に伝える柿山の声は久嶋にも届いていて、柿山研究室に辿り着けなくて困っていたのだと答えた。

「でも、先生に会えてよかったです。少し話をしたいのですが」

二人で。久嶋が付け加えた言葉を聞いた柿山は目を見開き、小さく飛び上がった。無理だと言いたげに首を横に振り、須田を自分の前に押し出す。須田を通して話したいと意思表示する柿山に、久嶋は解決策を提案した。

「恐らく、柿山先生は僕を見て話すのが得意ではないと思うので…あそこのベンチで、違う方向を向いて話しませんか？　それなら大丈夫なはずです」

「……」

久嶋の指摘には柿山も心当たりがあり、須田には研究室へ帰るよう命じてから、二人でベンチへ移動した。二人が腰掛けられるベンチで、柿山は右端、久嶋は左端に座る。互いに背を向けた体勢を取ると、久嶋は「どうですか？」と背後にいる柿山に尋ねた。柿山は小さく咳払いをして、久嶋の言った通りだと話す。

「大丈夫…です。視覚から入ってくる久嶋先生の情報が言語機能に影響を与えていたようです。先生の骨格が…余りに好みなので、見ることに必死になってしまい、言葉がうまく出せなくなるので…申し訳ありません」

「いえ。二人でとお願いしたのは…これの件なんです」

これ…と言って、久嶋は半分振り返って、ベンチの真ん中に預かったＵＳＢメモリを置く。柿山に後ろにあるものを見て下さいと指示すると、すぐに「あっ」と驚く声が聞こえた。

「これは…！　どうして先生が？」

「僕のところに相談に来られまして」

「……」

久嶋は誰とは言わず、柿山も尋ねなかった。「そうですか」と相槌を打ち、沈黙する柿山に、福士から受けた説明を伝える。

「僕は当初、散らかった部屋から目当てのものを見つけられなかった犯人が先生の行動を監視し、貴重品が何処にあるのかを確認した上で、再び盗みに入ったのだと考えていましたが、計画的な犯行ではなかったようです。好奇心を抱き、出来心で盗んでしまったと後悔していました。僕が昨日、研究室を訪ねたことで、犯人捜しが始まるのではと恐れて、相談に来られた…というわけです」

「そうですか…。すみません。久嶋先生にご迷惑をおかけして…」

「いえ。柿山先生ではなく、只野先生にお話しようと思い、電話したのですが繋がらず、直接訪ねようとしていたところだったんです」

「よかったです」

偶然会えたことを喜び、柿山はこの件は只野に黙っていてくれないかと、久嶋に頼んだ。

「あいつにはただでさえ迷惑をかけているので、これ以上、トラブルを抱えさせたくないんです。久嶋先生のところへこれを返しに来たと聞けば、誰なのか聞きたがるでしょうし、誰が盗んだのかを知ってしまえば、どうしたって意識してしまうでしょう。ですが、元はと言えば、あの時、僕が余計なことを言ったからなんです。たぶん、これを盗んだ人も僕が大事そうにしていたから、どんなすごい内容なのか気になって、こんなことをしてしまったんだと思います」

「ちなみに、中身は何なんですか？」

「僕が学生時代に食べ歩いたラーメンのリストです」

「ラーメン」

想像もしなかった内容であったのに、久嶋は驚いて繰り返す。福士がなんとも言えない表情を浮かべていたのも当然だ。罪作りな行動をしてしまったと、柿山が後悔している様子なのも頷けた。

「少し日を置いてから、只野には部屋の中で見つかったと話します。僕も誰が盗んだのか…聞かなくてもいいですか？」

「はい。その方がいいかと思います。僕の心の中だけに留《とど》めておきます」

「ありがとうございます」

柿山は礼を言い、久嶋に他の用はなかったのかと確認する。

「はい。なので、僕はここで失礼します」

「このまま…文学部へ戻るんですね？」

「はい」

「…大丈夫ですか？」

柿山が須田に声をかけさせたのは、久嶋が目の前を何度も行き来していたからだった。締め切り間近の面倒な書類仕事から逃げ出し、研究センターの敷地の端っこでダンゴムシを観察していた柿山は、久嶋の姿を見つけて喜んだ。只野を訪ねて来たのか、だったら、その後をつけて自分も研究室へ戻ろうかと思ったのに、久嶋は通り過ぎて行ってしまった。目的地が違ったようだと残念に思い、再びダンゴムシを見始めて間もなく、久嶋が戻って来た。

それが何度か繰り返されたので、迷子になっているのだと確信した。久嶋を助けたいと思いながらも、自ら声をかけるのを躊躇っていたところ、須田が自分を捜しに来たので、久嶋に声をかけてこいと命じた…というわけで。

そんな久嶋が一人で文学部まで帰れるのだろうか。心配する柿山に、久嶋はもちろんと答えて、目の前の歩道を指さす。

「これを真っ直ぐに行けば着きますよね？」

「いえ。文学部の四号棟は…あっちの方なので、何度か曲がる必要があるかと」

「なるほど。何度か曲がる…」

それは難しい…と言いかけた久嶋は、前方から歩いて来た人影を見つけて、にっこり笑い、「大丈夫なようです」と答えた。

その時、音喜多が医学部を訪ねようとしていたのは、邪推による不安に駆られたからだった。

エアコンの修理がかなわず、再びマンションに泊まった久嶋が出かけて行った後、音喜多はずっと考え込んでいた。久嶋の態度がよそよそしいように感じられるのは何故か。昨日も今日も、久嶋は目覚めるとコーヒーすら飲まずに出かけて行ってしまう。久嶋が何を希望したとしてもすぐに準備出来るよう、半林に指示をして用意させているというのに、何も役に立っていない。

いっそ朝からケーキを出すかと考えたけれど、問題はそこではない気がした。元々、久嶋は素っ気ない。セックスした後、すぐにシャワーを浴びて帰って行っていた頃に比べれば、それでも随分進歩したと思う。同居を望む自分に、誰かと暮らすのには向いてないと、久嶋ははっきり宣言している。だから、自分の願いは贅沢だ、多くを望んではいけないと、戒めてみるのだけれど。

心の隅っこに久嶋から聞いた話が引っかかっていて、前向きな考えに切り替えることが出来なかった。久嶋を好きだという柿山は、どんな人物なのだろう。久嶋が「自分を好きだ」と認識しているくらいなのだから、相当熱烈なアプローチをしているに違いない。

「柿山…医学部だと言ってたな…」

無意識に独り言を呟き、検索するためにタブレットを引き寄せると、隣に座る長根が「何ですか?」と聞いてくる。ワルツコーポレーションの六本木《ろっぽんぎ》本社で、会議に出席していた音喜多は「気にするな」と返し、タブレットで柿山について調べ始めた。

揚羽大学、柿山とワードを二つ入れただけで、山ほどの情報が得られた。揚羽大学医学部遺伝学研究センターの教授で、揚羽大学では最年少で教授となった若き天才。心疾患の遺伝子による再生治療の研究に取り組んでおり、その研究成果は世界的に注目を集めている。相当に優秀な研究者であるらしく、久嶋の発言も納得出来た。

柿山の研究内容は興味深く、その話は勉強になると言っていた…。

「あの教授が…」

「え？　何ですか？」

一目置く存在なのかと低い声で呟くと、長根がまたしても確認してくる。音喜多が思わず「うるさい」と返した途端、会議室がしんと静まりかえった。

「も…申し訳ありませんっ…！」

会議室でプロジェクターに投影した資料について解説していた戦略企画部の社員が、顔を青くして頭を下げる。ワルツコーポレーションの社長は長根だが、実質的な権限を握っているのは相談役である音喜多だ。音喜多は重要な会議にしか出席せず、その影響は絶大で、彼が承認しないプロジェクトにゴーサインは出ない。

その音喜多から「うるさい」と言われた社員が慄《おのの》くのは当然で、長根も慌てて、何が問題だったのかと確認した。

「申し訳ありません。社長にご覧頂く前に検討を重ねたつもりだったのですが…どの辺に問題が…」

「違う」

「え？」

「ちょっと用を思い出したから、俺は抜ける。後は頼んだ」

「社長！　待って下さい…っ…」

社長…と縋るように呼んでくる長根を振り切り、会議室を出た音喜多は、半林に連絡を入れて車を回させた。揚羽大学まで頼むと行き先を告げた後、久嶋のところではなく、医学部へ行きたいのだと付け加える。

「医学部…ですか」

半林は不思議そうに繰り返した後、手早くナビを操作し、医学部は敷地の北側に位置しているので、そちらへ車をつけると音喜多に伝えた。音喜多は頷き、到着するまでの間、柿山についての情報を続けて調べた。ネットで得られた柿山の写真でその顔を覚え、到着した車から降りようとすると、半林に傘を渡される。

「空模様が怪しいですから、これを」

「ありがとう。また連絡する」

優秀な研究者ということはそれなりに忙しいに違いなく、突然訪ねたところで会えるかどうかは分からない。そもそもここにはいないかもしれない。それに会ったところで何を話すかも考えていないが、とにかく、どういう人間なのかを確かめたいという気持ちだけで来てしまった。

久嶋を好きだと公言しているらしい柿山が、どういうつもりでいるのか。ライバルになり得るような存在であるのならば…。

「……」

早めに潰すしかない。暗い感情を携え、歩き始めた音喜多は、医学部への案内看板を見つけ、それに従って方向を変えたところで、ベンチに座っている久嶋の姿を発見した。

どうしてこんなところに…？　それになんだか不思議な体勢だ。ベンチの背もたれに対し身体の側面をつけ、座面の端から脚を投げ出すような座り方をしている。怪訝な表情を浮かべた音喜多に気づいた久嶋は、にっこり笑って手を挙げた。

「音喜多さん」

医学部と文学部は離れていると聞いていたので、久嶋にばったり会う可能性は低いと考えていた。柿山に会おうとしていた目的が目的だけに、音喜多はばつの悪い気分で久嶋に近付いて行く。こんなところで何をしているのかと聞かれたら、どう答えよう。うまい言い訳を探していた音喜多は、久嶋の背後に誰かがいるのに気づき、微かに眉を顰めた。

「……」

久嶋に隠れて分からなかったのだが、ベンチにはもう一人、座っていた。久嶋に背を向け、反対方向を向いて、同じ座り方をしている。白衣姿の若い男だ。誰なのかと怪訝に思う音喜多に、久嶋は立ち上がってちょうどよかったと言った。

「一人で帰れるか心配されていたところだったんです。柿山先生、知り合いが来ましたので、無事帰れそうです」

「…！」

背後に座っていた男に対し、「柿山先生」と久嶋が呼びかけたのを聞き、音喜多は驚いた。これが柿山なのか。久嶋は柿山と一緒にベンチに座っていたのか。

俄かに湧き上がる嫉妬心を必死に抑え、音喜多は柿山の顔が見えるように、その前に回った。柿山は立ち上がらず、座ったままの姿勢で音喜多を見上げ、

「……！」

大きく息を呑んでフリーズした。目を見開いたまま固まっている様子を不審に思い、音喜多は助言を求めて久嶋を見る。久嶋は軽く肩を竦めて、気に入ったのかもしれないと音喜多に告げた。

「気に入ったって…何が？」

どういう意味なのか分からず、音喜多が首を傾げると、座っていた柿山が飛び跳ねるようにして立ち上がった。柿山は音喜多の周囲をぐるぐる回って、頭の先からつま先までを舐め回すように観察する。戸惑いを覚えた音喜多の顔が険相になっているのにも構わず、「おお」と感嘆の声を上げた。

「……」

興奮した顔付きで近付いたり、離れたりして自分の周囲をうろうろする柿山の奇行に音喜多は閉口する。調べたところによると、柿山は十年に一度現れるか否かと言われるほどの、将来を有望視されている研究者らしいのだが。今、目の前にいる男がそうだとはとても思えない。

困惑している音喜多に、久嶋は柿山は「骨フェチ」なのだと説明した。

「骨…フェチ…？」

「骨格フェチと言った方がいいでしょうか。柿山先生はバランスの取れた骨格の持ち主に執着する傾向があって、僕も好かれているんです」

「…！」

もしかして…柿山が久嶋を「好き」だというのは…。

「骨格が…？」

「ええ。音喜多さんは僕とは違ったタイプですが、男性として理想的な骨格をしていますから。ですよね？　柿山先生」

「はい！」

確認を取られた柿山は大きな声で返事をして、音喜多の骨格について語り始めた。

「左右の鎖骨の長さと頭蓋とのバランス、脛骨《けいこつ》の長さ…下顎《かがく》骨の角度も…いや、どれをとっても完璧です！　久嶋先生とはまた違った素晴らしさがあります」

素晴らしいと繰り返す柿山に、音喜多は褒められているはずなのに褒められている気がせず、「はあ」と曖昧な返事をした。一応、初対面であるから、自己紹介をしようと思うのに、柿山が落ち着きなくうろちょろするものだから、どう声をかければいいか分からない。どうしたものかと悩んでいると。


「柿山！」

突如、鋭い男の声が響き、音喜多と久嶋、そして名前を呼ばれた柿山は、同時に動きを止めて振り返った。遺伝学研究センターの建物がある方角を見れば、只野と、先ほど柿山に命じられて久嶋に声をかけた院生の須田が駆け足で近付いて来る。書類仕事から抜け出した柿山の居場所を須田が只野に報告したらしい。

只野を見た柿山は「しまった！」と声を上げ、逃げようとしたが「待て！」と怒鳴られて動きを止める。足を速めて駆けつけた只野は、久嶋に「すみませんでした」と頭を下げて詫びた。

「さっき、お電話頂いたのに出られなくて。わざわざ来て下さったところを、こいつに捕まったんですか？」

「いえ。元々、柿山先生に意見を聞きたい論文がありまして、相談出来る時間はないか、只野先生に予定を聞こうとしていたんです。連絡が取れなかったので訪ねて来たところ、偶然会えてお話出来たので、助かりました」

ちょっとした嘘を交え、迷惑などではないと話す久嶋に、只野はほっとしたように頷いてから、その隣に立っている音喜多を見た。音喜多と初対面の只野は、不思議そうに「先生のお知り合いですか？」と聞いた。音喜多はどう見ても大学関係者には見えない。怪訝そうな只野に、久嶋は頷いて「音喜多さんです」と紹介する。

「音喜多です」

「只野です…」

柿山とは違い、普通にコミュニケーションが取れそうな只野にほっとして、音喜多は軽く頭を下げて名乗る。只野は名乗り返しながら音喜多を改めて見て、厭な予感を抱いたらしく、柿山に目を向けた。そして、案の定、食い入るような目で音喜多を見つめている柿山に気づいて嘆息し、申し訳ないと詫びる。

「すみません。ご迷惑をおかけしたのでは」

「いえ…それほどでは」

ただじっと見られて気味が悪いといった程度だ。実害はないので、笑顔で首を振る音喜多に、只野は繰り返し「すみませんでした」と頭を下げ、柿山の腕を摑んだ。

「帰るぞ」

「えっ…」

「久嶋先生の用は済んだんだろう？」

「はい。柿山先生、お忙しいところを引き留めてしまい、すみませんでした」

「いえっ…あの、その、…また！　そちらの方も、またお会いしましょう！」

只野と須田に両腕を拘束され、連行されながらも、柿山は名残惜しげに久嶋と音喜多に別れを告げる。白衣姿の三人が建物の中へ消えて行くと、久嶋は笑みを浮かべて音喜多を見た。

「それで…音喜多さんはどうしてここに？」

「……」

無用な嫉妬に駆られて恋敵と疑った柿山に会いに来たとは言えず、音喜多は言葉を探す。そこへ、タイミングよく、雨が降り出した。ぽつぽつと落ちる雨粒が足下に水玉模様を描き始める。音喜多は手に持っていた傘を開き、久嶋に差し掛ける。

「教授は傘を持っていないだろうと思って」

「…ありがとうございます」

医学部に来ることは池谷にも告げずに出て来た。だから、音喜多の説明は言い訳だとすぐに分かったのだが、久嶋は微笑んで頷く。あっという間に本降りになった雨の中を、寄り添うようにして一つの傘を分け合い、医学部を後にした。

降り続く雨の下、相合い傘で文学部を目指して歩きながら、久嶋は「音喜多さん」と落ち着いた声で話しかけた。

「色々考えたんですが、僕は音喜多さんと一緒に暮らせません」

「……」

きっぱりと断る久嶋を見つめ、音喜多はしばし間を置いてから「そうか」と頷く。久嶋には何度も同居を持ちかけており、その度に断られている。エアコンの故障を一大チャンスと考えていたが、久嶋の考えを変えられなかったようだ。残念ではあるが、音喜多は断られ慣れてもいる。同居は諦め、エアコンの修理に対しての現実的なアプローチを持ちかけようとしたところ、久嶋が話を続けた。

「音喜多さんが重いから面倒だというわけじゃないんです」

「……」

音喜多自身、「重い」という自覚はあった。久嶋の顔が見たくて、一緒の時間を過ごしたくて、毎日のように会いに来ている。出張などで久嶋と長期間会えないとフラストレーションがたまる。久嶋のそばにいることは自分にとって幸福そのものだが、久嶋はどうなのか。考えようとしなかった自分を反省し、音喜多は「すまない」と詫びた。

「教授に迷惑をかけて…」

「…？　何を言ってるんですか？　音喜多さんから迷惑をかけられているなんて話はしていませんよ？」

久嶋の発言を勝手に裏読みし、詫びる音喜多に、久嶋は怪訝そうな顔付きで返す。迷惑をかけたというのなら、いつどんな迷惑をかけたのか、具体例をあげてくれと言われた音喜多は、言葉に詰まった。

「いや…そう言われると…」

「ですよね」

「でも、重いって…」

「それは池谷さんの指摘です。池谷さんによれば人は傲慢で、受け取ってばかりだと窮屈に感じるようになるそうです。僕も一理あると思います。音喜多さんは重いからめんどくさく感じるのも当然なんだそうです」

間近にいる池谷からそう見られていたのは当然だとも言えて、無言で頷く。同居出来ないというのは距離感を保てない自分のせいなのだと反省していると、久嶋が「僕は」と続けた。

「前々から話していますが、人の気持ちが分かりません。音喜多さんの気持ちも同様に、です。でも、不思議なことに音喜多さんを気遣おうという気持ちが生まれて来ているのは確かです。僕はどうも音喜多さんをがっかりさせたくないと思っているようなんですね。ただ、それが何故なのか、明確な理由を自分の中で確立できないでいるので、現時点でちゃんとした説明は出来ないのですが…」

音喜多の傘は七十センチという大きさのしっかりとした造りのものであるが、寄り添ってはいても男性二人が収まるのに十分だとは言い難い。久嶋を濡らしたくない音喜多は、出来るだけ久嶋のいる右側に傘を傾けているので、左半身は濡れてしまっていた。それに気づいた久嶋は話を途中で止め、音喜多が握っている傘の柄を左側へ傾くよう手を添えた。

「僕の方ばかり差さないで下さい」

「俺は教授を濡らしたくないんだ」

「音喜多さんはいつもそうやって僕を優先しますが、僕はそれに対し、感謝したり出来ないんです。

音喜多さんが自らの意志で取っている行動に制限をかけるべきではないと考えるからです。しかし、現時点で僕たちの関係は公平ではなく、音喜多さんばかりに負担がかかって…」

「負担じゃない。俺は教授が好きなんだから、大事にしたいと思うのは当然だろう」

きっぱり言い切り、音喜多は傘の傾きを元に戻す。不毛な言い合いになると早々に気づいた久嶋は困った表情で音喜多を見て、傘の柄に添えていた手を下げた。代わりに音喜多の方へ出来るだけ身体を寄せる。そんな小さな行動は、出会った頃にはあり得なかったもので、感謝出来ないという久嶋の言葉は、信用ならないなと、音喜多は内心で笑う。

同居出来なくてもこうしてそばにいることを許してくれるだけでいい。そんな言葉をかけようとした時、久嶋が再び口を開いた。

「僕は音喜多さんとの関係というものを一から勉強している感じなんです。音喜多さんが僕にとって特別な存在であるのは確かで、それは同居しなくても変わりませんから」

「そうだな」

特別だと認めて貰っているだけで十分だと思っていても、いつしか、それ以上を求めてしまう。反省しなきゃいけないなと笑い、「ところで」とエアコンの修理に代わる代替案を持ちかけた。


音喜多が久嶋に提案し、実行に移したのは、徳澄邸の二階にある別室を寝泊まり用に借りるというものだった。徳澄は一階で生活の全てを賄っており、二階で暮らしているのは久嶋だけだ。二階には部屋が三つあるので、久嶋が借りている部屋とは別の空き室にエアコンを設置し、寝起きだけさせて貰えないかと、音喜多は徳澄に交渉した。徳澄はその部屋に本を置かないのならば使ってくれていいと返事をした。床が抜けるのを心配している徳澄に、音喜多は久嶋に約束させると保証し、早速エアコンを設置すべく業者を手配した。

そして、久嶋は徳澄家での暮らしに戻り、数日が過ぎた頃。只野が再び文学部を訪ねて来た。

午後からの講義に向けて用意をしていた池谷は、鳴り出したスマホを手にして何気なく応答した。

「はい。池谷です」

『只野です。池谷先生、今って研究室にいらっしゃいますか？』

「あ、只野先生でしたか。ええ、いますけど」

『ちょっと…下まで来て貰えませんか？』

「下って…四号棟のですか？　只野先生、ここまでいらしてるんですか？」

驚いて尋ねる池谷に、只野は「はい」と答える。すぐに行きますと言い、通話を切った池谷はスマホを握り締めたまま部屋を出た。今日も相変わらず暑い。只野はまたしても汗だくになりながら、医学部から歩いて来たのか。

柿山研究室で起きた窃盗事件のその後について、池谷は何も聞いていなかった。経過報告に来たのだろうかと考えつつ、階段を下りて行くと、上り口のところに只野が立っていた。額の汗をハンカチで拭いていた只野は、池谷を見て笑みを浮かべる。

「池谷先生！」

「どうされたんですか?」

部屋を訪ねて来るのではなく、一階まで来てくれという理由が分からなかった。怪訝に思って尋ねた池谷は、只野の足下にあるものを見て状況を把握した。オリーブ色のクーラーボックス。頑丈そうなそれには車輪がついており、ここまで転がして来たものの、階段を上ることは難しく、自分を呼んだらしい。

「すみませんが、これを運びたいので手伝って貰えませんか。一人で上げることが出来なくて」

「分かりました」

一体、何が入っているのだろうと不思議に思いつつも、只野の頼みに頷き、池谷はクーラーボックスについた取っ手の片側を持つ。反対側を只野が持ち、二人で階段を上り始めたが、結構な重量があり、なかなかに苦労した。

「重いですね…。何が入っているんですか?」

「中身は大したことないんですが、クーラーボックスそのものが重くて…リチウムイオンバッテリで駆動出来て、冷凍庫としても使用出来るものなんです」

「はあ」

だとしたら、ポータブルタイプの冷蔵庫を運んでいるようなものだから、重いのも当然だ。問題はその中身だと思い、重ねて聞こうとしたところ、只野から久嶋の所在を尋ねられた。

「ところで、久嶋先生はいらっしゃいますよね?」

「はい。今日は特に予定がないはずなので、自分の部屋で読書されているかと」

「じゃ、久嶋先生の部屋へ運んだ方が…」

「これをですか？」

人が立ち入るのでさえ困難な部屋に、二人がかりで運ばなくてはいけないクーラーボックスが入るわけがない。絶対無理だと池谷は首をぶんぶん振り、自分の部屋へ運び入れ、久嶋を呼ぼうと提案した。


二人がかりで階段の上までクーラーボックスを上げると、本体についている車輪を利用して池谷の部屋まで運び入れた。クーラーボックスには移動させやすいように伸ばせる取っ手もついており、只野も医学部から文学部までそれを摑んでゴロゴロと引いて来たという。

池谷は只野にソファに座って待ってくれるよう言い、自室を出た。斜め向かいにある久嶋の部屋へ行き、ドアをノックをすると「はい」という返事がある。


「先生。只野先生がお見えになってます」

「すぐに行きます」

池谷は魔窟の入り口で「お願いします」と返し、自分の研究室へ戻る。間もなくして現れた久嶋は、ソファに座っている只野に「こんにちは」と挨拶して、デスク側の椅子に腰掛けた。


「先日の件ですか？」

「はい。なんて言うか…一応の解決を得たので、ご報告に上がりました」

「犯人が名乗り出たとかですか？」

相談に来た只野は犯人捜しを求めていたわけではなく、再犯の抑制を希望していた。その為に久嶋は柿山研究室を訪ねたわけだが、その後、音沙汰がなかったので犯行を抑止するという目的は達成されたのだろうと池谷は考えていた。

それが「解決」というのだから、犯人が分かったのかと聞く池谷に、只野はなんとも言えない表情で事情を説明する。

「それが…ＵＳＢメモリが見つかりまして」

「えっ!?」

「盗まれたという？」

確認する久嶋に、只野は重々しく頷く。

「まず、最初に柿山の部屋に入ったのはうちの事務員さんだと分かりました。柿山に頼んでいた書類を探す為に入ったそうです」

「ああ…」

似た経験のある池谷は同情を浮かべた顔で溜め息のような相槌を打った。久嶋をちらりと見ると、らしくなく神妙にしている。只野は「ＵＳＢメモリの方は…」と続けた。

「なくなったというのは柿山の勘違いだったらしく、部屋の中で見つかったんです。先日、ご覧頂いた通り、散らかり放題の部屋ですから…。お騒がせして本当に申し訳ありませんでした」

沈痛な面持ちで詫び、只野は深々と頭を下げる。久嶋は詫びる必要などないと言い、そういう形で解決したのであればよかったと笑みを浮かべた。池谷もそれに同意し、遠い文学部までわざわざ謝りに出向く必要はなかったのにと付け加える。

「こんな暑い中…電話で伝えて下さるだけでよかったですよね。先生」

「はい」

「いえ。あいつの勘違いで先生たちにも暑い中、うちまで来て貰ったりして…ご迷惑をおかけしましたから。お詫びを…と思いまして」

そう言って、只野は足下に置いたクーラーボックスを開ける。何が入っているのか訝《いぶか》しんでいた池谷は、中から出て来たものを見て、そうだったのかと納得した。

「アイスクリームです。お二人とも甘いものがお好きですから、夏場はこれに限ると思いまして」

「おお！」

「これは…」

お詫びの品として只野が持参したのは有名メーカーの高級アイスクリーム詰め合わせで、池谷と久嶋は目を輝かせた。これを運ぶ為に冷凍機能のついたクーラーボックスを転がして来たという只野に、池谷は厚くお礼を言う。

「ありがとうございます。こんなにたくさん…どうしましょうね、先生」

「もちろん、食べます」

「でも、一度に全部は無理ですよ。お腹《なか》を壊します。僕の部屋の冷蔵庫にはフリーザーがついてないので…そうだ。一階の鈴野《すずの》先生のところで預かって貰って来ます」

池谷は大好物のアイスクリームを前にして興奮気味に話し、久嶋に食べたいアイスクリームを選ばせて、残りを一階へ運んで行った。池谷から渡されたスプーンを手にした久嶋は、アイスクリームの蓋を開けて、早速食べ始める。

「只野先生は食べなくてよかったんですか？」

「俺は甘いものが得意じゃなくて」

「そうなんですね。これ、美味しいです。ありがとうございます」

バニラアイスを食べながら礼を言う久嶋に、只野は「いえ」と首を振り、腕組みをして久嶋を見つめた。「先生」と話しかけられ、久嶋は「はい」と返事をする。

「柿山から何か聞いてませんか?」

「盗難事件についてですか?」

「はい。突然、USBメモリが見つかったと言い出したんですが、どうも様子がおかしいというか…」

USBメモリを盗んだのは誰なのか。聞かないでもいいかと柿山は言い、只野にも話さないで欲しいと久嶋に頼んだ。しばらくしてから部屋で見つかったことにすると柿山は言っていたが、器用な人間ではないので、バレバレの嘘を押し通したのだろう。久嶋は内心で苦笑しつつ、「そうなんですか」と相槌を打ってアイスクリームを食べた。只野は久嶋の反応を見て、本当に何も聞いていないのかと確認する。

柿山からは何も聞いていない久嶋は、「ええ」と答えた。只野は疑いを捨てきれないといった表情で久嶋を見つめたまま、溜め息を零す。

柿山が隠し事をしているのは分かっている。久嶋がその内容を知っているのも。

二人が自分のことを思って黙っているのも。

「…俺が柿山を知ったのは大学に入ってすぐの頃でした。同じ学年にすごく優秀だけど相当変わった奴がいるという噂を聞き、本人と会う機会があったのですが、噂通りの変人で、出来れば近付きたくないと考え、ずっと避け続けていました。しかし、何の因果か同じ研究室へ入ることになってしまい、更にPIの教授から柿山の世話を押しつけられたんです。冗談じゃないと思いましたが、断ることも出来ず…それから今まで柿山の世話をずっと続けています」

「そうだったんですか。でも、只野先生は柿山先生を迷惑に思っているようには見えませんが」

「今はそうです。すっかり慣れましたし、柿山と一緒にいなかったらなし得なかったことの方が多いと自覚しています。どれだけおかしな奴でも、柿山は真に優秀ですから。俺は生涯、あいつのフォローに回ると決めているんですが…だからこそ、心配の種は取り除いておきたいというか…」

只野の口ぶりから、彼がおおよその事情を読んでいることが分かったが、久嶋は真実を話すつもりはなかった。知らないふりでアイスクリームを食べ続ける久嶋を見て、只野は困った表情で「久嶋先生」と呼びかける。久嶋はにっこり笑い、食べ終えたアイスクリームのカップを机の上へ置いた。

「只野先生がそばにいるのであれば、柿山先生は大丈夫ですよ」

久嶋の言葉に、只野がなおも返そうとした時、部屋のドアが開く音が聞こえた。一階へアイスクリームを預けに行っていた池谷が戻って来て、自分が食べる分のアイスクリームとスプーンを持って、二人の前に現れる。

「置いて来ました。先生、アイスクリームが食べたい時は鈴野先生のところへ取りに行って下さいね。鈴野先生にはお願いして来ましたから」

「分かりました。美味しかったのでもう食べてしまいました。もう一つ、食べたいです」

「えっ。もう食べちゃったんですか？　だったら、これを…」

池谷が差し出したアイスクリームはバニラで、久嶋は違う味がいいと言って受け取らなかった。

「何味がいいんですか？　取って来ますから」

「抹茶がいいです」

抹茶ですね…と確認し、池谷は再び部屋を出て行こうとする。それに便乗して、只野は立ち上がり、暇《いとま》を告げた。

「池谷先生、一階へ行くんですよね？　俺は帰るので、お手数ですがこれを下ろすのを手伝ってくれませんか？」

「もちろんです」

「只野先生、ありがとうございました。柿山先生にもよろしくお伝え下さい」

「はい」

久嶋から情報を引き出すのを諦めた只野は、仕方なさそうな笑みを浮かべて頷く。同じ世話係として奔走する池谷と共に一階へ下りながら、只野は医学部までの暑い帰り道を憂い、次は電話で済まそうと固く心に誓った。

三話　アディショナルデザイア

八月の訪れを目前に控えた頃。音喜多《おときた》の頭の中は「夏休み」というキーワードでいっぱいだった。もちろん、自分の夏休みではなく、久嶋《くしま》とどうやって長い休暇を過ごすのかについて、あれこれ考えるのに忙しかったのである。久嶋の勤務する揚羽《あげは》大学は八月五日から九月二十日まで夏期休暇に入るのだという情報を得てからというもの、一月半近くもある休暇の過ごし方を延々妄想し続けていた。

昨年、久嶋は夏期休暇を利用し、アメリカへ戻ってしまっていたので、一緒に過ごせた時間は僅かなものだった。しかし、今年は違う。五月にやって来たオリバーにより、久嶋が追い続けていた連続殺人事件の犯人が死亡したという報告がされ、事件は終結した。久嶋がアメリカへ戻る理由はなくなったのだから、今年の休暇は日本《にほん》で過ごすはずだ。恐らく予定はなく、いつもと変わらない日々を送るつもりに違いない。

春休みだって、久嶋は毎日自宅と大学の往復を続けていた。自分は職員なので春期休暇などはなく、通常の業務があるのだ…と言いながらも、日がな一日研究室に閉じこもり本を読んでいるだけだったのを知っている。そんなものかと渋々納得していたけれど、「夏休み」は違う。夏期休暇は社会人に認められた確固たる権利だ。久嶋だって昨年はそれを利用して帰国していたのだし、長めの休暇を取ることは可能だと思われる。

あれこれ理由をつけて休もうとしなかったら、去年の件を持ち出して、強引に休ませよう。大学に用があるという言い訳は認めない。用なんてどうせ読書なのだ。

いつだって久嶋が望むのは静かに読書が出来る環境だ。読みたい本を山ほど持たせて、二人でホテルに籠もるというのも悪くない。

問題は…久嶋をどこへ連れ去るか、なのだが…。

「音喜多ー。音喜多、聞いてるかー？」

「……」

六本木《ろっぽんぎ》に聳《そび》え建つオフィスビルの高層階。音喜多が「相談役」として経営に携わっているワルツコーポレーション本社の会議室で、窓外に広がる東京《とうきょう》の街を眺めながら妄想していた音喜多は、呼びかけてくる八十田《やそだ》の声に反応し、眉間に皺《しわ》を刻んだ。清濁併せ呑《の》むつもりで続けて来た八十田との関係に、かつてない深さの亀裂が入ったのは、五月のこと。自身の失態が引き起こした事件により、音喜多の恨みを買った八十田は、いまだその地位を回復出来ずにいる。

ちらりと自分を見た音喜多の目に冷たさを感じ、八十田は息を呑んで「いや」と言い訳した。

「お前…いえ、社長にも重要な案件かと思い…」

「俺は社長じゃない」

「そうでしたね！　相談役！」

慌てて言い換える八十田を見る目を眇《すが》め、音喜多は鼻先から「フン」と息を吐く。会議室内の空気は凍り付き、同席していた他の面々は胃の痛そうな顔付きでとばっちりを受けないように視線を俯《うつむ》かせる。沈黙が流れる会議室で、うんざりした表情の音喜多は机に肘をついて、「それで？」と本物の社長である長根《ながね》に話を促した。

長根は軽く咳払《せきばら》いし、姿勢を正した上で、音喜多に自分の考えを伝える。

「私としては悪くない話ではないかと思います。坪単価がやや高い気もしますが、交渉に時間をかけて他社に嗅ぎつけられる前に話をまとめてしまった方が…」

「……」

マンションを中心とした不動産デベロッパーであるワルツコーポレーションには、頻繁に不動産取引に関する情報が持ち込まれる。その日、音喜多が長根に請われて早朝から参加していたのは、仕入れ部署に持ち込まれた土地購入情報に関する会議だった。渋谷区代々木上原《しぶやくよよぎうえはら》、駅にも近い好立地の二百坪。マンションデベロッパーが常に鵜《う》の目鷹《たか》の目で探している、マンション建設にはうってつけの土地だ。

再開発の進んだ東京ではこれといった出物に出会えることは少なくなってきている。前々から目をつけておいて、他社と競争しながら獲得へ向けての作戦を練る…というプロセスが当たり前となっている中で、ふいに好条件の取引が持ち込まれた。

他にはまだ持ち込んでいない、売値を呑んでくれるのならワルツに決める。そんな話を「美味《おい》しい」と見るか、「怪しい」と見るか。

音喜多は頬杖《ほおづえ》をついたままの体勢で、仕入れ部門の担当者である笹原《ささはら》に経緯を確認する。

「紹介者はお前の前職の先輩だったか？」

「はい。日芳《にちほう》レジデンスでお世話になった谷内《たにうち》さんで、現在は独立しています。十年以上の付き合いがあり、信用できる方です」

笹原は仕入れ部門の責任者である高田《たかだ》が、大手デベロッパーである日芳レジデンスから引き抜いた若手エースだ。その笹原へ代々木上原の物件を紹介したのは、日芳レジデンスで一緒に仕事をしていた谷内という男だという。谷内自身が購入したくとも、購入額が大きく、与信などの関係で手が出せないので、一枚嚙《か》む形にしたいという要望付きの案件だった。

「その谷内は何処《どこ》から物件情報を仕入れたんだ？」

「横嶺《よこみね》弁護士事務所の元事務員だ」

音喜多の問いに対して答えたのは八十田で、発言しただけでギロリと睨《にら》んで来る音喜多に肩を竦《すく》める。音喜多も会議中に口を開くなとまでは言えないので、じっとりとした目つきを向けたまま、続きを促した。八十田は苦笑いを浮かべて、自身が調べた内容について報告する。

「横嶺弁護士は東京弁護士会の要職を務めたこともあるベテランで、その事務所に務めていた里口《さとぐち》という女性事務員が、谷内に話を持ちかけたらしい。退職前に得た情報じゃないのか」

「女と谷内の関係は？」

確認する音喜多に八十田は答えず、笹原を見た。笹原は動揺し、「その…」と言い淀《よど》む。音喜多は「なるほどな」とつまらなさそうな顔で推測される裏事情を指摘した。

「古巣である日芳レジデンスに持ち込まない…いや持ち込めないのはそういうわけか。不倫か？」

「ちなみに谷内には妻と二人の子供がいて、里口以外にも三人女がいる」

「えっ…あの人だけじゃないんですか？」

八十田が口にした情報に驚き、笹原は高い声を上げる。谷内の不倫相手からの情報だというのは承知していたものの、他にも愛人がいることまでは知らなかったらしい。目を丸くした笹原は、同時にそこまで調べているのかと、怯《おび》えた表情を浮かべて八十田を見た。八十田はこれくらいは当たり前だと平然とした顔で答える。

「取引に関わる人間は全て調べることになってるんだ。社長命令…いや、相談役命令で」

「で、八十田興信所としては、所有者についてはどう見てるんだ？」

音喜多が嫌みたらしい口調で「興信所」と呼んでくるのに、八十田は微《かす》かに顔を引きつらせながらも、不満を表には出さなかった。音喜多の機嫌をこれ以上、損ねるわけにはいかない。この案件を信頼回復の足がかりにしなければならないのだ。

「印象としては八割クロだな」

真面目な顔で八十田が答えると、その場にいた音喜多以外の全員が「えっ」と息を呑んだ。社長の長根も、仕入れ担当責任者の高田も、その部下で今回の取引担当者である笹原も、音喜多への報告を終えたら話を進めるつもりでいた。その為《ため》、音喜多の決裁を仰ぐ前に八十田に状況を説明し、法務面での確認も行っている。その際、問題があるとは指摘しなかった八十田に、長根は怪訝《けげん》な思いで質問した。

「八十田先生、先日の打ち合わせでは何も仰《おっしゃ》らなかったじゃないですか」

「あれは弁護士としての見解を聞かれたからです。今のは私個人としての印象です」

「書類上の問題はないが、におう、っていうのか？」

音喜多に確認された八十田は、大きく頷《うなず》き、椅子の背にもたれかかり腹の上で指を組む。事前に仕入れ部署から提出された書面では、取引を検討している土地の所有者は外国籍の男性だった。

「キム・ジフン…戦後、釜山《プサン》から移住し、貿易商として日本で会社を経営していたが、現在は神奈川《かながわ》県内の施設に入居している九十二歳の老人だ。今回、土地の売買を持ちかけて来たのは代理人の丹羽《にわ》という男で、丹羽が本人確認の為に用意した印鑑証明もパスポートも不自然な点は見当たらなかった。ただ、うちへ話を持ちかけた谷内もキム本人には会っていないらしい。高田さんたちも…ですよね？」

八十田から確認された高田と笹原は重々しく頷き、事情を説明する。

「丹羽に会った際、所有者に会わせて欲しいと頼んだのですが、高齢の為、体調が優れないと言われまして…」

「契約の際には必ず同席すると話していましたし、売買の為に土地の所有権は丹羽が経営する会社に移しているそうなので」

大丈夫です…と言う笹原を見て、音喜多はフンと息を吐いた。その表情は冴《さ》えず、ゴーサインが出る気配はない。焦った笹原が更に言葉を重ねようとすると、音喜多は頬杖をついていた手を解き、十分だというように振った。

「書類は幾らでも偽造出来るんだ。所有権の移転だって、本人に同意を取らずに済ませることも不可能じゃない。その場合、俺たちが購入代金を支払い、丹羽がトンズラし、所有者のキムが所有権移転禁止の仮処分申請をしたらどうなると思う？」

「……」

「うちが大損を被るんだ」

音喜多の説明に対し、笹原はそれでも…と言い返すことが出来なかった。音喜多は沈黙した笹原をしばし見つめた後、「八十田」と呼びかけた。何を言いつけられるのか、少し厭《いや》な予感を抱きつつ、八十田が姿勢を正した時、スマホの着信音が鳴り始めた。音喜多が同席するような重要会議で通知を切っていない人間は、音喜多自身だけだ。テーブルの上に置いてあるスマホを素早く手にした音喜多は、流れるような動作で画面に触れ、「どうした？」と電話をかけて来た相手に尋ねた。

どれほど深刻な事態に遭遇していても、音喜多は久嶋からの連絡には即時対応する。会議室の一同が「このタイミングで？」と言いたげな唖然《あぜん》とした顔で見ているのにも構わず、スマホの向こうから聞こえてくる恋人の声に耳を澄ませた。

『音喜多さん。連れて行って貰《もら》いたいところがあるのですが、今からこちらへ来て頂くことは可能ですか？』

「もちろんだ。すぐに行くから待っててくれ」

どこへと行き先も用件も聞かず、音喜多は「すぐに行く」と告げて通話を切る。音喜多が久嶋を最優先にするのはいつものことで、慣れっこではあるけれど、現在進行形の問題だけは片付けていって貰わなければならない。立ち上がった音喜多を八十田は慌てて呼び止めた。

「おい、待てよ。この件はどうするんだ？」

自分の名を呼んだのは、何か指示しようとしていたからではないのか。尋ねる八十田を振り返り、音喜多は口早に土地所有者を捜し出すように命じた。

「本物のキムの居場所を捜して話を聞いて来い。施設にいるっていうのは恐らく嘘《うそ》だ。いたとしても偽者だろう。話を進めるのはキム本人を見つけてからだ」

「えっ…!? 俺が探すのか？」

「急げよ。俺は五日から休みを取るからな」

それ以降は付き合わないと言い残し、音喜多は颯爽《さっそう》と会議室を後にする。手に握ったままのスマホで半林《なかばやし》に連絡を取り、久嶋の元へ行くから車を回すように頼む。久嶋が連れて行って欲しいところがあると連絡してくるのは、大抵、スイーツ関係の新たな店を開拓したい時だ。久嶋の希望を叶《かな》える為に早急に対応しなくてはならない。音喜多は会議室で話を聞いていた時のだらしない態度からはほど遠い凜《りん》とした表情を浮かべ、足を速めた。

揚羽大学に特任教授として勤めている久嶋は、幾つかの講義を受け持っている。必修科目ではないものの、久嶋の講義は人気があり、全て定員は埋まっている。前期の最終講義が終わったその日、講義室を出ようとした久嶋は桜井《さくらい》とその友人に呼び止められた。三年生の時から続けて久嶋の講義を受けている桜井はスイーツ好きで、久嶋と池谷《いけたに》に最先端の情報を提供しているスイーツ仲間だ。

「久嶋先生。これ、前に話してたかき氷店の名刺です。昨日、行った時に貰って来たのでどうぞ」

「ありがとうございます。かなり並ばなくてはいけないと話していた店ですね？」

「そうなんです。予約は出来なくて…昨日も二時間並びました」

「二時間」

それはすごいと感心し、久嶋は受け取った名刺を見る。長方形の真ん中にかき氷のイラストが描かれており、その下に「氷園《ひょうえん》」という店名と住所、ＳＮＳのアカウントが書かれている。営業時間の情報はＳＮＳを参考にした方がいいと話す桜井に、久嶋は「分かりました」と返事をし、名刺をポケットにしまった。

「院試が終わったら、私もまた食べに行きます」

「桜井さんは大学院に進学予定だと話してましたね。頑張《がんば》って下さい」

「ありがとうございます。先生は夏期休暇に入られるんですか？」

「いえ。特に予定はないのでいつも通り研究室にいるかと思います」

用があればどうぞ…と言い、久嶋は桜井に礼を言って講義室を出た。名刺を貰ったかき氷店は数々の有名店を巡っている桜井が今一番お勧めだという店で、彼女の情報に信頼を寄せている久嶋は、是非行きたいと考えていた。歩きながらポケットから取り出した名刺を見ると、住所に目白《めじろ》と書かれているのを見つけ、これは…と思う。

「音喜多さんの家がある場所ですね…」

もしかすると、知っているかもしれない。今度、音喜多が来たら聞いてみよう。そんなことを考え、名刺をしまったところで「あの」という声が聞こえた。周囲に人気《ひとけ》はなく、自分が呼びかけられているのだと判断した久嶋は足を止めて振り返る。すると。

「やっぱり…。会えてよかったです」

「あ…」

ほっとした笑みを浮かべて久嶋を見るのは、先日、目黒《めぐろ》のホテルで知り合った田之上《たのうえ》だった。久嶋が「田之上さん…でしたね?」と確認するように聞くと、田之上は大きく頷く。

「はい。突然、すみません。久嶋さんにお会いしたくて…何処にいるのか聞きに行こうとしていたんです。そしたら、後ろ姿を見かけて…よかったです」

背が高く、細くて手足の長い久嶋は、飄々《ひょうひょう》とした独特の雰囲気も相まって、人混みの中でもよく目立つ。あれは…と思い、駆けて来たという田之上の額には汗が浮かんでいた。このところ晴天が続いており、今日も都心では最高気温が三十三度以上になるという予報が出ている。久嶋は自分に会いに来たという田之上に、研究室で話をしようと持ちかけた。

「外は暑いですから」

「助かります」

こちらです…と案内しながら、久嶋は田之上が訪ねて来た目的について考えていた。結果的に投資詐欺に遭いそうだった田之上を助けた形にはなったが、詐欺師たちを追い払ったのは音喜多だ。金融関係の知識は自分にはなく、その手の話ならば音喜多にした方がいいと、予《あらかじ》め話しておくべきだと考え、口を開く。

「田之上さん。お金に関する相談でしたら、僕にしても無駄です。僕は全く頼りになりませんから、音喜多さんに…」

「いえ。そういう話じゃないんです」

久嶋の話を遮り、田之上は大きく首を振って否定した。他にどんな話があるのか、接点が少ないだけに心当たりが思い浮かばない久嶋に、田之上はホテルで聞いた情報を思い出して訪ねて来たのだと言う。

「久嶋さんはＦＢＩで捜査をしていたと…仰っていましたよね？」

「はい。ということは、何かしらの事件に関係した話なんですか？」

「事件…そうですね。まだ起きていないけど…事件なんだと思います」

「事件と言っても色んなケースがあります。この前、田之上さんが巻き込まれそうになった投資詐欺も十分に事件ですし、窃盗なども事件に当たります。だとしたら、僕の経験が役に立つかどうかは分かりません。事件だと思われるのであれば警察に相談した方がいいのではないでしょうか」

「それが…複雑な内容で、僕が警察に相談するというのは少し違うような気もするんです。それにことを大きくしたくないという思いもあり、でも、不安なので…誰か頼める相手はいないか考えていたところ…久嶋さんを思い出したというわけです。あの時、久嶋さんがいなかったら僕は騙《だま》されていたので…感謝してるんです」

田之上にとってほとんど見ず知らずの自分を助けてくれた…実際には音喜多が助けたのだとしても久嶋の存在は重要であった…久嶋は恩人だ。信用しているのだと田之上に言われた久嶋は「なるほど」と頷く。田之上は若いが、資産管理の為に会社を営んでいるくらいの富裕層らしいから、金銭を介在させれば相談相手にもことかかないはずだ。

それなのに自分のところに来たのは、利害関係のない相手に話した方がいい内容だと判断したからだと思われる。どういう内容であるのか興味が湧き、ちらりと隣を見た久嶋に、田之上は困惑を浮かべた顔で口を開いた。

「知り合いに殺害予告が届きまして…」

「よかったです」

「え?」

「守備範囲内なので。どうぞ、こちらです」

タイミングよく到着した四号棟のエントランス前で、久嶋はにっこり笑って、田之上に中へ入るように促す。守備範囲内という言葉の意味を理解出来ないまま、田之上は首を傾《かし》げつつ、久嶋の後に従った。

二階へ上がると久嶋は自分の研究室へ田之上を招いた。久嶋が開けたドアの先を覗《のぞ》き込んだ田之上は、床に積まれた本の山のせいで機能を果たしていない部屋の状況を見て、唖然とする。

「どうしてこんなに本があるんですか?」

「どうしてこんなにあるのかと聞かれるのは珍しいです。皆さん、どうして片付いていないのかと聞かれます」

「訂正します。どうして片付いていないんですか？」

「片付ける速度と僕が本を読む速度が等しくないからでしょうか。でも、どこに何の本があるのかは全て把握していますから問題はありません。どうぞ」

「どうぞって…ここ、入っても大丈夫なんですか？」

「ええ。僕は毎日出入りしてます。奥には僅かですけど、座って頂けるスペースもありますので…いえ、あったはずですから、少し本を退《ど》かしたりすればなんとかなるかと」

「……」

久嶋の話を聞いていた田之上はなんとも言いようがなくなり、固い表情で沈黙した。沈黙で拒絶を表したつもりだったのに、空気を読むことが出来ない久嶋には通じない。ついて来るように促して部屋の奥へ入って行こうとする久嶋の背中に、田之上は慌てて「あの！」と呼びかけた。

「他の場所はありませんか？」

「他…ですか」

いっそ廊下でもいい。廊下の方がマシだ。そんな気分で訴える田之上を、久嶋はじっと見つめる。

「田之上さんは閉所恐怖症とか、その類《たぐ》いの問題を抱えているんですか？」

「え？」

「狭いところが苦手でこの部屋に入れないという知り合いがいるんです。でも、彼も切実な事情が絡めば自ら入って来ますので、田之上さんも…」

「いえ、そういうわけではないのですが、…そうだ。お茶でも飲みに行きませんか」

外で話すように仕向けた方がいいと気づいた田之上がお茶に誘うと、久嶋は首を横に振った。

「田之上さんは『ことを大きくしたくない』と仰ったので、第三者に聞かれる可能性のない場所の方がよいかと思い、ここへお連れしたのですが」

「まあ…そうですが…」

「しかし、お茶を飲みながら話したいというのは理解出来ますので場所を移しましょう。僕の部屋で飲食は提供出来ませんので」

田之上の思惑とは違った方向で理解を示した久嶋は、廊下に出て、斜向《はすむ》かいにある池谷の部屋へ向かう。ノックすると池谷が「はい」と返事をする声が聞こえ、ドアを開けた。背後にいた田之上について来るように促し、「池谷さん」と部屋の奥へ呼びかける。

「この方と話をしたいので場所を借りてもいいですか？」

「構いませんよ。どちら様ですか？」

「先日、鼻煙壺《びえんこ》のコレクションを見せて貰いに目黒のホテルへ出かけたでしょう」

「ええ。予定が変更になって見られなかったやつですね」

「その時、僕が間違えて参加したセミナーの参加者で、投資詐欺に遭いかけていたところを音喜多さんに助けて貰った田之上さんです」

「……」

久嶋の話は情報過多なことが多いが、いつにも増して理解が大変であった為、池谷は一瞬沈黙した後、笑みを浮かべて「そうですか」と相槌《あいづち》を打つに留《とど》めた。田之上という青年にソファへ座るように勧め、お茶を入れると言って立ち上がる。久嶋は池谷が座っていた椅子を陣取り、田之上に「それで」と早速話を切り出した。

「田之上さんは先ほど、『知り合いに殺害予告が届いた』と言いましたが、どういう知り合いなんですか？」

ソファに座りかけていた田之上は、展開の速さに戸惑いつつも、「知り合いというか…」と答える。

「僕の………叔父…、です」

「……」

田之上が「叔父」と発するまでに躊躇《ためら》いを見せたのが久嶋には気に掛かった。叔父と田之上の間には蟠《わだかま》りでもあるのだろうか。興味を覚えながら、どういう叔父なのかを確認する。

「叔父というと、父方、母方とありますがどちらですか？」

「母方です。母は兄が二人いて…三人きょうだいだと思っていたのですが、最近になって弟がいるらしいことが分かったんです」

「なるほど。それで田之上さんは『叔父』と言うのを躊躇ったんですね。最近というのはいつですか？」

「先週です」

「ということは、叔父である人物の存在と殺害予告が届いているのを知ったのはほぼ同時なのでしょうか？」

「殺害予告について知ったのは昨日です」

「その方と面識はないのですね？」

「はい…」

矢継ぎ早に質問を向けて来る久嶋に戸惑いながらも、田之上は反射的に答えを返す。冷茶を入れたグラスを運んで来た池谷は、田之上の前に置き、自分もここにいて構わないかと聞いた。田之上が答えるよりも先に、久嶋は池谷を彼に紹介した。

「第三者というのを身元が分からず、故に、行動が把握出来ない人物だと想定した場合、池谷さんはそれに当てはまりませんので安心して下さい。池谷さんは僕のアシスタントで、信頼のおける人です。どんな話も漏らしません」

「分かりました。身内の話なのですが…微妙な内容でもあるので、他言無用でお願い出来たら助かります」

もちろんです…と頷く池谷に、田之上はお茶の礼を言って、グラスに口をつける。冷たいお茶が美味しかったらしく、少し表情を緩めてほっと息を吐く。久嶋は田之上が一服するのを待って、まず、相談したいという内容を一通り聞かせて欲しいと言った。

田之上は頷き、きっかけについてから話し始める。

「春先に僕の母方の祖父が亡くなったんです。母の実家は資産家でかなりの財産があります。本来であれば、法定相続人は妻と子になりますが、全員亡くなっています。妻である祖母は三十年前…長男が二十年前、次男が十二年前、…そして末っ子の長女である僕の母が十年前に亡くなりました。祖父は高齢でしたので兄弟姉妹も亡くなっています」

「そうなると、相続人は孫になるんでしたっけ？」

おぼろげな記憶を頼りに質問した池谷に、田之上は頷いた。

「はい。代襲相続という形になり、僕を含めた孫四人が相続人になりました。しかし、相続の手続きを進めていた弁護士から、先週になって、祖父の子供だという人物が死後認知を訴え出たという通知が届いたと連絡があったんです。本人が死亡しても、一定期間内であれば子供であるという証拠と共に認知するよう、訴えることが出来るそうなんです」

「隠し子というやつですか」

「ええ。更に、そういった子供が現れた場合、その子に全ての財産を譲るという遺言書があることも報《しら》されました…」

はあ…と池谷は感心したように相槌を打ち、久嶋は難しい顔で田之上を見つめる。田之上は「叔父」に殺害予告が届いたと話した。叔父が他に脅迫を受ける心当たりがない場合、死後認知を訴え出た彼を殺害しようと企てるのは…順当に相続するはずだった孫たちの誰かだと考えるのが妥当な線だ。

「相続するはずだった財産は高額なんですか？」

「はい。不動産の評価額なども関係してくるので一概には言えませんが、総額で二十億ほどになります」

「二十億！」

想像もつかない金額だと驚き、池谷は声を上げた。二億でもすごいと感心するだろうが、桁が違うとは。池谷は目を丸くしたまま、大きく頷く。

「それほどの大金ならば殺害予告も納得…いえ、すみません」

失言したと慌てて口元を押さえた池谷に代わり、久嶋が田之上に質問する。

「殺害予告の内容は遺産相続に絡むものだったんですね？」

「はい。死後認知の訴えを取り下げないと命に危険が及ぶ…というような内容だったと聞きました」

「脅迫された本人はどうして警察に通報しないんでしょうか？」

「弁護士によれば騒ぎにしたくないと話しているようです。なので…脅迫を受けている当人でもない僕が通報するというのは違うかと思いまして」

「殺害予告がいつ、どういう形で届いたのかは分かりますか？」

「いえ、そこまでは…。とにかく、殺害予告って聞いただけで怖くなってしまって…。実は…明日、遺産分割協議書の作成の為に相続人が集まる予定なんです。その席に…死後認知を訴えているという、恐らく叔父だと思われるその人も来るらしくて…、何か起きたらどうしようって不安なんです。誰かに相談しようと思っても、こんな話を聞いてくれそうな知り合いはいなくて…」

困り果てていたところ、久嶋の存在を思い出し、訪ねて来たのだと言って、田之上は池谷が出したお茶を飲んだ。久嶋は田之上の様子を観察しながら、相続人である孫について触れる。

「単純な見方をすれば、殺害予告を出したのは隠し子の出現を邪魔に思っている人間…つまり、相続出来なくなった孫の誰か、となりますよね」

「でも、先生。確か…遺留分っていうのがありますよ」

「遺留分？　すみません。僕は日本の法律に詳しくないので」

おぼろげな記憶で情報を提供した池谷に、久嶋はどういう意味かと尋ねる。池谷がパソコンで調べようとしたところ、弁護士から説明を受けたという田之上が、口を開いた。

「法定相続人に保証されている、最低限相続出来る遺産取得分のことなんだそうです。今回のケースでは、子が現れた場合、その子に全財産を譲るという遺言書があるのですが、だからといって、叔父が全財産相続出来るわけではないそうなんです」

「その遺留分というのが田之上さんたちに保証される…ということですね？」

「はい。遺産の半分を相続人である孫の四人で分けることになるそうです。ただ、本来は三人の子で分けるものなので、単純に四分の一にはならないそうでして」

なるほど…と頷き、久嶋は田之上以外の三人の孫について教えて欲しいと頼んだ。田之上は頷いたが、その表情は芳しくないものだった。母親が実家と疎遠にしており、従兄弟《いとこ》たちとも親しい付き合いをしてこなかったのだと前置きする。

「次男の敏史《としふみ》おじさんの子供とは、小さい頃に何度か会ったことがあります。二人兄弟で…僕よりも年上です。確か、長男が三十五で次男が三十三になると思います。彼らは十年前、母の葬儀に来てくれたのですが、その際に二人とも東京で働いていると話していました。その後は一度も会っていません」

「もう一人は？」

長男の子供なのかと久嶋が尋ねると、田之上は益々《ますます》顔付きを曇らせ、複雑な事情があるのだと続けた。

「僕は長男の康史《やすふみ》おじさんに会った覚えがほとんどないんです。康史おじさんは結婚せずに亡くなりましたが、学生の頃に出来た子供を認知していたそうなんです。その人が…もう一人の孫です。明日の話し合いには来るそうなんですが…」

顔も名前も分からないと、田之上は首を振る。三人とも、どういう生活を営んでいるか分からないとなると、見当をつけることは難しそうだ。

「遺留分として遺産を相続出来るとしても額は減るわけですよね。だとすると、やはり経済的に困窮している人物が殺害予告を出した可能性が高くなりますが…従兄弟たちに関する情報が乏しすぎますね。…ところで」

　現状ではなんとも言えないとしながら、久嶋は田之上に質問を向けた。

「田之上さん自身はどうなのでしょう」

「どう…と言いますと？」

「受け取れる遺産の額が少なくなって、不満を抱いているのかどうかです」

　微笑《ほほえ》みを浮かべて尋ねる久嶋を、田之上は思いがけないことを聞かれたというように、目を丸くして見た。まん丸の目で息を呑み、とんでもないと言って激しく首を横に振る。

「僕は…違います！　逆にほっとしてるんです」

「えっ。どうしてですか？」

　総額二十億という高額な遺産だ。本来、受け取れるはずだった額も相当で、だからこそ、減額される金額も大きい。それなのにほっとするというのを信じ難く思った池谷が声を上げる。田之上は池谷を見て頷き、ひとつ息を吐いてから、自分の状況を説明した。

「こんなことを言うと厭な奴《やつ》だと思われるかもしれませんが…僕はお金に困っていないんです。両親から受け継いだ遺産で一生食べていけますし…その管理をしているだけで精一杯なので、これ以上、増えても困るというか…」

「へー…」

　田之上の話は別世界すぎて、池谷は思わず単調な相槌を漏らす。現在は揚羽大学で職位を得て、生活に困ることのない池谷だが、若い時は不安定な雇用と薄給に苦しめられていた。そんな彼にはお金が増えて困るなんて状況がどういうものなのか想像もつかない。悪気なく出てしまった自分の声に池谷自身も驚き、「失礼しました」と慌てて口を塞ぐ。

池谷に非難するつもりは全くなかったが、呆《あき》れられたように感じた田之上は、「すみません」と身を小さくして詫《わ》びる。

「贅沢《ぜいたく》だと思いますよね…」

「田之上さんは以前、資産管理の会社を経営していると話していましたが、それは今回、問題になっている母方の実家とは関係ない資産なのですか？」

「ええ。僕の母は祖父と仲が悪く、大学進学を機に家を出て、その後、金融関係の仕事についたんです。その顧客だった父と結婚したんですが、父は会社を経営していてかなりの資産があったんです。父と母は二十歳近く歳《とし》が離れていて、父は僕が幼い頃に亡くなりました。母は会社を引き継ぎ、経営していましたが、十年前、僕が大学受験をする頃に病気になって…亡くなる前に会社を整理し、僕が困らないような形に変えて遺《のこ》してくれたんです」

大学を卒業した後はその会社を管理していると田之上は続ける。一見、苦労のない人生のように見えるが、先日、騙されかけていたのを知っているだけに、久嶋には楽だとは思えなかった。逆に選択の自由のない、窮屈な人生ではないのか。自分の身に余る財産を受け継ぐことの苦労を知っている田之上だからこそ、相続する額が減ることにほっとしているのだろう。

「相続を放棄したりはしないんですか？」

「それが…母が生前、相続人を外されたとしても、権利は絶対放棄しないといつも話していましたので…。仲の悪かった祖父への当てつけといいますか…」

　自分が放棄したりすれば、亡くなった母が悔しがるだろうからと、田之上は言う。放棄は出来ないが、遺産を受け取ることに積極的ではないという田之上の事情を納得し、久嶋は改めて確認した。

「では、田之上さんとしては死後認知を求めている人物が叔父だと確定した場合、遺言書通りに相続することに不満はないいんですね？」

「はい。どういう事情があったのかは知らないのですが、苦労してきたのかもしれませんし…本当に祖父の子だとしたら、権利は守られるべきかと」

「そうですね。…それで、田之上さんはどうしたいのですか？　この場合、警察に被害届を出すべきなのは殺害予告を受け取った本人ですから、彼を説得して警察に捜査を頼んだ方がいいような気もしますが」

「そうした方がいいとは思うのですが…どういう人物なのかも分からず…、僕は説得出来る自信がないんです。それに久嶋さんも仰ったように、殺害予告を送った犯人は孫の誰かである可能性が高いですよね？　親しくはありませんが、身内が捕まるというのは…」

「なるほど。それで『頼める相手』を探していたんですね」

　にっこり笑った久嶋に確認され、田之上は無言で頷く。田之上が久嶋を訪ねて来た目的は。

「明日の話し合いに同席して貰えませんか？」

　困った表情を浮かべた田之上は、そう頼んで久嶋に頭を下げた。

遺産相続に殺害予告。確執がありそうな親族間での話し合いの場に同席するという、面倒そうな気配のする頼みを久嶋は快く引き受けた。相続人を集めて遺産分割に関する話し合いが行われるのは亡くなった祖父が住んでいた田之上の母方の実家だというので、その住所を聞き、時間までに訪ねると約束して、帰って行く田之上を見送った。

そのやりとりを池谷はそばで聞いていたのだが、久嶋には音喜多という最強アイテムがあるので、特に心配はしていなかった。遠出になるから音喜多がついて行くだろうし、音喜多が一緒ならば大抵のトラブルは解決してくれる。

そう思っていたのに。

「あれ？　先生、今日はお出かけだったんじゃないんですか？」

翌日。大学に姿を現した久嶋を見て、池谷は驚いて尋ねた。予定が変更になったのかと聞く池谷に、久嶋は首を振る。

「いえ。午後三時からだと聞いてますから、もう少ししたら出かけようと思っています」

「いやいや。待って下さい、先生。田之上さんのお母さんの実家、群馬《ぐんま》って言ってましたよね？」

昨日、耳にした話では、話し合いが行われる場所は群馬県の山中にあるようで、遠いから時間がかかるだろうなあと池谷は予想していた。だから、久嶋は大学に顔を出さず、朝から出かけると思っていたのに。

「そうですね。尾瀬《おぜ》という名所の近くだと聞きました」

「遠いですよ？」

「…なら、今から行った方がいいですか？」

呑気《のんき》に聞き返す久嶋の前で、池谷は頭を抱えた。極度の方向音痴である久嶋は、目的地までの行程やそれにかかる時間などを考えることも不得手としている。たとえ、アプリなどの力を借りて行程を組めたとしても彼の場合、迷う時間を想定して余裕を持ったスケジュールを立てなくてはならない。群馬の山奥なんて久嶋が一人で辿《たど》り着《つ》けるとは到底思えず、久嶋自身にも自覚があるはずで、音喜多に連絡するはずだから大丈夫だと思っていた自分が甘かったかと反省する。

「音喜多さんに頼まなかったんですか？」

「殺害予告は音喜多さんの専門ではないと思いまして」

「そういうことじゃありません。間に合いたいのならすぐに音喜多さんに迎えに来て貰って下さい。音喜多さんなら何とかしてくれます」

池谷から真剣な顔で勧められた久嶋は、首を傾げつつ、スマホを取り出した。久嶋が電話をすると、音喜多はすぐに行くと返事をしたようで、池谷はほっと安堵《あんど》する。それからしばらくして、重要な会議をぶっちぎって来た気配など微塵《みじん》も見せずに颯爽と現れた音喜多は、久嶋に何処へ行きたいのかと尋ねた。

「群馬県です」

「群馬…？」

久嶋の答えは音喜多が予想もしなかった地名で、怪訝そうに首を傾げる。てっきりどこかへスイーツを食べに行きたいというような用件で呼ばれたのだと思ったのに。説明を求めてその場にいた池谷を見ると、長い話なので道中久嶋から聞くように勧められた。

「余り時間がないはずなんです。先生、田之上さんから聞いた住所は分かっていますよね？」

「はい。スマホに記録しています」

「それを音喜多さんに見せれば連れて行ってくれますから。音喜多さん、よろしくお願いします」

厄介払いでもするかのように急《せ》かす池谷に戸惑いつつ、音喜多は久嶋を連れて池谷の部屋を後にした。池谷が口にした名前が気になっていた音喜多は、待たせている車へ向かう間に、久嶋に確認した。

「田之上って…もしかして、この前目黒で会った男か？」

「そうです。昨日、田之上さんが訪ねて来て頼み事をされたんです」

田之上が久嶋に何を頼んだのか、全く分からないまま、音喜多は取《と》り敢《あ》えず久嶋を車に乗せる。後部座席に座った久嶋は、運転席の半林に田之上から聞いた住所を伝えた。群馬県北部に位置する大清《おおし》水《みず》村へ行って欲しいという久嶋のリクエストを聞き、音喜多は不思議そうな表情を浮かべる。

「大清水村って…尾瀬に行く途中にある村だろう。確かスキー場くらいしかなかったような…」

「遠いですか？」

「渋滞などがなければ三時間ほどで着くかと」

「よかった。では、午後三時には間に合いますね」

運転手である半林の返答を聞き、久嶋はほっとする。池谷からすぐに出ないと間に合わないのではないかと、脅しめいた指摘を受けたのだと零《こぼ》す久嶋に、音喜多は大きく頷いた。

「教授一人だったら間に合わないだろうな」

「しかし、検索してみたところ、新幹線や在来線を乗り継いで三時間程度で行けそうだったのですが」

「順調に行ければな」

「……」

音喜多の一言は否定出来ないもので、久嶋は沈黙する。音喜多は取り敢えず、どうして大清水村へ行くことになったのか、経緯を話してくれと久嶋に求めた。田之上がどう関わっているのかも知りたいと言う音喜多に、久嶋は田之上が訪ねて来た目的と、遺産相続にまつわる事情を伝えた。

一通り話を聞いた後、音喜多は何かに気づいたような表情を浮かべ、「そうか」と呟《つぶや》いた。

「大清水村と言えば…恐らく、田之上の母親の実家というのは鴻巣家《こうのす》だな」

「知ってるんですか？」

「ああ。元々、大地主だったんだが戦後の高度成長期にスキー場の開発で当てた金で都心の土地を買い漁《あさ》り、更にその土地をバブル期に転売したりしてかなりの資産家になったという家だ。あの家の遺産ならかなりの額になるんじゃないか」

「二十億だそうです」

さもありなん…という顔付きで音喜多は頷く。それから、田之上が目黒で詐欺に引っかかりそうになっていたのも納得だと呟いた。

「あいつは鴻巣家の関係者だったのか。資産管理会社云々《うんぬん》っていうのはそれか」

「いえ。田之上さんの話では彼が経営している会社と鴻巣家は関係ないそうなんです。田之上さんの母親は父親…今回亡くなった田之上さんの祖父ですね…と仲が悪く、早くに家を出て関わりを持っていなかったようです。田之上さんの資産は両親から受け継いだものだという話ですよ」

「そうなのか」

久嶋の説明を聞き、音喜多は頷いた後、どちらにしても資産家の遺産相続というのは揉《も》めるものだと嘆息した。

「そういうものですか」

「借金しかないような家だったら死後認知なんて訴えないだろう？」

「確かに」

軽く肩を竦め、音喜多は隣に座る久嶋を見つめる。久嶋は三時間も車に乗っているならばと、早速持ち歩いている本を取り出し、読みながら話をしていた。活字を追っている久嶋の横顔を見ていると、「何ですか？」と聞かれる。

「いや。田之上にとっては深刻な状況なんだろうが、こうやって教授と遠出するきっかけが出来て嬉《うれ》しいんだ。ちょうど夏休みをどうするか考えていたところだった。教授のところは五日から休みに入ると聞いたんだが」

「そうですね。僕の講義も昨日で終わりました」

「じゃ、教授はもう休みに入ってるんだな？」

「休みと言っても学生が休みなだけで僕たち職員は普段通りですよ」

「いや。そう言いながらも去年は夏期休暇を利用してアメリカに戻っていたじゃないか」

夏休みだと浮かれて久嶋を誘いに行ったところ、池谷からアメリカへ帰ったと聞かされ、愕然《がくぜん》とした時のことを思い出す。今年は日本にいるんだよな？　と確認する音喜多に、久嶋は「そのつもりですが」と答え、落としていた視線を上げて音喜多を見た。

「音喜多さんは…いつから休みなんですか？」

「いつからでも大丈夫だ」

教授にあわせて休むつもりでいると即答する音喜多に、久嶋は無駄な質問をしてしまったような気分になって、無言で頷く。再び本を読み始めた久嶋に、音喜多は何処へ行きたいかとか何をしたいかとか希望を聞きたかったのだが、読書の邪魔をして面倒がられても困ると思い、やめた。

今は高速道路を優雅に進む快適な車の中で、久嶋が隣にいるしあわせを嚙《か》み締めていよう。背もたれに身体を預けると、姿勢よく座って本を読んでいる久嶋の姿が視界に入る。久嶋と一緒にいられる理想の夏期休暇を頭の中で思い描き、音喜多は満足そうな笑みを浮かべた。


首都高速道路から関越《かんえつ》自動車道へ入った車は、群馬県の沼田《ぬまた》インターチェンジで高速道路を下りて、国道を北進した。尾瀬方面へ車を走らせている途中、久嶋のスマホに着信が入った。電話をかけて来たのは田之上で、約束の時間に到着出来るかどうかという確認だった。

「それよりも早く着くかと思います。今ですか？　…ここはどこですか？」

「沼田市だ」

音喜多の答えを伝えると、田之上はその声が聞こえたらしく、誰か一緒にいるのかと尋ねてきた。

「音喜多さんです。公共交通機関を使って一人で来る予定だったのですが、僕の想定よりも時間がかかりそうだと言われたので送って貰っています。…ええ、車です」

久嶋が車で来ていると聞いた田之上はほっとしたように「よかったです」と返し、実家は分かりにくい山中にあるので国道まで迎えに出ると言った。待ち合わせ場所をメールすると言われ、一旦通話を切る。久嶋のスマホに届いたメールを確認した音喜多は、その場所を半林に伝えた。

「田之上さんは僕を駅まで迎えに来てくれるつもりでいたようです」

「田之上は朝から来てるのか？」

「所用があるので昨日、来ると話していました」

そうか…と頷き、音喜多は車窓から外を見る。高速道路を下りてからしばらくは地方都市らしい街並みが続いていたけれど、次第に店や人家の数が少なくなってきている。眼前に広がる景色はどんどん山深くなり、青い空に浮かぶ入道雲が夏本番を迎えているのだと伝えている。このまま真《ま》っ直《す》ぐ行けば尾瀬国立公園だと話す音喜多に、久嶋は興味を持ったようで、本から顔を上げた。

「国立公園というと…自然保護区のような感じですか？」

「そうだな。尾瀬は湿地が有名なんだ。水芭蕉《みずばしょう》のシーズンは終わってしまっているだろうが、今は夏だし他にも花が咲いてるんじゃないか。標高が高くて涼しいから、ハイキングやトレッキング目的の観光客で賑《にぎ》わっているはずだ」

「ハイキング…。いいですね」

「……」

久嶋が意外なところに反応したのに、音喜多は少し驚いたが、以前、子供の頃は山登りをしていたと話していたのを思い出した。本ばかり読んでいるからといって、インドアなアクティビティにしか興味がないと考えるのは浅はかだ。大人になってからはそういう機会はなかったと聞いたが、誘えば行きたいと答えるのかもしれない。

ただ…問題は、音喜多自身がアウトドアな趣味に関して造詣が深くないことだ。これは久嶋の為にも詳しくならなくてはいけないなと、密かに決意する。田之上の用が済んだら、軽く散策出来る範囲で尾瀬を歩いてみようと誘ってみるか。

そんなことを考えていると、半林が「あそこのようです」と言うのが聞こえた。フロントガラスの向こうを見れば、国道沿いにある空き地に白いベンツが停《と》まっている。田之上の車だろうと推測され、音喜多はその近くに停めるよう、半林に指示を出した。

半林が車を停める前にベンツの運転席から男性が降り立った。水色のポロシャツを着た若い男性はやはり田之上で、停車したベントレーから久嶋と音喜多が姿を現すと、ほっとした笑みを浮かべて近付いてくる。

「久嶋さん。音喜多さんも…」

こんなところまですみません…と田之上は頭を下げ、自分の車について来てくれるよう伝えた。

「この先の側道を左へ入るのですが、狭い山道になりますので気をつけて下さい」

「うちの運転手はプロだからどんな道でも大丈夫だが、車を停めておける場所はあるか？」

半林が待機する場所がなければ、こちらの空き地まで戻らせた方がいいかと考え、確認する音喜多に、田之上は大丈夫ですと答える。

「五年ほど前に本家があった場所の近くで土砂崩れが起き、休業していた老舗旅館を買い取って引っ越したんです。なので、駐車場はもちろん、部屋数も多いですから」

休憩して頂く場所もあると田之上が言うのを聞き、音喜多は安心して久嶋と共に車へ戻った。田之上の車が出発すると、半林はその後に続く。田之上が言っていた通り、国道から入った山道は車がすれ違うことも難しい細さだった。前方から車が来た時の為に所々に待避場所が設けられている。

しかも高低差や急なカーブの多い、厳しい山道なので、半林のドライビングテクニックをもってしても車内が揺れる。大丈夫かと気遣う音喜多に、久嶋は頷き、通り過ぎたところに看板があったと話す。

「小さなプレートに、掠《かす》れた文字でしたが、龍泉館《りゅうせんかん》と書かれていたと思います」

「龍泉館で合っているかと思います。昔、この辺りに同じ名前の高級旅館がありました。秘湯として有名で、一度、来たことがあります」

かつては政財界のフィクサーとして知られた音喜多の祖父の運転手をしていた半林は、各地の高級宿に詳しい。半林が覚えているのだから、それなりの宿だったのだろうと音喜多は想像する。田之上は休業していた旅館を買い取ったと言ったが、交通の便の悪さがネックになり廃業に追い込まれたのだろうか。揺られながら山道を進むこと十五分。ずっと両脇を雑木林に囲まれ、空も見えなかったのに、突然景色が開けた。

深い山間《やまあい》に現れたのは営業中の旅館だと言われても納得出来るような建物だった。看板こそ撤去されているが、迷い込んで来た観光客に宿だと間違えられてもおかしくない。山道の行き止まりに門があり、そこに「私有地の為関係者以外立ち入り禁止」と記したプレートが掲げられていた。門の手前は車が引き返せる程度の空き地が設けてあり、そこでUターンして戻ることを推奨しているようだった。

先を進むベンツに続いて、開いている門扉から敷地内へ車を乗り入れると、かつては正面玄関口として客を迎えていたであろうエントランスの左脇に駐車場があった。二十台くらい駐車可能な広さで、田之上と半林が空いていた場所に車を停めると、その半分ほどが埋まる。久嶋と共に車を降りた音喜多は半林にしばらく車内で待機するよう指示し、田之上の元へ向かった。

歩き出してすぐ、深く息を吸い込んだ久嶋は、空気が爽やかだと微笑んだ。

「それにとても涼しいです。山の中だからでしょうか」

「標高が高いせいもあるんだろう。夏もこれくらいならいいものだな」

東京とは全然違うと話していると、会話の聞こえた田之上が「ですよね」と相槌を打つ。

「僕も昨日着いた時に、すごく快適なので驚きました。冷房のいらない涼しさが久しぶりだったので。僕は今日も泊まる予定なんですが、お二人とも、もしも時間があれば、泊まっていって下さい。祖父がここを維持する為に雇っていた人たちがまだいるので、食事や世話もお願い出来ます」

田之上自身、昨夜はここに泊まり、旅館のように過ごせたと言う。音喜多と久嶋は顔を見合わせ、少し考えさせて欲しいと返した。音喜多としては帰りが遅くなるようなら近くに宿を取って泊まってもいいと考えていたのだが、話し合いが行われる実家というのが、元旅館だとは思ってもいなかった。

「お風呂は温泉で、いいお湯ですから」

「半林さんが秘湯って言ってましたけど、秘湯というのは温泉としての質が高いという意味で使うんですか?」

「というより、行くのが難しい場所にある温泉のことを…」

言うのではないかと音喜多が答えかけた時だ。車が近付いて来る音が聞こえ、三人は揃《そろ》って門の向こうを見る。山道の突き当たりに建物があるので、ここ以外に行ける場所はない。間違えてやって来てしまった車ならば、門に掲げてあるプレートを見て、引き返して行くはずだったが、その車は門を潜《くぐ》って敷地内へ入って来た。

田之上のベンツや音喜多のベントレーに比べると見劣りする小型の国産車で、ナンバーでレンタカーであると分かる。誰なのかと不思議に思い、玄関へ向かいかけていた足を止めた田之上たちの前で、車は停まり、運転席から男が降り立った。

歳は四十前後。ロゴの入った黒いTシャツに細身の黒いデニム。癖のあるウエーブした髪は肩につくくらいに長く、センター分けにしている。色の濃いサングラスをかけているので、人相ははっきりと分からなかった。

男は玄関前に立っている三人に向かって、丁寧とは言い難い口調で確認した。

「ここって鴻巣って人の家？」

「え…あ…、はい、そうですが…」

間違えて入って来てしまった観光客の類いであれば、個人宅だと説明し引き返すように言おうとしていた田之上は、鴻巣家なのかと聞かれ、戸惑いながら頷いた。男は田之上の返事を聞くと、礼も言わずに運転席に戻り、エンジンをかけたままだった車を駐車場の奥へ走らせる。一番奥の空きスペースにバックで駐車した車から男が降りて来るのをしばらく待っていたのだが、動きがないので、田之上は「行きましょうか」と音喜多と久嶋を促した。

「いいのか？」

「僕はここのことをよく知らないので。鴻巣家だと分かって来ているのなら、仕事を頼まれた業者の類いかもしれません。顧問弁護士の塩野《しおの》先生に会ったら報告しておきます」

こちらです…と案内する田之上の後に続き、音喜多と久嶋は広い玄関から建物内へ入る。外観も旅館そのものだったが、中もほぼ当時のまま使用しているらしく、玄関を入ってすぐのところに広い靴脱ぎ場が用意されていた。そこでスリッパに履き替え、ロビーだったと思《おぼ》しきエリアを抜ける。フロントのカウンターや待合用のソファなどもそのまま置かれていた。

ロビーから続く長い廊下は途中からガラス張りになっていて、手入れの行き届いた和風庭園を眺められるようになっていた。全方位を廊下に囲まれた庭には多くの植栽が配され、中央には池があり、石橋がかけられている。庭の向こうにも平屋の建物が続いており、その背後には三階建てほどの背の高い建築物が見えた。

「立派な庭ですね」

「散策も出来ますよ。お時間があればどうぞ」

田之上は久嶋に勧めながら廊下を進み、突き当たりを左に折れた。親族会議はその先にある大広間で開かれる予定なので、手前の部屋で休憩していて下さいと言ってドアを開ける。

すると。

「あ…」

無人だと思って入った部屋に先客がいて、田之上は声を上げる。すみません…と詫びて後退《あとずさ》ろうとしたところ、「英一郎《えいいちろう》」と呼びかけられた。

三十畳はありそうな広い部屋は板の間で、スリッパのまま入ることが出来た。三人掛けのソファが向かい合わせに二台と、肘掛け椅子が一脚置かれており、スーツを着た二人の若い男性がソファと肘掛け椅子に別れて座っていた。その片方から名前を呼ばれた田之上は動きを止める。相手の顔を見てはっとし、軽く会釈した。

「祐馬《ゆうま》さん…ですよね。健人《けんと》さんも。ご無沙汰しています」

田之上が確認するように名前を呼ぶと、二人は立ち上がった。その場に現れたのが田之上だけならば、年下の従兄弟との再会を喜ぶだけで済んだのだろうが、一緒にいる音喜多と久嶋の正体が分からず、戸惑っているような様子を見せていた。ハイスペックなビジネスマン然とした音喜多と、学生にしか見えない久嶋の組み合わせは、田之上の連れとしては謎だろう。

どう声をかけようか迷っている二人の様子を見て、久嶋は田之上に従兄弟なのかと確認した。田之上は頷き、二人を紹介する。

「健人さんと祐馬さんです」

「鴻巣健人です」

「弟の祐馬です。…あの…失礼ですが」

どちら様ですかと聞かれ、久嶋はにっこり微笑んで「軽い」嘘を吐《つ》いた。

「こちらは田之上さんの顧問弁護士の八十田先生です。僕はアシスタントの久嶋と言います。話し合いに同席にさせて頂きますので、よろしくお願いします」

八十田弁護士だと紹介された音喜多は怪訝な思いで久嶋を見たが、ちらりと合った目線で話を合わせるように指示され、口を噤《つぐ》む。田之上も同じように久嶋の指示を受けて何も言わなかった。

弁護士だと聞いた健人と祐馬は、困惑と安堵をない交ぜにしたような複雑な表情を浮かべた。田之上と同じく、相続人として遺産を相続するはずだった二人は、突如現れた隠し子により、予定が狂ってきている。年下の従兄弟が連れて来た弁護士の存在は自分たちにとって有利となるのか、不利となるのか、計りかねているという顔付きにも見えた。久嶋は二人に少し話を聞かせて欲しいと持ちかけ、座るように勧めた。

健人と祐馬は元いた場所に戻り、その向かい側のソファに田之上と音喜多が並んで座る。久嶋は音喜多の斜め後ろに立ち、アシスタントとして話を始めた。

「田之上さんは健人さんと祐馬さんにはお母様の葬儀以来お会いしていないと仰っていたので、こうして前もってお話出来る機会があってよかったですね。お二人はいつこちらに着かれたのですか？」

「十分くらい前です。英一郎はいつ来たんだ？」

「僕は昨日だよ。弁護士の塩野さんに頼まれて遺品の整理を手伝ってたんだ」

「お二人は頼まれなかったのですか？」

「俺は仕事があって…」

「俺も」

　仕事と答える健人たちに、久嶋はすかさず、どのような仕事なのかと尋ねる。健人は外資系保険会社、祐馬はＩＴベンチャーとして知られる有名企業の名前を挙げた。お忙しいですかと続けて尋ねた久嶋に、二人とも当然のように頷いた。

「今日は遺産分割協議書を作成する為の話し合いをする日だと聞いていたから、前々から休みを取ってたんです。それなのに…」

　思いがけない展開になって困惑していると言う健人に、祐馬も同意する。自分も多忙なのだとぼやいた後、祐馬は田之上に何をしているのかと聞いた。

「大学は…とっくに卒業してるだろ？　就職したのか？」

「僕は…お母さんの会社を継いだんだ」

　少し言葉を濁すように答えた田之上を、祐馬は意味ありげな目で見て、「そうか」と頷いた。田之上の答えを聞いた健人は、音喜多を見て、顧問弁護士というのは会社関係の？　と確認する。音喜多は頷き、被相続人が亡くなった時とは事情が違ってきているので、不備があってはならないと考え、同行したとそつなく答えた。

「お二人も戸惑われているのではないですか？」

「そうですよ。突然…隠し子がいたなんて…」

「弁護士ってことは色々調査とかもしてるんですか？　その…死後認知を求めてるっていう隠し子に関しても」

死後認知の訴訟で子だと認められた場合、遺言書によって遺産の半分を受け取ることになる「叔父」について、調査しているのかと聞かれた音喜多は、首を横に振った。話し合いの場への同席を申し出たのは、情報が少ないせいもあるのだと返す。

「今日は遺産相続に関わる人間が一同に介すと聞きまして…あと、もうひとつ」

そう言って、音喜多は斜め後ろにいる久嶋を見る。久嶋は音喜多の意図を理解して微笑み、話を受ける形で口を開く。田之上が久嶋の元を訪れるきっかけにもなった件について、健人たちの反応を見なくてはならなかった。

「お二人は殺害予告について、お聞きになられていますか？」

久嶋が「殺害予告」と口にした途端、健人と祐馬は顔付きを硬くした。その反応で二人が知っていることは確定したが、殺害予告そのものに関与しているかまでは読み取れなかった。相続額が減ることになる健人にも祐馬にも、叔父を脅迫する動機はある。

健人と祐馬は顔を見合わせ、田之上と同じく、鴻巣家の顧問弁護士から連絡を受けたのだと答えた。

「一昨日《おととい》、塩野先生から殺害予告が届いたって話は聞きましたが…本当かなって疑ってるんです」

「遺産相続とかで、そんな、殺すとか…あり得ないでしょ」

健人と祐馬はここまで一緒に車で来たが、その道中でもずっとその話をしていたのだと告白する。

「訴えを取り下げないと殺すっていう内容だったみたいですけど、だとしたら、犯人は孫の誰かってことになるじゃないですか」

「俺も兄さんも出してないし…英一郎だって」

「僕じゃないよ」

「だったら…」

もう一人の、孫。

健人と祐馬、田之上の間で声には出せない共通の認識が生まれたところで、久嶋は健人たちに、この場にいない残りの孫について知っていることがあれば教えて欲しいと頼んだ。

「田之上さんはお二人よりも小さかったせいもあり、よく覚えていないそうなんです。お二人のお父様は鴻巣家の次男になるんですよね？」

田之上から大体のところは聞いていたが、改めて確認する久嶋に、健人が頷き、彼が把握している親族の関係を話し始める。

「うちの父は三人きょうだいで、兄と妹がいて、妹というのが英一郎の母親だった麻喜《まき》おばさんです。兄の…長男である康史おじさんは、二十年前に亡くなるまで結婚したことはなかったと聞いています。東京の大学を卒業した後、しばらくしてから実家に戻り…この家じゃなく、引っ越す前の家ですが…そこにずっと住んでいたようです。父と一緒に訪ねた際、何度か見かけたことはありますが、声をかけて貰った覚えもありません。父からは、伯父は偏屈で、子供だけじゃなくて、人嫌いだから気にするなと言われたことがあります。伯父は交通事故で亡くなったんですが、まともに働いたこともなくて、財産もなかったせいか、認知している子供がいるというような話は出て来なかったんです。うちの父が伯父に子供がいると知ったのは自分が倒れてから…先が長くないと分かり、代襲相続になる可能性を考え、調べたところ、判明した…ということでした。伯父の子供として相続権を持っているので、いずれ顔を合わせることになるかもしれないからと…亡くなる前に話をされました」

田之上よりも七歳年上の健人は、伯父に関する記憶があり、認知したという息子についても予め聞いていたという。

「何処の誰なのかは聞いてませんか？　年齢や性別などは？」

「男で、年齢は俺よりも上ということしか。どうも伯父が亡くなる前に、学生時代に付き合っていた相手が生んだ子を認知したようです」

詳細については知らされなかったと言う健人に続き、祐馬が今日、確認出来るはずだと話す。

「相続する人間が全員揃うんだろう？」

「俺たち三人と康史おじさんの子供…それに『新たなおじさん』か」

一人増えたと呟くように言う健人に、久嶋はその人物については何も知らないのかと確認した。健人は頷き、亡くなった父からは一切聞いていないと話す。

「たぶん、父も想定していなかったんだと思います。父が亡くなった時、祖父は七十を超えていたはずですし…。俺たちもそんな、おじいさんの子供だとか今更言われても、正直、信じられないというか」

「調べてみたら死後認知って時間がかかるって書いてあったんですけど、本当ですか？」

弁護士だと思われている音喜多は、祐馬に尋ねられ、「そうですね」と適当に言葉を濁す。詳細を聞かれたら面倒だと考えていたところ、部屋のドアがノックされた。

「失礼します。…健人様、祐馬様。塩野先生が確認したいことがあるので来て欲しいと仰ってます」

顔を見せた使用人は塩野弁護士が呼んでいると健人たちに伝える。二人はまた後で…と言い、使用人と共に部屋を出て行った。

田之上と久嶋、音喜多の三人になると、音喜多はふうと息を吐く。

「弁護士を名乗るのは無理があったんじゃないか?」

「大丈夫です。あの二人がスマホなどで検索したとしても、八十田さんの顔は分からないはずですから。八十田さんは事務所のサイトにも写真を載せていませんし、写真撮影を伴うような取材の依頼などは断っていると話していました」

「なるほど。あいつのずる賢さはこういう時に役に立つんだな」

だが、八十田を騙《かた》るには専門的知識が必要だ。祐馬に尋ねられた死後認知について、「専門家」に確認しようと言い、音喜多は八十田に電話をかける。スピーカーフォンにしたスマホを手で持ち、久嶋や田之上にも話が聞こえるようにした。

『なんだ?』

「なんだとはなんだ」

『…っ…申し訳ありません、相談役。何かご用でしょうか?』

誕生日の一件を根に持たれ、音喜多から執拗《しつよう》に攻撃を受けている八十田は、名誉挽回《ばんかい》する為に必死になっている。つい油断していつもの調子で応えてしまったのを悔い、慌てて語調を変えた。それでも、その端々にやけっぱちな雰囲気が感じられ、音喜多は反省が見られないなと内心で舌打ちする。

「ちゃんと捜してるのか？」

『もちろんですよ、相談役。やはり施設にいたのは偽者のようで、本物のキムは海外にいる可能性が高くなってきましたから、現地での捜索を手配し、俺も向こうへ行く手筈《てはず》を整えているところです』

「そうか。ところで、別件なんだが…」

八十田への質問は久嶋に任せた方がいいだろうと考え、音喜多は「教授」と呼びかける。久嶋は「こんにちは」と挨拶してから、教えて欲しいことがあるのだと告げた。

「死後認知の手続きというのは通常、どれくらいの時間がかかるものなんでしょうか？」

『死後認知…ですか？　どうして久嶋さんがそんなことを…』

「いいから答えろ」

音喜多が横で聞いているのを察し、八十田は軽く咳払いをしてから、死後認知について説明を始める。

『死後認知っていうのは文字通り、非嫡出子が死亡した父親に対して認知を求めて起こせる訴訟で、父親が亡くなってから三年以内と期限が決められています。通常の認知というのは本人に対して求めるものですが、死後認知の場合、本人が死亡しているわけですから検察官に対して訴えを起こすことになります。その際、父親との親子関係が証明出来るDNA鑑定書やその他の書類などを提出し、裁判所が審理するんですが、その確認などに手間取る為、認知が認められるまで結構な時間がかかりますし、何年もかかるケースもありますね』

「では遺産相続に絡む形で死後認知を求める人物が現れた場合、遺産相続はその調査が終わるまでストップするんですか？」

『いえ。遺産分割協議書の作成は被相続人が亡くなってから十ヶ月以内に済ませなくてはならないので、ケースバイケースになるかと思いますが、時間がかかるようであれば、死後認知された側が遺産分割後に法定相続分の金銭的請求を行うことになるのではないでしょうか』

久嶋たちと一緒に八十田の話を聞いていた田之上は大きく頷き、塩野弁護士からもそのような話を聞いたと伝える。田之上が話す声を聞いた八十田は、もう一人誰かいるのかと久嶋に尋ねた。

『もしかして、久嶋さんのお知り合いが遺産相続に絡んだ揉めごとを抱えてるんですか？　報酬によっては俺が引き受けても…』

「お前は人捜しの方が先だろう。さっさと見つけて報告してこい」

八十田から得られる情報はこのくらいだろうと見切りをつけ、音喜多は一方的に通話を切る。何年もかかるケースがあると聞いた田之上は、憂鬱《ゆううつ》そうな表情で溜《た》め息を吐いた。

「問題が片付くまで大分《だいぶ》時間がかかると考えておいた方がよさそうですね」

「でも、今は民間のＤＮＡ鑑定の精度も高いですから…」

親子関係の証明も難しくはなく、早く解決するのではないかと久嶋が話していると、再び部屋のドアがノックされる。姿を見せたのは、先ほどとは違う使用人で、大広間へ集まるようにという塩野弁護士からの指示を伝えて来た。

「予定時刻よりも早いのですが、皆さん、お集まりになられましたので、話を始めたいとのことです」

こちらへどうぞ…と促され、田之上に続き、久嶋と音喜多も部屋を出る。大広間へ移動する前に、音喜多は半林に電話すると言って、席を外した。久嶋は田之上と共に大広間へ向かい、手前の踏み板でスリッパを脱ぎ、畳敷きの座敷へ足を踏み入れた。

旅館だった頃は宴会などに使われていたのだろう大広間は、結婚披露宴が開けそうな広さがあった。大きな窓ガラスの向こうには廊下からも見えた日本庭園が広がっており、夏の今は植栽の緑が青々としている。大広間の中央には大きな黒塗りの円卓が用意され、椅子が全部で六脚、等間隔に並べられていた。

上座には鼻の下に髭《ひげ》を蓄えた白髪の老人。一席空けた右手側に二十代後半と思しき青年。すぐ左には駐車場で見かけた黒いTシャツの男。その男の隣に健人と祐馬の兄弟が並んで座っていた。

上座の老人…鴻巣家の顧問弁護士である塩野は、一席だけ空いている自分の隣の席を田之上に勧めながら、連れは誰かと尋ねた。田之上が答えようとする前に、久嶋が口を開く。

「僕は田之上さんの顧問弁護士のアシスタントです」

「顧問弁護士？」

「田之上さんのお母様が生前、何かあった際に助言するよう、当事務所に依頼されていたんです」

そんな話は聞いていないと言いたげに、塩野弁護士は怪訝そうに眉を顰《ひそ》める。遅れて大広間へ入って来た音喜多は親族だけで埋まっている円卓を見て、自分たちは確認の為に話を聞かせて貰うだけだと伝えた。

「話が入り組んでいるようですから、念の為、同席を申し出たんです。口出しはしませんのでご安心下さい」

そう言って、音喜多は久嶋と共に部屋の壁際に下がり、邪魔はしないという態度を示す。塩野弁護士は渋い表情を浮かべたままだったが、音喜多と久嶋に出て行けとは言わず、使用人を呼んで二人の椅子を用意させた。壁沿いに置かれた椅子に久嶋と並んで腰掛けると、音喜多は小声で話しかける。

「あの男…駐車場の？」

「のようですね」

塩野弁護士の左隣に座っているのは駐車場で見かけた黒いTシャツの男で、年齢的にも長男の康史が認知したという息子だと考えられた。康史の息子は、彼が大学生の頃に付き合っていた相手が生んだ子だ。だとすれば、その年齢は四十近くでないとおかしい。

となると、死後認知を求めている隠し子…田之上たちの「叔父」というのは…。

「若いな」

音喜多の呟きに、久嶋は無言で頷いた。円卓を囲んでいるもう一人の男は若く、三十歳を超えているようには見えなかった。田之上や久嶋と同世代…精々二十代後半だろう。すっきりとしたソフトな顔立ちで、マッシュスタイルの髪も肌もよく手入れされている。ジェンダーレスな魅力を備えた、今風の若者だ。

それが亡くなった鴻巣家当主の「子供」であるというのは…。意外だと感じているのは久嶋と音喜多だけではなく、田之上も健人も裕太も、もう一人の男も戸惑いを強く浮かべていた。

塩野弁護士以外の全員が若い男を観察していたが、駐車場で見かけた男は対面に座っている彼に対し、とりわけ鋭い視線を送っていた。信じられないとでも言いたげな表情で凝視している。若い男の方は誰とも視線をあわせず、口元にほのかな笑みを浮かべているように見えた。

緊張感漂う中、塩野弁護士が「では」と話を切り出す。

「皆さん、お揃いですので鴻巣家の遺産相続に関して、説明させて頂きます。先日、お知らせした際には亡くなった鴻巣家当主、鴻巣寿一《じゅいち》氏の遺産は法定相続人である妻と子が亡くなられている為、四人の孫…ここに集まって頂いた長男、康史氏のご子息、克《まさる》さん。次男、敏史氏のご子息、健人さんと祐馬さん。長女、麻喜さんのご子息、英一郎さんが代襲相続し、遺産分割を行うとお伝えしたのですが、その後、事情が変わって来ました」

塩野弁護士の紹介で、駐車場で見かけた男がやはり康史の息子であると分かる。初めて会う従兄弟に対し、田之上と健人、祐馬の兄弟は好奇心を滲《にじ》ませた視線を向けたが、克という名の当人は若い男をじっと見つめたままだった。それぞれの思惑が交錯する中、塩野弁護士は次に若い男を指して「ここに」と続ける。

「いらっしゃる駒木曜市《こまきよういち》さんが寿一氏の子であるとして、死後認知訴訟を提起されました。この訴えが認められた場合、寿一氏が用意されていた遺言書により、子である駒木曜市さんが皆さんの遺留分を除いた遺産の全てを受け取ることとなります」

それぞれが既に報せを受けていたが、相続人全員が揃った場で正式に通知された内容に、円卓を囲んでいた四人の孫たちは息を呑む。しばしの沈黙の後、最初に口を開いたのは健人だった。

「遺留分を除いたって…具体的にはどれくらいの額になるんですか？」

「おおよそになりますが、遺産の総額が二十億ほどになりますので、駒木曜市さんにその半分の十億。残りの十億は第1順位の三人のお子様で分けるはずでしたから、その子である皆さんの取り分は、克さんが十億の三分の一、英一郎さんも同じく三分の一、健人さんと祐馬さんはお父様である敏史さんが受け取られるはずだった三分の一をお二人で分けることになりますので、六分の一ずつということになります」

「六分の一…」

「二億ないのか」

塩野弁護士の説明を聞き、健人と祐馬は揃って厳しい表情を浮かべた。二人とも当てが外れたと言いたげな顔付きだった。曜市が現れなければ、その倍の金額を受け取れていたはずだった。不服に思っている様子の兄弟は顔を見合わせ、訝《いぶか》しげな目つきで曜市を見る。

「…けど、それはこの人がおじいさんの子供だって認められたらの話なんだろ？」

「曜市さん、でしたか。随分若く見えますけど、幾つなんですか？」

健人に尋ねられた曜市は落ち着いた様子で答えを返す。

「二十七です」

外見通りの年齢だったが、田之上よりも若いという事実に、皆が表情を硬くした。孫の誰よりも年下の曜市が、寿一の子供だというのは常識的にあり得ないのではないかと、健人たち兄弟が指摘した。

「おじいさんって…確か、八十七で死んだんだよな？」

「ああ。…単純に計算して六十の時の子供って…それはちょっと無理がないか？」

薄ら笑いを浮かべて否定する健人と祐馬に対し、曜市は冷静な態度を見せていた。柔らかな印象とは相反する強い意志を感じる口調で、自分の出自に関して説明する。

「俺の母…駒木あやは三十歳の時に鴻巣寿一さんと知り合い、援助を受けるようになりました。そして三十二歳で俺を生んでいます。鴻巣寿一さんとの間にどういう付き合いがあったのかを記した手紙や日記などがあり、そちらは証拠として裁判所に提出しますので…」

「寿一氏の生前に認知して貰わなかったのは理由があるんですか？」

問いかけた健人に向かって話していた曜市は後方からの声を聞き、振り返る。質問したのは久嶋で、久嶋はにっこりと笑みを浮かべ、曜市の答えを待った。

久嶋は弁護士のアシスタントだと名乗っている。曜市は微かに表情を曇らせながらも、久嶋に答えを返した。

「母は俺を妊娠したのを知らず、鴻巣さんと別れ、別の男性と結婚したんです。その後、生まれた俺は結婚した相手の子供として育てられたんですが、俺が五歳の頃に二人は離婚しました。最近になって七年前に亡くなった母の遺品を整理する機会があり、その際に日記を見つけたんです。そこに俺は鴻巣寿一さんの子供であると書かれていました。日記だけでなく、手紙や、鴻巣さんから定期的に金銭を受け取っていたことを示す通帳などもあり、驚いて色々と調べてみたら事実であるようだと思われたので、訴えを起こしたんです」

「寿一氏が亡くなった後に、日記を読み、自分の本当の父親について知ったのですね？」

「そうなりますね」

確認する久嶋に頷く曜市は落ち着いていて、堂々としてさえ見えた。久嶋は続けて、寿一の息子であるという証拠としてＤＮＡ鑑定書は用意していないのかと尋ねた。曜市は日記や手紙について触れたが、ＤＮＡ鑑定書があるとは言っていない。

「子供であることを証明するのはそれが一番確実ですよね」

「いえ。今日、こちらに伺ったのはそのお願いをしたかったからでもあります。俺の方にはＤＮＡ鑑定に必要な試料がないので、提供して貰えないでしょうか」

曜市の頼みに対し、一同は沈黙する。健人と祐馬は渋い表情を浮かべ、田之上は戸惑い、克は無言で曜市を見つめていた。返事をしようとしない四人に対し、塩野弁護士は協力した方がいいのではないかと助言した。

「DNA鑑定書がない場合は、過去の関係を示す書類、血液型、身体的特徴などを参考に審理が進められますが、科学的な方法ではっきりさせておいた方が皆さんが納得出来るかと」

DNA鑑定をしないまま、客観的な証拠だけで親子関係が認められたとしたら、その方が禍根を残すだろう。DNA鑑定で父子関係がないという結果が出れば、曜市の訴えは退けられる可能性が高い。

ただ、逆に父子であるという結果が出た場合は…。

「僕もDNA鑑定することをお勧めします」

久嶋は塩野弁護士に同意する形で意見し、隣の音喜多を見て「ですよね？」と相槌を求めた。「八十田弁護士役」でその場に座っている音喜多は、鷹揚《おうよう》に頷く。

それでも迷う姿勢を見せた健人と祐馬に、田之上はDNA鑑定への協力をした方がいいんじゃないかと意見した。

「きっとその方がいいよ」

「俺もした方がいいと思う」

田之上に追随する形で同意したのは克で、それまで沈黙を保っていた彼が口を開いたのに、健人と祐馬は息を呑んだ。ずっと曜市を見つめていた克の口元には皮肉めいた笑みが浮かんでおり、低い声には周囲を従わせるような凄《すご》みがあった。

健人たちは再び顔を見合わせ、渋々、「分かりました」と頷く。四人の孫全員の了承が取れたことで塩野弁護士が曜市に対し、父子関係を証明する為のDNA鑑定に要する試料の手配を約束した。曜市は礼を言い、DAN鑑定の結果が出次第、裁判所に提出すると話した。

「皆さんには色々とご迷惑をおかけしますが、今後ともよろしくお願いします」

にこやかに話す曜市に対し、田之上を含めた四人は無反応だった。健人、祐馬は不服そうな雰囲気を漂わせていたし、克は無言で曜市を見つめ、田之上はどう対応したらいいものか悩み、戸惑っていた。受け取る予定だった遺産の半額を失おうとしている者たちと、その原因を作った者との間で、複雑な感情が渦巻く中、久嶋が口を開く。

「ところで。駒木さんはご自身への殺害予告についてどう考えておられるんですか?」

殺害予告という言葉が久嶋の口から出た途端、その場の空気が張り詰めた。曜市は久嶋を見て、心配しているのだと答える。

「何事もなければいいと…願ってます」

「どうして警察へ届けなかったんですか?」

「ことを、大きくしたくないと思いまして」

含みのある物言いをして、曜市は円卓を囲む一同を見回す。意味ありげな視線はあからさまな疑いを示してはいなかったが、それに近い意志を伝えており、四人はそれぞれが自分は犯人でないと否定した。

「俺と祐馬はそんなリスクは冒さないからな」

「ああ。殺人なんて…冗談じゃないよ」

「僕も絶対に違います」

「俺も」

健人たちに続いて否定した田之上の後から、克も首を横に振る。そして、「意外と」と続けた。

「狂言、ってのもあり得るかもな」

挑発するような態度で言い、曜市をじっと見る。曜市は冷静な口調で克に問い返した。

「俺が自分で自分に殺害予告を出したって言うんですか？」

「お前に殺害予告を出したんじゃないかって疑われるのはこの四人だ。余計な疑いをかけられたくないからＤＮＡ鑑定に協力せざるを得ないって状況に持ち込む為…っていうのはないか？」

「なるほど」

克が提唱した説に久嶋は声を上げる。妙なところで口を挟んで来る相手として久嶋を認識していた克は、厭そうに目を細めて、面倒くさそうに「フン」と鼻先で息を吐いた。久嶋は克の反応を気にせず、だとしたら警察に届けを出さないのも納得だと頷く。

「自分で自分に殺害予告を出したとしても罪には問われないでしょうが、警察に届けて公務を妨害したとされたら罪になってしまいますからね」

「分かりました。そんな風に考えられるのは困りますので届けを出します」

「その方がよろしいかと」

納得したという物言いで話す久嶋を呆れた顔付きで見て、曜市は被害届を出すと宣言した。久嶋はにっこり笑って相槌を打ち、なるべく早めに出した方がいいと勧める。

「ちなみにその殺害予告というのはどういう形で届いたんですか？　メールなどで？」

「いえ。郵便で届きました」

「それは興味深いですね。脅迫状はこちらへ持って来てるんですか？」

「自宅にあります」

「自宅へ戻られるのはいつですか？」

「今日はこちらへ泊まって、明日、帰る予定です。帰りが夕方になるとバスがなくなると聞いたので、宿泊させて欲しいと頼んでますから」

曜市以外の健人・祐馬兄弟も克も田之上も、皆、宿泊予定なのだと聞き、久嶋は「そうですか」と頷いた。それから音喜多を見て、僕たちも泊まっていきましょうかと提案し、にっこりと微笑んだ。

鴻巣家の遺産相続に関わる全ての人間が顔を揃えた集まりは、死後認知を訴えている曜市に対し、DNA鑑定に必要となる試料を提供することで意見が一致した。鑑定結果次第では曜市の訴えが認められない場合もある。その他の証拠で息子であると言い張ったところで、DNA鑑定で親子関係が証明されなければ勝訴出来る可能性は低い。だが、DNA鑑定で子である可能性が高いという結果が出れば、四人の孫の取り分は半分になる。本来、行われるはずだった遺産分割に関する話し合いは、曜市のDNA鑑定の結果を待つことになり、それぞれの思惑が蠢《うごめ》く話し合いは一旦、幕を下ろした。

宿泊することになった久嶋と音喜多は使用人によって客室へ案内された。露天風呂付きの客室は、かつては特別室と呼ばれ、賓客をもてなす為に使われていた。十室ほどある部屋は今も当時のまま使えるようになっており、久嶋たちが通されたのはその一室だった。

「どうぞ。こちらのお部屋をお使い下さい」

踏み込みからの襖《ふすま》を開けると、広い座敷があり、その奥にベッドが二台置かれた洋室があった。座敷と続きの広縁からは山の緑が見え、その隣には源泉掛け流しの露天風呂がある。旅館としての営業をやめてかなり経っているはずなのに、すぐにでも営業再開出来るほどに管理されていた。

久嶋と音喜多を案内したのは甲田《こうだ》という名の、六十歳ほどの女性だった。座卓を挟んで音喜多と向かい合わせに座った久嶋は、お茶を入れてくれる甲田に元々旅館で働いていた従業員なのかと尋ねた。甲田は頷き、地元の出身で、代々大清水村に住んでいるのだと話した。

「やはり鴻巣家は大清水村では有名な家なのですか？」

「もちろんです。昔でいう庄屋っていうんですか。村のまとめ役みたいな家ですから。こんな山の中なので働ける場所は限られてるんです。龍泉館が潰れて、ここで働いていた私たちも仕事をなくして困ってたんですが、鴻巣さんの本家がここを買い取って移ることになった時、元の従業員に声をかけて雇って下さったので本当に助かりました」

「でも旅館として営業しているわけじゃないのだったら、そんなに人はいらないのでは？」

「ええ。ですから、全員が戻ったわけじゃありません。建物とかを維持出来る最低限の人数くらいでしょうか。お客さんが来るわけじゃないので、さして忙しくもなく…以前よりも楽をさせて貰っています。旦那様はこちらの新館側ではなく、奥の本館の方にお住まいで、そのお世話は鴻巣さんの使用人さんたちがしてましたから」

旦那様というのは亡くなった鴻巣寿一だ。鴻巣家の関係者でここに住んでいたのは寿一のみで、後は全て使用人だったという。

「私たちは通いですが、鴻巣さんの方は住み込みでした。旦那様が亡くなって半年経ちますが、今もまだここで暮らしてると思います」

「それは何名ほどですか？」

「…五人…くらいだと思います。鴻巣さんについての詳しいことは紀美《きみ》さんに聞いたら分かるかと」

甲田が「紀美さん」と呼ぶ人物が、鴻巣家の使用人の中で一番の古株だと聞き、久嶋は紀美を呼んで来て欲しいと頼んだ。分かりましたと頷き、甲田が部屋を出て行くと、一緒に話を聞いていた音喜多が、感心したように呟いた。

「一人のじいさんを五人で世話して、更に建物の維持の為に使用人を雇っていたのか。今後はどうするつもりなんだろうな」

「遺言書に使用人に関する指示はなかったのでしょうか」

「まだここに居残ってるってことは、退職金を払って雇用契約を解約したりはしていないんだろう」

怪訝そうに首を傾げ、音喜多は室内を見に回る。久嶋と音喜多に用意された客室は二間続きで、ベッドが置かれた洋室も広く快適そうだった。ベッドもセミダブルのしっかりしたものだ。露天風呂を覗いてから座敷に戻ると、不自由はなさそうだと報告した。

「客室付きの露天だから小さなものかと思ったが、二人で入っても余裕がありそうだ。教授」

「一緒に入るのはやぶさかではありませんが、話を聞かなくてはなりません」

音喜多の相手は後だと真面目な顔で返され、単なる旅行に来ているのではないと思い出す。久嶋と温泉旅館…正確には元、なのだが…に泊まれるという幸運に浮かれている音喜多は、はしゃいでしまいそうな自分を抑えつつ「そうだな」と相槌を打った。

歩き回っていた音喜多が再び久嶋の向かい側に腰を下ろすと、「失礼します」という声が襖の向こうから聞こえた。姿を見せたのは七十歳過ぎの老女で、鴻巣家に仕えてきた使用人の紀美だと名乗った。

「お呼びだと聞いたのですが」

「少しお話を伺いたいんです」

久嶋の申し出に紀美は少し顔を曇らせたが、相手は弁護士だと聞いているせいか、諦めたように頷き、部屋へ入って来た。襖を閉め、座卓の近くに正座する。久嶋はまず、紀美にどのくらいの間、鴻巣家で働いているのかと尋ねた。

「かれこれ…五十年近くになります」

「では長女の麻喜さんをご存じですよね？　聞いてらっしゃるかもしれませんが、僕たちは麻喜さんのご子息である田之上英一郎さんに付き添って来ているんです」

久嶋が麻喜の名前を出すと、紀美は硬かった表情を少し緩めた。麻喜さんの…と小さく呟く紀美に、久嶋は息子である田之上を知っているかと聞いた。

「小さい頃に二、三度お見かけしただけですが…今日はいらしてるんですよね？」

「はい。昨日から泊まっているはずですが、会われてはいませんか？」

「私たちは旦那様が住まわれていた奥の方におりますので…」

甲田の話にもあったが、入り口から続く大広間や露天風呂付き客室の並ぶエリアは後から増築された新館で、その奥に渡り廊下で繋がった本館と呼ばれる三階建ての古い建物があり、寿一はそちらに住んでいたのだと紀美は話す。

「ここは山肌に沿っておりますので、本館の方が高いところに建ってるんです。その三階からですと旅館全体を見渡すことが出来るものですから、旦那様はもっぱらそちらにおいでででした」

「旦那様というのは亡くなった寿一氏ですよね。八十七歳で亡くなられたようですが、それまでお元気だったんですか？」

「いえ。ちょうど八十歳の時に脳溢血《のういっけつ》で倒れて、脚が不自由になったんです。それから車椅子が欠かせなくなりました。その後も何度か発作が起き、そのたびに自由がきかなくなって…この三年ほどは寝たきりの状態でした」

「死因は？」

「肺炎です。病院などに入られていたらもっとちゃんとしたお世話も出来たのでしょうが、旦那様は最後までここがいいと仰って…」

「寿一氏の奥様は早くに亡くなったと聞きましたが」

「はい。奥様は…三十年前に」

「その後、寿一氏はずっとお一人だったのですか？」

よどみなく返事をしていた紀美は、一瞬躊躇いを見せてから「ええ」と答えた。その躊躇いの意味を久嶋は言葉にしてみせる。

「再婚はしなかった、んですね」

「…はい」

「駒木あや、という女性を知っていますか？」

「……」

紀美は無言で頷き、顔を俯かせた。ごまかすのではなく、否定するのでもない反応から、紀美が既に駒木あやについて知っている情報を誰かに伝えたのだと久嶋は判断した。恐らく、相手は塩野弁護士だろうと推測しつつ、曜市の母親である駒木あやについて質問する。

「駒木あやさんに直接会われたことはありますか？」

「…はい。ここではなくて、以前のお屋敷ですが、そちらに一時、住まわれていたこともあります」

「そうだったのか…」

紀美の発言を聞き、それまで黙っていた音喜多が、驚いたように声を上げる。曜市は母親が寿一から援助を受けていたという話し方をしていたので、手当てを与えて東京で暮らさせていたのかと思っていた…と、音喜多は続けた。

紀美は音喜多の話を聞いて、情報を補足した。

「そうだったのですが、女性が東京は暑いからと夏の間、こちらへいらしたのです」

「それはいつのことか分かりますか？」

「奥様が亡くなられて…二年か三年経った頃だったと思います。康史さんが戻られて…少しした頃じゃないでしょうか」

「康史さんというと…長男の？」

「はい。康史さんは東京の大学に行かれて、そのまま東京で暮らしていたんですが、突然戻って来られて…亡くなるまで離れで暮らしてたんです」

「康史さんが亡くなられたのは…」

「二十年…くらい前です。交通事故でした」

「康史さんはお一人で離れに？」

「ええ。康史さんは結婚してなくて…認知した子供がいたというのも、最近になって知って驚きました」

「寿一さんと駒木あやさんの関係について話を戻しましょう。夏の間…と仰いましたが、夏が終わったら東京へ帰られたんですか？」

紀美は頷き、嫌悪感を滲ませた表情でその後、間もなくして別れたようだったと話した。

「冬が来る頃に旦那様があの女はいけないというようなお話をされていましたから…」

「寿一さんは他にも女性がいましたか？」

「ええ。…実は…奥様が生きてらした頃も…外に女がいて、奥様は気にも留めていないようでしたが、麻喜さんは厭がっておいででした。麻喜さんが旦那様と仲が悪く、こちらへもなかなか戻られなかったのはそのせいです」

そうですか…と頷き、久嶋は駒木あや以外に家へ来た女はいるかと聞いた。紀美は首を横に振っていないと答え、だから余計に覚えているのだと付け加えた。

「奥様が亡くなった後、旦那様は月の半分ほどを東京で過ごすようになり、女性とはもっぱら東京で遊んでいらしたんです。ここまでやって来たのはあの人だけでした。塩野先生から子供を生んでいたのだと聞いて、驚きましたが、納得もしました。抜け目のない感じの人でしたから」

紀美は駒木あやをとことん気に入らなく思っていたようで、言葉の端々に棘《とげ》が感じられた。東京にいる顔も知らない愛人ならばその存在を無視出来ても、自宅まで乗り込んで来た駒木あやは目に余ったのかもしれない。曜市によれば、駒木あやは寿一と別れた後すぐに別の男と結婚している。そういうところも「抜け目のない」という紀美の言葉に当てはまる。

「寿一氏の子供だと名乗り出た駒木曜市さんが正式に認知された場合、彼が鴻巣家の遺産の半分を受け取ることになるようですが、それについてどう思われますか？」

「どうって……そんなこと、あり得ませんよ」

　吐き捨てるように言う紀美に、久嶋はどうしてそう思うのか尋ねる。曜市が寿一の子供ではないという証拠でもあるのかという問いかけに、紀美は小さく首を振った。

「ありませんけど…今更出て来て子供だなんて…。許されない話でしょう。旦那様は色々とありましたけど、ここに残って家を守っておいでした。あの女の子供が遺産を受け取るなんて…鴻巣家はどうなるんですか」

「ですが、四人の孫が分割して相続したとしても、全員東京暮らしで、ここに戻ることはないようですが？」

「それは…そうですけど…」

　それでも駒木あやの息子に財産が渡るよりはマシだと、紀美の顔には書かれていた。駒木あやに反感を抱いている紀美は、曜市に不利な証拠があれば遠慮なく話すだろうが、話せるほどの情報はないようだった。久嶋は最後に、四人の孫について尋ねた。

「麻喜さんの子供…田之上英一郎さんには二、三度会ったと話してらっしゃいましたが、他の方はどうですか？　次男の敏史氏の息子、健人さんと祐馬さんには？」

「敏史さんのお子さんたちは一番会っています。敏史さんは定期的に里帰りされてましたから。敏史さんが亡くなられてからはそれもなくなり、旦那様の葬儀でお見かけしましたのが最後です」

「康史さんが認知されていた子供に会われたことはありますか？」

「いいえ。先ほども申し上げましたが、そちらの方の存在を知ったのは旦那様が亡くなり、相続の話になって、塩野先生から知っているかと確認されたからで…お顔も存じ上げません」

克については何も知らないという紀美の答えを聞き、久嶋は分かりましたと頷いた。話を聞かせて下さってありがとうございましたと礼を言う久嶋に、紀美は頭を下げ、夕飯の時間について触れる。

「六時半から召し上がって頂けるようにご用意致しますので、大広間へいらして下さいと、旅館の者から伝えて欲しいと頼まれております」

「皆一緒に食べるってことだな？」

音喜多の確認に紀美は頷き、全員の部屋に運んで給仕するほどの人手がないと思うので、お願いしますと頼んだ。音喜多も久嶋も異論はなく、了解して、帰って行く紀美を見送る。紀美が襖を閉め、その気配が消えてから、音喜多は小さく息を吐いた。

「なかなかややこしそうだな」

「そうですか？　愛人のいる資産家というのは珍しくないのではないですか？」

「いや。そうじゃなくて、あのばあさんは寿一のお手つきだったんだろうなと思って」

「お手つき？」

「主人が使用人に手を出すことをお手つきって言うんだ。男と女の関係があったって意味だ」

音喜多の指摘を聞き、久嶋は目を丸くする。座椅子に座っていた身体を前傾して、座卓に肘をつく体勢で対面に座っている音喜多の方へ身を乗り出した。

「どうしてそう思うんですか？」

証拠は？　と言い出しそうな久嶋に、音喜多は前もっていつもの勘だと断る。

「俺の見方が穿《うが》っているだけかもしれないが、七十過ぎてるだろうに、身綺麗《みぎれい》なばあさんだったから、若い頃はそれなりの美人だったはずだ。女好きだったらしい寿一が手を出してないわけがないだろう。

夫人が死んで、自分の天下だったところへ、駒木あやがやって来たから気に食わなかったんだろうな。あの歳まで寿一の世話をしてたのも、後妻の座を狙ってたのかもしれないし。散々世話して尽くしたのに願いは叶わず、駒木あやの息子が相続人として現れるなんて、悪夢みたいなもんだろう。踏んだり蹴ったりじゃないか」

「なるほど。駒木あやさんは夏の間しかいなかったようなのに、かなり嫌っているようだったので、何かあったのかと思いましたが、嫉妬心が裏にあったのだとしたら納得です」

さすが音喜多さん…と褒めながら、久嶋は興味深げに頷いた。それから、今後、紀美はどうなるのだろうと音喜多に問いかける。音喜多は微かに眉を顰めて、分からないと肩を竦める。

「たとえ死ぬまで世話をしたところで、籍に入っていなければ相続人としては認められないからな。遺言書に何も書かれていないんだったら、あのばあさんには一円も入らないはずだ。もしもまとまった金を手に入れたのだとしたら、いまだにここにいる必要もないしな」

「行き場がない、ということですか」

「あの歳まで住み込みの使用人をしてたんだ。新たに働ける口があるとも思えない。厳しいんじゃないか」

それは紀美だけじゃなく、他の使用人たちも同じだ。それに旅館が潰れた後、鴻巣家に再雇用された元従業員たちも。

「全員、誰が相続して、ここがどうなるのか。心配してるってことですね」

難しげな顔で考え込む久嶋に、音喜多は「そうだな」と相槌を打ってから、笑みを浮かべた。

「教授。状況整理は『あっち』でしないか？」

久嶋が考え始めると長い。座卓で延々話しているよりも、ここにはもっといい場所がある。音喜多が「あっち」と指した方向を見た久嶋は、不思議そうに首を傾げた。

部屋付きの露天風呂は石造りのしっかりしたもので、大人が三人ほど入れそうな広さがあった。洗い場は内風呂にしかないものの、ぬるめのお湯だから長く入っていられる。肩まで浸《つ》かると鮮やかな緑が美しい山を眺められ、更には隣に久嶋がいる。どう考えても最高で、音喜多の頰は緩みっぱなしだった。

「外でお風呂に入るというのは変な感じがしますね」

「空気がいいから気持ちよくないか？」

露天風呂は初めてだという久嶋は多少戸惑っていたが、音喜多の問いかけに頷く。山深い場所だから空気が澄んでいるし、高いところを飛んでいる鳥の鳴き声が聞こえるほどの静けさだ。元は高級旅館だっただけあって、部屋の向きなどのプライバシーが配慮されているので、他の客室からの物音も聞こえない。

山の中で二人きりでいるような錯覚を味わえることに満足しつつ、音喜多は久嶋の話に耳を傾ける。

「音喜多さんは駒木曜市さんに脅迫状を出したのは誰だと思いますか？」

「今の段階だと誰であってもおかしくないな。さっきの使用人だとしてもあり得る話だ」

「紀美さんですね。確かに駒木曜市さんが遺産を受け取ることについて不満を抱えている人は多そうです」

「田之上以外のな」

「田之上さんは…どうなんでしょう」

田之上を除外した音喜多に対し、久嶋は全面的に同意しなかった。今回の話し合いに同行して欲しいと頼んで来た時、田之上は多額の遺産を相続することを面倒に思っているような話をしていた。田之上の真意を疑っているのかと聞く音喜多に、久嶋は裏を取っていないからだと答えた。

「親から資産を受け継いだというのも、会社を経営しているというのも、田之上さんが嘘を吐いていないという前提での情報です」

「ああ。その辺は半林に当たらせている」

久嶋が懸念していることは音喜多も思っていて、既に半林に指示を与えたと聞き、久嶋はぱっと目を輝かせた。音喜多は健人と祐馬の話を聞いた後、大広間へ移動する前に、駐車場で待機させていた半林の元へ行っていたのだと言う。

「田之上と…あの兄弟。鴻巣健人と祐馬だったか。あいつらの身元調査を頼んだ。主に財政面を中心にな。その後、克と駒木曜市の名前が分かったから、そっちはメールで知らせておいた」

「さすが音喜多さんです」

素晴らしい仕事ぶりだと褒める久嶋に笑いかけ、音喜多は並んで座っていた久嶋の腰に手を回した。細いウエストを引き寄せて抱え上げ、自分の上へ乗せる。音喜多と向かい合う体勢になった久嶋は、微笑みを浮かべてまだ話は終わっていないと告げる。

「一番、怪しいと思うのは？」

「一番、金に困ってる奴じゃないか」

今の段階では誰なのか分からない。だから…と呟いて、音喜多は久嶋の肩に顔を埋《うず》めて浮き出た鎖骨に唇を這《は》わせる。

「今は温泉を楽しまないか？」

「音喜多さんが楽しみたいのは温泉だとは思えませんが？」

苦笑して指摘する久嶋に、音喜多は笑みを浮かべたまま「いや」と否定した。

「ここの湯は癖のない、いい湯だ。さらりとして、少しぬるめの湯温もちょうどいい」

長く入っていてものぼせたりしなそうだと言い、音喜多は首筋から頬へ、ゆっくりと唇を移動させていく。丹念に、慈しむように。施される優しい口づけは、良質な温泉と同じくらいに心地よく、久嶋の身体を解《ほぐ》していく。

「温泉には色んなタイプがあると聞いたことがあるのですが」

「ああ。ここの湯は癖のないタイプだが、同じ県内にある草津《くさつ》温泉とかだともっと特徴がある。白濁した湯で、硫黄臭が強い。草津っていうのは三名泉のひとつだ」

「他の二つは？」

「兵庫《ひょうご》の有馬《ありま》温泉…と岐阜《ぎふ》の下呂《げろ》温泉…じゃなかったかな」

その他にも日本にはたくさんの温泉がある。まずは手始めに三名泉を制覇してみないかと誘う音喜多に、久嶋は微笑んで頷いた。

「興味深いです」

「いい宿を探しておく」

教授が気に入るような。久嶋の耳元で囁《ささや》き、音喜多は耳朶《じだ》を舌先で舐《ねぶ》る。欲情を煽《あお》る動きを意識し

ながら背中に回した手を、湯の中に浸かっている久嶋の尻へ下ろしていく。柔らかな肉に触れ、自分の方へ引き寄せるように力を込めて、間近にある久嶋の瞳を覗き込んだ。

「東京だったら暑くて湯船に浸かろうなんて思わないけどな」

「僕もバスタブに入るのは久しぶりです。前回入ったのは、音喜多さんに髪を洗って貰った時かもしれません」

「……」

夏場だからというだけじゃなく、久嶋は放っておくと何日もシャワーさえ浴びないこともある。音喜多は微かに顔を顰め、やはり温泉旅行に連れて行こうと決心した。温泉旅行であれば、厭でも浴槽に入ることになる。

「教授には向いてるかもな」

「何がですか？」

不思議そうに尋ねる久嶋に笑いかけ、音喜多は薄い唇を啄《ついば》むようにして口づける。久嶋の欲望を誘い出す為の口づけは次第に激しいものになっていき、静けさに満ちていた屋外に、久嶋が漏らす甘い音が響き始める。

「…っ…ん…っ…ふ…」

決して大きなボリュームではないけれど、嬌声《きょうせい》というのは思いのほか人の耳に届くものだ。他の客室と離れているとはいえ、誰に聞かれるかも分からない。羞恥心よりも、久嶋の特別な声を誰にも聞かせたくないという思いから、音喜多は口づけを止めて、中へ入ろうと促した。

久嶋を露天風呂から引き上げ、引き戸を開けた先に置かれていたバスタオルで包み込む。ぬるい湯だから長く入れると思っていたが、温泉だけあって、久嶋の身体はとても温まっていた。

「大丈夫か？　のぼせてないか？」

「のぼせるという感覚がよく分からないのですが…たぶん大丈夫です」

そう言いながらも普段は白い久嶋の頬には赤みが差している。心配になる音喜多に対し、久嶋は気になっていない様子で、ガラス張りの引き戸から見える露天風呂を、惜しむような目で見た。

「外の空気の方が気持ちいいのですが」

「教授が声を出さないでいられるなら、外でもいいぞ」

「声を出したら迷惑ですか？」

「俺が厭だ」

不服そうな顔で音喜多は首を横に振る。久嶋は音喜多が厭だという意味が分からず、「どうして？」と問いかける。

音喜多は答えず、バスタオルを背中にかけた久嶋の身体を抱き上げた。そのまま洋室のベッドへ運び、真っ白なシーツの上へ横たえる。

「教授のあんな声を誰にも聞かせたくない」

「あんな声…」

「分かってないのか？」

自分がどんな声を出しているのか。低い声で尋ねながら、音喜多は久嶋の上へ覆い被《かぶ》さった。唇を奪い、淫らな口づけに応えてくる舌を絡ませ、温まった身体を掌《てのひら》で撫《な》でる。脇腹から脚《もも》へ。腿の外側を撫でていた手が内股から中心へ移動すると、久嶋は鼻先から甘い吐息を零した。

「ん…ふ…っ」

まだ柔らかなものをそっと握られ、身体を僅かに揺らす。音喜多は根元から先端へ、優しく促すような愛撫《あいぶ》を施しながら、口づけを深めていった。

「…っ…ん…」

久嶋の中から生まれる、声とも息とも判別出来ない音は特別な響きで音喜多の欲望を唆《そそのか》す。自分がこれほどに心を乱されるのだから、他者にとっては毒になりかねない。久嶋に心を寄せるのは自分だけでいい。こんな久嶋を知る人間も。

口づけを求める濡れた唇。欲情に潤む瞳。愛撫を求めてしどけなく開く脚。

焦《じ》れったそうに身体が揺らめくまで、あと少し。

「あ…、ふ……っ…ん…」

音喜多の掌に包み込まれている久嶋自身は硬さを増し、上を向き始めていた。口づけの狭間《はざま》から漏れる声の甘さが更なる愛撫を欲しがっているのだと伝えている。音喜多は口づけを解き、起こした身を屈《かが》めて久嶋の股間に顔を埋めると、勃《た》ち上がりかけているものを口内に含んだ。

「あ…は…っ…あ…」

濡れた口内の感触に小さく身を震わせ、久嶋は脚に力を込める。膝を立て、音喜多の身体を挟み込むようにして口淫がもたらす強い刺激に耐えようとする。温泉とは違う温かさが感じられる口内での愛撫は、昂《たか》ぶるスピードを速めていく。

落ち着いて、ゆっくりと味わおうと思っていても、快楽の激流に流される。反り返ったものに這う舌の動きも、唇で扱《しご》かれる悦楽も。コントロールが出来なくて、ただ、夢中になって求めるしかなくなっていく。

「っ…ん…っ…あ…あっ…」

耐え切れそうにない波がやって来て、久嶋は高い声を続けて上げる。音喜多が久嶋の欲望を追い立てるように愛撫を深めると、勃ち上がり切ったものから液が溢《あふ》れ出した。

「は…っ……んっ…」

先走りを漏らす久嶋自身から口を離し、腿を摑《つか》んで持ち上げる。露《あら》わになった入り口に舌先で触れると、久嶋はびくんと身体を震わせた。

「っ…あっ」

達しそうなところまで滾《たぎ》っている久嶋自身が、孔《あな》に触れられるたびにビクビクと反応する。音喜多は孔を丹念に舐めて解し、柔らかくした後に指を入れた。

久嶋が息を呑む密やかな音が部屋に響く。布類の多いベッドルームでは吸い込まれてしまうその音が、屋外ならばどんな風に聞こえるのか。試してみたいような気持ちになるのを抑えながら、中へ含ませた指を動かした。

「…んっ……っ…あ」

「教授…」

後ろに指を入れたまま上半身を起こし、久嶋に呼びかける。久嶋は伏せていた目を開けて音喜多を見つめ、唇の隙間から甘い息を吐き出す。口づけを望むサインに喜んで、音喜多は身を屈めて唇を重ねた。

優しくよりも、激しく。何を望んでいるのか、瞳の色を見ただけで分かる。

「…っ……」

夢中になって求めて来る久嶋に、口づけ越しの快楽を与えながら、後ろから指を抜いて脚を抱える。身体が温まっていたせいもあり、内壁が緩むのが早かった。とろとろに溶けた入り口に自分自身をあてがい、ぐっと体重をかけて圧《お》し進む。

「ん…ふ…っ」

「…っ…」

先を入れただけで締め付けようとする久嶋の身体を撫でて宥《なだ》め、最奥まで挿入する。熱く濡れた内壁に包み込まれる快楽に、我を忘れないよう意識して、音喜多は窺《うかが》うような動きで腰を動かす。

「…あっ…んっ……ん…あっ」

「教授…」

揺らされるたびに久嶋の口から高い声が上がる。甘く、艶やかな色香の溢れる声音は、高い空を飛んでいる鳥さえも惑わしそうだ。こんな声は誰にも聞かせられない。屋外で久嶋を抱く機会はないかもしれないなと苦笑し、音喜多は甘い声を自分の中へ吸い取ってしまう為に濡れた唇を塞いだ。

ことを終えた久嶋が内風呂へシャワーを浴びに行って間もなく、「音喜多さん」と呼ぶ声がした。音喜多は起き上がり、「どうした？」と聞こうとしたのだが。

「……」

「これで…あっていますか？」

珍しく自信なさげに尋ねる久嶋は白地に紺色の模様が入った浴衣を着ていた。温泉旅館だった当時のものらしく、模様の一部に「龍泉館」という旅館名が見える。脱衣場に置かれていた浴衣を着てみたものの、紐《ひも》の結び方に迷ったのだという。

「バスローブとは違うんですよね。…この紐を腰に回して結ぶのだというのは知っているんですが…」

初めて着るのでよく分からないと久嶋が話すのを聞き、音喜多は飛び上がるようにしてベッドを下り、久嶋の元へ近付いた。浴衣姿の久嶋が放つ色香に興奮しているという事実を懸命に隠しながら、浴衣の着方をレクチャーする。久嶋が適当に結んだ帯を解き、浴衣の前身頃をはだけると、裸体が現れて戸惑った。

「…何も…着てないのか」

「着るものなんですか？」

バスローブではなくても、使用目的は同じだと考えた久嶋は、下着も身につけずに浴衣を着ていた。久嶋に質問された音喜多は咄嗟《とっさ》に首を振った。

「いや。いい」

よくないけど、いい。自分にとっては。そんな勝手な言葉を心中で呟き、前身頃の端を持って、右側を先に身体にあわせ、その上に左側の前身頃を重ねてあわせる。この順番が大切だと教えた。

「右側が上になってしまうと『死装束』といって、死人に着せる着付け方法になってしまうんだ」

「なるほど。そういう文化があるんですね」

感心する久嶋の腰に音喜多は臙脂《えんじ》色の帯紐を回して簡単な貝の口結びにする。ささっと結んでしまう音喜多の慣れた手つきを見て、久嶋は更に感心した。

「音喜多さんは何でも出来る人だと思っていましたが、こういうことも得意なんですね」

「得意というわけじゃないが…子供の頃に躾《しつ》けられたことは忘れないもんだな。本当は旅館で着る浴衣ってのはどんな結び方でもいいんだ。リラックス出来るならそれでいい」

浴室から戻って来た時とは違う、しゃんとした浴衣姿の久嶋を見て、音喜多は満足げな笑みを浮かべる。細くて背の高い久嶋は着物が似合う体型だとは言い難いが、湯上がりの肌はつやつやしていて、可憐《かれん》な顔立ちが輝いて見える。着せたばかりなのに脱がせたい衝動に駆られそうになり、音喜多は久嶋の腰を摑んで引き寄せた。

「教授…」

「音喜多さん。これ以上は後にしましょう。六時半の食事には全員が揃うようですし、情報収集の為にも機会を逸するわけにはいきません。音喜多さんはずるずるとベッドにいがちですから早くシャワーを浴びて着替えて下さい」

「…分かった」

真面目な口調で宣言する久嶋を口説けそうな雰囲気はなくて、音喜多は渋々頷いて浴室へ向かう。シャワーを浴びて浴衣に着替えて出てくると、座敷で音喜多を待っていた久嶋は、旅館内の散策に出かけようと提案した。

「他の使用人からも話を聞きたいですし」

「分かった。…だったら着替えよう」

「どうしてですか？」

折角、綺麗に着付けてくれたのに。不思議そうに尋ねる久嶋を、音喜多は無言で見つめる。久嶋の浴衣姿は危険だ。自分以外の誰かに見せることはとても出来ない。

それに邪《よこしま》な感情が湧き出してタイミングを逸したせいで、久嶋は浴衣の下に何も着ていない。薄い布一枚の下は裸なのだ。万が一、裾がはだけたりしたら…。

「…散策の後、そのまま食事に行くだろう。浴衣のまま食事をするのは教授には荷が重い。色々とマナーがあるからな」

「そう…なんですか」

自分の中で湧き上がる葛藤を抑え込み、音喜多は冷静を装って久嶋が納得しそうな理由を口にした。浴衣の着方も分からなかった久嶋は、マナーと言われてしまうと何も言えず、着替えて来ると言い、立ち上がった。

温泉旅館で浴衣のまま過ごすことは一般的であり、正式な旅館ではないここでも、咎《とが》められたりはしないと分かっていたが、どうしても久嶋の浴衣姿を他の人間に見られたくなかった。あんな危険なものを…と微かに眉を顰め、音喜多も着替えの為にベッドルームへ移動する。

共に着替えを済ませ、部屋を出ると、大広間の方へ向かって歩き始めた。大広間から案内された際、入り組んだ造りの建物だという感想を抱いたが、案内なしで歩いてみると改めてその思いを強くする。

「直線距離的にはさほどないはずなんだが、他の客室と導線が被らないようにする為に、わざと廊下を迂回させているんだろうな。教授一人だったら建物の中で迷子になれそうだ」

「否定はしません」

今も何処を歩いているのか分からなくなっていると久嶋は正直に話し、音喜多が頼りだと続けた。

音喜多は廊下の先を指し、あれを左に折れたら大広間に抜けるはずだと教える。廊下の突き当たりは窓ガラスになっており、近付いてみると庭の様子が窺えた。

「これは来た時に見たものですか？」

「ああ。…あそこに見えるのが紀美って使用人が話していた、寿一のいた本館だろう」

音喜多が指す先には歴史を感じる木造三階建ての建物があった。手前の建物は全て平屋なので一際高く見える。紀美は晩年の寿一は旅館全体を見下ろせる本館の三階で過ごしていたと話した。

「向こうからなら庭もよく見えるんじゃないか」

「そうですね…」

庭を眺めるのにも最適そうだと話す音喜多に、相槌を打ちかけた久嶋は、庭に人影を見つけて声を小さくする。久嶋がじっと見つめる先には駒木曜市の姿があった。庭の中央辺りに配された池の左端…池にかかっている橋のたもとに植えられた松の木近くに、曜市は立っていた。浴衣姿で、腕を組み、難しい顔付きで真っ直ぐ一方向を見ている。

「誰かいるのか？」

音喜多と久嶋が立っている場所からは植栽が邪魔をして見えないが、曜市は誰かと話しているようだった。その口元が僅かに動いている。彼の前には誰がいるのか、確認する為に場所を移動しようとした時、曜市が久嶋たちの方へ顔を向けた。

曜市は一瞬、しまったというような表情を浮かべ、すぐに背を向ける。そのまま植栽に隠れてしまったので、久嶋たちのいる場所から曜市の動きは確認出来なくなった。

久嶋は左右を見て庭へ出られる場所がないか確認した。その意図を察した音喜多が「あっちだ」と庭への出入り口のある場所を教える。二人がそちらへ向かうと、曜市が池の方へ続く細道から姿を現した。

庭への出入り口として作られたサッシの引き戸前には内履き用のスリッパが一足があり、外側にはコンクリ張りの三和土《たたき》に散策用のスリッパが何足か並べられている。曜市は散策用のスリッパを履いており、引き戸を開けた音喜多に軽く頭を下げて、スリッパを履き替えた。

「ありがとうございます。散歩ですか？」

「夕飯までまだ時間がありますので。…駒木さんはお風呂に入られたんですか？」

曜市に問われた久嶋は答えながら、彼の様子を観察した。浴衣を着ていて、髪がまだ濡れている。風呂に入った後なのかと聞かれた曜市は、大浴場へ行って来た帰りに庭を歩いてみたのだと返した。

「外の風は気持ちいいですよ」

「誰と話していたんですか？」

廊下から見た曜市は誰かと話しているようだった。久嶋に問われた曜市は微かに顔を硬くした後、取り繕うような笑みを浮かべて「いえ」と首を振る。

「話してませんよ」

「他にも人がいたように見えたんですが」

「気のせいでは？」

見間違いではないかと言い、曜市は「失礼します」と会釈し、立ち去ろうとした。少し話が聞きたいと久嶋が言うと、迷惑そうな表情を浮かべつつ、渋々足を止める。久嶋は話をしたくなさそうな曜市に対し、初手から本題を切り出した。

「駒木さんは誰が殺害予告を出したのだと思いますか？」

曜市自身の考えを教えて欲しいと言う久嶋に、曜市は「分かりませんと即答する。

「誰であってもおかしくないですが、犯人として捕まって欲しくはないです」

「殺されようとしているかもしれないのに？」

「本気だとは思ってません。俺に訴えを取り下げさせたいだけだと思うので…」

「しかし、遺産の額が大きいですから。本気の場合もあると思いますよ」

曜市が寿一の息子だと認知された場合、遺産の半額…十億という大金を相続することになる。対して、四人の孫たちは、当初相続する予定だった額の半分しか受け取れない。それでも十分な額だと考えるか、足りないと…「原因」に恨みを向けるか。

脅しなどではなく、本当に殺害を計画しているかもしれないと忠告する久嶋に、曜市は微かに眉を顰めた。無言でいる曜市に、久嶋は話を続ける。

「駒木さんがいなければ、倍の額を相続出来るんです。駒木さんの存在を邪魔に思ってもおかしくありません」

「だからと言って人を殺すというのは…」

「金銭が動機となる殺人事件というのは大変多いです。今回のケースは金銭目的型に怨恨型がプラスされたケースだと思いますが、怨恨型は金銭目的型よりも更に件数が多いんです。怒りや恨みという感情は人の理性を奪いますから」

「……」

怒りや恨み、と久嶋が口にした瞬間、曜市は顔付きを硬くした。強張《こわば》った表情で久嶋を見返し、ひとつ息を吐き出してから、「だからといって」と続ける。

「訴訟を諦めることは出来ません」

「もちろんです。それは駒木さんの権利ですから。ただ、脅迫状を形だけのものと考えるのではなく、真剣に捉えた方がいいと忠告してるんです」

「…分かりました」

「駒木さんは亡くなった母親の遺品を整理していて自分が鴻巣寿一氏の息子だと分かったという話をしていましたが、それまで寿一氏の存在を全く知らなかったんですか？」

久嶋の確認に対し、曜市は厭そうに嘆息してから、「ええ」と頷いた。

「大広間でも話しましたが、母は寿一氏と別れた後、結婚した相手の子供として俺を育てていましたから。結婚した相手もそれなりに財産のある人だったんで、その人の子供だってことにしておかないとまずかったんでしょう。俺もその人が父親なんだとずっと思ってました」

「日記に書かれていたということでしたが、確かな記述なんですか？」

「俺はそう思っていますけど、ねつ造だとか疑われたりするかもしれないから、DNA鑑定を…」

したいのだと言おうとしたらしい曜市は、ふいに言葉を止めた。その表情は硬く、久嶋は不思議に思って「駒木さん？」と呼びかける。久嶋の声を聞いた曜市ははっとし、ごまかすように首を振る。

「…とにかく、明日、東京に戻ったら被害届を出そうと思います」

口早にそう言うと、曜市は頭を下げ、逃げるようにして去って行った。迷惑そうな態度ではあったが、途中まで受け答えに応じていた彼が、突然話をやめたのが気になり、久嶋は去って行く背中をじっと見る。廊下を折れた曜市の姿が見えなくなると、音喜多は久嶋に庭へ出てみないかと声をかけた。

久嶋は頷き、曜市がいた場所へ行ってみようと返す。曜市と同じく、その場で内履きのスリッパから外履きのスリッパに履き替えて、庭へ出た。夕方になり、気温が下がってきているせいか、ひんやりとした屋外の空気がとても心地よく感じられた。

音喜多は庭を見回し、曜市が立っていた池にかかる橋のたもとを目指して、小道を歩き始める。久嶋はその後に続き、曜市は誰かと話しているように見えましたよね…と音喜多に確認した。

「ああ。俺にもそう見えた」

「どうして否定したんでしょう?」

さあ…と首を傾げ、植栽の間を抜ける。橋のたもとに出ると、音喜多は自分たちがいた廊下の方を見て「ここに」と曜市がいたであろう場所を指した。

「立っていたはずだ。…たぶん、この向きだな」

自分を曜市に見立てて、久嶋には曜市が話していたであろう相手として立つ場所を指示する。廊下側から見えない場所…植栽の影になる位置に立った久嶋は、足下を見回した。

「…誰かがいたという証拠はなさそうですが…」

「出入り口のところにも曜市が脱いだスリッパしかなかっただろう。あそこ以外にも庭へ出入り出来る場所があるのか…」

曜市は久嶋たちと同じ出入り口を使ったようだが、彼と話していた人間のものと思われるスリッパはなかった。他に出入り口が…と探す音喜多は、池を回り込んだ向こうへ行ってみようと久嶋を促した。

「橋を通ったのなら俺たちの視界に入ったはずだ。見えなかったんだから…橋を使わずにあっちへ行ったんじゃないか」

音喜多の推測に同意し、久嶋は共に移動する。細長い楕円形の敷地に造られた庭を巡るように客室へ繋がる廊下が伸びている。久嶋たちが利用している客室の対面にも客室があるようで、そちら側にも出入り口があるに違いないという音喜多の読みは当たり、池を時計回りに進んだ先に細道があり、植栽に隠れた裏側に同じようなサッシの引き戸があった。

二人が庭へ出た出入り口と同じく、外履きのスリッパが数足並べられている。全部で五足あるスリッパの内、四足は中から出て来た人間が履きやすいように方向を揃えて並べられていたが、一足だけは逆方向を向いていて…しかも、乱雑に脱ぎ捨てられたようにあちこちを向いていた。

「…ここから出入りした人間がいるのは間違いないようですね」

それが曜市と話していた人間なのかどうかは分からない。ガラス越しに見える廊下には内履きのスリッパは一足もない。久嶋が引き戸を開けて中を確認しようとすると、話し声が聞こえて来た。

「……」

姿は見えないが、何処かで誰かが話しているようだ。話し声が近付いて来ているのを察し、久嶋は咄嗟に引き戸を閉め、音喜多と共に植栽の陰に身を潜めた。

話をしながら近付いて来ていた相手は外に出るつもりではという久嶋の読みは当たり、引き戸を開ける音に続いて話す声が近くで聞こえた。

「…ですから、もう少し待って欲しいんです」

切羽詰まった調子の声が誰のものか、久嶋と音喜多はすぐに分かり、顔を見合わせる。植栽の陰から引き戸の方を覗き見ると、予想通りの相手…鴻巣祐馬が立っていた。

浴衣姿でスマホを耳につけた祐馬はひどく焦っているようだった。必死に待ってくれるように電話の向こうに頼んでいる。

「予定外のことが起きてしまって…ちょっと時間がかかりそうなんです。でも、絶対、大丈夫ですから…ええ、本当です。…必ず、返します」

何を返すのか、具体的な内容は聞けなかったが、大抵の場合、焦って返済を待って欲しいと頼むのは「金」だ。予定外のことが起きて時間がかかりそうだというのは、相続するつもりだった遺産の額が半分になるかもしれないせいなのか。祐馬はその後も電話の相手に待ってくれるよう重ねて頼み、なんとか納得させて話を終わらせ、室内へ戻って行った。

祐馬の気配が消えると、二人は植栽の陰から出た。出入り口の前に戻り、久嶋は音喜多に聞こえたやりとりについてどう思うか尋ねた。

「どうもこうも…ありがちな話だ。半林から報告が来ればどんな筋に借りてるかも分かるだろうが、かなりきな臭い相手なんじゃないか」

「これで祐馬さんに動機があるのは確定しましたね」

必死で頼まなくてはならない相手への借金がある祐馬は、相続する遺産が減額されるのを苦く思っているに違いない。話し合いの席でも不満げな態度を見せていた。金に困っている彼が、その原因を作った曜市に対し、殺意を抱いたとしてもおかしくない。

続けて、久嶋は曜市と話していたのは祐馬ではないようだと指摘した。

「どうしてそう思うんだ？」

「今、祐馬さんは内履きのスリッパのまま出て来て、この辺りをうろうろしながら話していました。焦っていたとしても、さっき外履きのスリッパを使ったのだとしたら履き替えるという意識が湧くでしょう。そうしなかった祐馬さんは外へ出るのは初めてだったと考えられます」

「なるほど…。一度、経験している行動ならば繰り返す可能性の方が高いだろうな」

久嶋の意見に頷き、音喜多は脱ぎ捨てられている外履きのスリッパを見る。あれを脱ぎ捨てたのは祐馬ではないようだが、誰なのかは分からない。その人物が曜市と話していたのかどうかも。

「この出入り口を使うのはこちら側の客室を使っている人間だろうから、中へ戻って誰かに聞いてみるか」

「そうですね」

音喜多の提案に久嶋は頷き、二人は元いた場所へ戻る為、今度は池にかかる橋を通ることにした。石造りの橋は欄干《らんかん》のない、平らなもので、足を踏み外したりしたら容易に池へ落ちてしまいそうだ。池には鯉《こい》が泳いでおり、小さな中島には石灯籠が置かれている。水面に沿って流れてくる風は清涼としていて、東京の暑さが異国のように思える。

「ここは夏でも涼しいんですね。池谷さんが喜びそうです」

「池谷さんは暑いのが苦手だからな。教授だってこれくらい涼しい方が快適だろう」

「はい」

「…なら、夏休みの間はどこか涼しいところへ行かないか？」

久嶋と夏休みをどうやって過ごそうとずっと考えていた音喜多は、まずは快適な環境を提供すると約束する。東京は暑すぎて、休暇を過ごすには相応《ふさわ》しくない。涼しくて静かな場所ならば、久嶋だって読書がはかどると喜ぶのではないか。

「ここもそうだが、標高の高い場所なら東京より涼しいし、空気もいいし、気分転換になるだろう」

軽井沢《かるいざわ》はどうだ、いや、那須《なす》もいいし、赤倉《あかくら》でもいい。場所はホテルでも別荘でも、久嶋が望むところを用意すると話す音喜多に、久嶋は考えておきますと返事をした。今は夏期休暇よりも殺害予告を出したのが誰なのかを知りたいと言う久嶋に、音喜多は神妙に頷いた。しつこくしてへそを曲げられても困る。今は謎解きに協力しておいた方が、後々の為だと考え、音喜多は足下に気をつけるよう促して、久嶋と共に池の橋を渡り終えた。

庭から廊下へ戻ると、二人は従業員を探して大広間の方へ向かって歩いて行った。すると、廊下の角を曲がろうとしたところで、田之上とばったり出会《でくわ》した。

「久嶋さん、音喜多さん。ちょうどよかった。お二人の部屋へ行こうとしていたんです」

浴衣姿の田之上はもうすぐ夕食なので、久嶋たちを誘いに行こうとしていたと言う。曜市に話を聞いたり、庭を散策している内に、時刻は六時を過ぎていた。田之上は浴衣に着替えていない二人を見て、風呂には入らなかったのかと聞く。

「入りましたよ。部屋の露天風呂に」

「教授はアメリカ育ちで浴衣に慣れていないから着替えた方がいいって勧めたんだ」

久嶋の浴衣姿を誰にも見せたくないからだという本当の理由はとても言えず、音喜多はごまかすように説明する。田之上はそうですかと納得し、大浴場のお湯もとてもいいので夕食後にでもどうぞと勧めた。

「部屋の風呂とは泉質が違うそうなんです」

「田之上さんも大浴場に？」

「はい。入って来ました」

「先ほど、曜市さんに会ったら、彼も大浴場の風呂に入ったと話していました」

「そうなんですか？　僕が行った時は誰もいませんでしたけど」

入れ違いだったのかもしれないと言い、田之上は夕食の会場である大広間へ向かおうと二人を促す。音喜多がどちら側の部屋に泊まっているのかと尋ねると、田之上はどういう意味なのかと聞き返した。

「庭を挟んで…向こう側とこちら側で部屋が別れているみたいじゃないか」

「ああ…。庭を中心にして本館に近い方と、大広間に近い方の部屋っていうことですね。ええと…僕は大広間に近い部屋ですから、こちら側です」

「他の皆さんは？」

誰が何処に泊まっているのか、知っているかと久嶋が聞くと、田之上は首を横に振った。

「さっき会ったスタッフに久嶋さんたちの部屋が何処か聞いただけで…他は分かりません」

知りたいのなら使用人を捕まえた方が早いと話す田之上に相槌を打ち、三人で廊下を折れると、大広間の手前にあるロビーのような場所に出た。開けた空間にソファが二台対面する形で置かれ、休憩出来るようになっている。その片方に克が座っていた。

だらしなく背もたれに身体を預けて座り、スマホを眺めている。克は浴衣ではなく、話し合いの場で見たのと同じTシャツにデニムという格好だった。

「……」

克は久嶋たち三人を見ると、厭そうに目を眇め、立ち上がろうとする。久嶋はその前にすかさず座り、食事を待っているのかと尋ねた。

　席を外すタイミングを逸した克は、仕方なさそうに座り直し、「ああ」と頷いた。

「六時半からだと聞きましたので、もうすぐですね。鴻巣さんはお風呂には入られなかったんですか？」

「岡戸《おかど》だ」

「え？」

「俺の名字は鴻巣じゃない。岡戸だ」

　鴻巣さんと呼びかけた久嶋に対し、克は訂正する。久嶋は「岡戸さん」と繰り返し、それは母方の名字なのかと尋ねた。克は渋い表情を浮かべ、めんどくさそうに説明した。

「俺が認知されたのは十九の時で、それまで母親の名字の岡戸を使ってたんだ。岡戸の方が馴染《なじ》みが深かったから、名字は変えなかったんだ」

　克の説明になるほどと頷き、久嶋は「岡戸さん」と呼びかけ直す。

「お風呂には？」

「入ってない。温泉とか、好きじゃないんだ」

「そうなんですね。全部の部屋に露天風呂がついていると聞きましたが、岡戸さんの部屋にもありましたか？」

「見てないから分からないな」

「どちらの部屋ですか？」

「庭の向こう側だ」

克の答えを聞き、久嶋は音喜多をちらりと見る。庭で見かけた祐馬も向こう側の出入り口を使っていたから、克と同じ側の部屋だと思われる。残るは健人だが、兄弟で行動していたので彼の部屋も向こう側だと考えていいだろう。

そうなると、曜市と話していた可能性があるのは、克と祐馬、健人の三名となる。そこへパタパタというスリッパの足音が聞こえて来て、健人と祐馬兄弟が現れた。健人は祐馬と同じく浴衣を着ていた。

「そろそろかなと思ったんですが、ここで待ってるんですか？」

二人は夕食の時間にあわせて部屋を出て来たようで、ソファの周辺にいた久嶋たち四人に向けて尋ねる。田之上は待っているわけではなく、偶然出会したので話していたのだと返した。

「まだ大広間は覗いてないんです。用意は出来ているかもしれません」

田之上の返事に「そうなんだ」と相槌を打ち、大広間を見てくると言って行こうとする健人に、祐馬が皆で行こうと提案する。座っていた克と久嶋も立ち上がり、ロビーから大広間へ移動すると、座敷にあった円卓は片付けられ、代わりにお膳が置かれていた。脚付きのお膳には華やかな先付けや小鉢、刺身などの料理が並んでいる。向かい合わせの形で三席と四席。久嶋と音喜多、田之上が並んで座り、向かい側には克と、健人、祐馬の兄弟が腰を下ろした。

「何か飲まれますか？」

要望を聞きに来た使用人に、音喜多が全員の希望を聞いて伝える。田之上と久嶋は冷茶、それ以外はビールを頼んだ。久嶋は飲み物を運んで来た使用人に、ここで夕食を食べるのは七名だけなのかと確認した。

「残り一席は駒木曜市さんの席ですよね？　塩野弁護士はいらっしゃらないんですか？」

「先生はお帰りになられました」

「どちらへ？」

「前橋《まえばし》に事務所と自宅がおありなので、そちらだと思います」

使用人の話に久嶋が頷くと、大広間に曜市が入って来た。曜市の姿を見た克、健人、祐馬の三名はさっと表情を硬くする。曜市は全員が揃っているのを見て、「遅くなりました」と小さく頭を下げ、空いていた祐馬の隣に腰を下ろした。使用人から飲み物の注文を聞かれると、アルコールは飲めないと言って冷茶を頼んだ。

親しい者たちが集まっての宴席ではない。乾杯もなく、それぞれが粛々と食事を始める。特に久嶋たちの向かい側に座る四人の雰囲気はよそよそしいものだった。

健人と祐馬は遺産が減額されることを不満に思っているようだし、克は最初から全員に対して友好的な態度を取っていない。食事の席に流れる重い沈黙を気遣った田之上は、歳の近い曜市に、遠慮がちに問いかけた。

「駒木さんはどこかにお勤めなんですか？」

相手を探るというより、会話のきっかけを摑もうとしての質問だったが、曜市は微かに眉を顰めた。答えたくないという意思表示に見えたが、箸の動きを止めて、まだ学生なのだと答える。

「大学院で西洋美術史の研究をしています」

「美術史ですか」

曜市の答えを聞いた久嶋は嬉しそうに声を上げた。専門は何かと聞かれた曜市がロマネスク美術だと答えると、久嶋は目を輝かせる。

「僕も以前から興味があるんです。でもロマネスク美術を研究するには現地での調査が必須ではありませんか？　ロマネスク美術の素晴らしさは教会や修道院を建築物として構成する装飾などにあり、それ自体が美術品なのですから。僕はフォントネーのシトー派修道院を見てみたいとずっと思っているのですが叶っていません」

久嶋の話を聞いた曜市は、表情を明るくして大きく頷く。分かってくれる人間がいるとは思っていなかったと呟き、笑みを浮かべて相槌を打つ。

「ブルゴーニュですね。素晴らしいですよ。是非、訪れてみて下さい。僕は昨年までスペインに留学していたのでフランスにもよく足を運びました」

「そうなんですか」

「ロマネスク…？」

他にも訪れたいロマネスク様式の教会を挙げようとした久嶋に、音喜多は説明を求める。久嶋が博識であるのは重々承知しているが、美術史にまで造詣が深いとは思っていなかった。陶磁器にはそれなりに詳しいものの、西欧美術に関しては曖昧な知識しかない音喜多に、久嶋は「ビザンチンとゴシックの間です」と返した。

「…そうか」

音喜多は頷きはしたけれど、分かっていなさそうだと見て取った曜市は、久嶋の説明に補足する。

「よく知られているルネサンスが始まったとされるのは十五世紀からで、西ローマ帝国が崩壊した五世紀以降の千年ほどの間は美術史の中で中世として分類されます。その中で、十一世紀頃から始まったのがロマネスク時代で、当時はヨーロッパ各地でキリスト教への信仰心が高まり、多くの教会や修道院が建設されたんです。ロマネスク美術にはそれ以後のゴシック美術のような壮麗さはないのですが、厚い信仰心に基づいた素朴で高潔な美しさがあり、高く評価されています」

曜市の話に対し、音喜多は「なるほど」と相槌を打つ。曜市がなおも話を続けようとした時だ。

「だったら」と克がふいに口を挟んだ。

「金には困ってないんだろう？　その歳でまだ学生で、ヨーロッパ帰りなんだ」

「……」

その口調は厭みっぽいもので、曜市は一瞬で表情を曇らせた。克に追随し、健人と祐馬も似たような言葉で曜市を揶揄《やゆ》する。

「確かに。余裕がなきゃ文系の大学院なんて行かないよな」

「美術史とかって就職先の想像がつかないけど、どうするんだ？」

曜市の隣に座っていた祐馬は隣を見て尋ね、答えられない曜市に対し、「そうか」とわざとらしく声を上げた。

「遺産があれば一生働かずに好きなことしていられるよな。十億も手に入るんだ。使い切れないんじゃないか？　教会でも買う気か？」

そんなもの買ってどうするんだよ…と笑う健人に釣られ、克も皮肉めいた笑みを浮かべる。黙ってしまった曜市はうんざりした顔付きで、再び箸を動かし始めた。久嶋は三人に対し、失礼だと注意しかけたが、音喜多に止められて言葉を飲み込んだ。今、必要なのはそれぞれの反応を観察することで、考えの違いによる無礼な態度を諌《いさ》めることではない。

中立の立場でいるべきなのは理解出来て、久嶋も食事を再開した。その後も険悪な雰囲気が消えることはなく、無言のまま、料理を食べ終えた者から順に大広間を出て行った。

最初に克が、次に曜市、それから健人と祐馬の兄弟が出て行き、三人だけになると、田之上は申し訳なさそうに「すみません」と久嶋たちに詫びた。

「なんか、気まずかったですよね」

「仕方ないだろう。事情が事情だ」

「あの三人の考え方は全く理解出来ませんでしたが、興味深い視点ではありましたね。大学院に通い、留学していた駒木曜市さんは金銭的に不自由していないのではないか…という」

「そうですね。彼の見た目も苦学生には見えませんから」

高級な腕時計をはめているとかブランド品を身につけているとか、これみよがしな豊かさは見えないが、小綺麗な今時の若者風の曜市には、金に困っている気配はない。どちらかと言えば、両親から受け継いだ資産で暮らしている田之上と似た感じがする。

「母親の結婚相手も金持ちだったと話していたからな。金に不自由はしていないんだろう」

「その辺りは…」

半林が調査してくれているだろうかと、久嶋が音喜多に確認しようとした時だ。音喜多が手元に置いていたスマホに着信が入る。画面を見た音喜多は「半林だ」と久嶋に告げて立ち上がった。スマホを耳につけた音喜多が話しながら廊下へ出て行くと、久嶋は田之上に翌日の予定について告げた。

「僕と音喜多さんは東京へ戻るので、公共交通機関で来ていると話していた駒木曜市さんを、一緒に帰らないかと誘うつもりです。駒木曜市さんは脅迫状が自宅にあると話していましたから、送り届けた後に警察へ同行しようと思います」

「警察へ…ですか？」

「はい。警察に知り合いがいますので、捜査を頼みます。一般人が被害届を出しただけでは警察はすぐに動いてくれないはずなので」

汐月《しおつき》の顔を思い浮かべて、久嶋はにっこり笑う。汐月にはたっぷり貸しを作ったばかりだ。当分、頼みを聞いてくれるに違いない。田之上が世話をかけるのを詫び、礼を言ったところで、音喜多が帰って来た。

「教授。そろそろ部屋へ戻らないか？」

「分かりました」

「僕も戻ります」

共に大広間を出た田之上とは途中で別れ、久嶋と音喜多は自分たちの客室へ向かう。その途中、音喜多は半林から調査報告が届いたのだと久嶋に伝えた。部屋に入ると、半林が送って来た報告書のデータを久嶋のタブレットへ送って、内容を確認するように促した。

「鴻巣家の人間と、岡戸克、鴻巣健人、祐馬…駒木曜市、それと田之上の調査報告書だ。さっきざっと目を通したが、田之上については金に困ってないというのは嘘じゃないみたいだ」

「そうですね…」

田之上に関する報告は、彼が話していた通りの内容だった。動産、不動産を含めた資産が十億以上あるにもかかわらず、田之上の生活は派手なものではないらしい。母親から受け継いだ資産を減らすことなく、慎《つつ》ましく暮らしている。

「田之上さんが遺産を欲しくないというのは本音なんでしょうね。先日のように彼を騙そうとする詐欺師が更に寄って来るでしょうから」

「そうだな。…鴻巣祐馬が借金してる相手はやばそうだぞ」

祐馬は電話の相手に必死で返済を待ってくれるように頼んでいた。半林の報告には、祐馬が借金を作った原因はネットカジノで、それ以外にも競馬や競艇などに手を出しており、ギャンブル依存症の疑いがあるようだと記されていた。勤務先であるＩＴベンチャー企業から得ている給料は高いが、それだけは返済が追いつかない額に膨れ上がっている。

「カードのキャッシングから街金に走って、その返済に回す為にまずいところから借りたみたいだな。トータルの返済額は億を超えているようだ。祐馬の相続分は…」

「十億の六分の一ですから単純計算ですと一億六千万ですね」

「ただ、全部を現金で受け取れるとは限らないし…借金をなんとか返せる程度か。本人としては不服だろうな」

その倍あるとしたら、今後の人生にも余裕が持てるかもしれないのに。だが、またギャンブルに使ってしまう可能性も高い。久嶋は祐馬には治療の必要性があると真面目な顔で呟いた。

「ギャンブルは薬物と同じです。依存症患者には専門家の力を借りた治療が有効です」

「アメリカはその辺り、進んでいるからそう思うんだろうが、日本だとまだポピュラーじゃないな。…兄の健人の方はまた違った意味で尻に火が点《つ》いた状態みたいだがな」

「尻に火…？」

「切羽詰まってる状態のことだ」

怪訝そうな久嶋に説明し、健人に関する報告を読み上げる。健人には結婚を前提に付き合っているモデルの彼女がおり、その婚約者からあれこれせがまれ、貯蓄はほぼなくなっていた。

「外資系保険会社の営業職で、こっちはギャンブルとは無縁みたいだが、金のかかる女に引っかかったんだな。婚約指輪に新居、結婚式と費用は全て健人持ちで、貯《た》めていた金が消えている。買ったばかりの新居は億超えのタワマンだ。遺産が入る予定で散財したってのもあるんだろうが、予定していた相続額が半分となれば、この先が厳しそうだ」

健人にも金が必要な理由があるようだと話す音喜多に、タブレットで報告書を読んでいた久嶋は、克について触れた。

「岡戸克さんに借金はないようですが、ギリギリの生活を送っているみたいですね」

「下北沢《しもきたざわ》のライブハウスで働いているのか…。若い頃はバンドをやっていた…なるほど。そんな感じだ」

岡戸克は大学在学時にバンドを組んで活動しており、そのバンドが少し売れたこともあって大学を中退、バンド活動に専念していた。しかし、思ったようにブレイクせず、三十歳前にバンドは解散。それからライブハウスのスタッフとして働いており、経済状況は決して恵まれたものではないようだ。祐馬や健人と同様に、克にとっても相続出来る遺産の額が大きいに越したことはないに違いない。

「本人が話していたように、克が十九歳の時に康史が認知しているな…。康史が二十二歳の時の子供ならば…四十一歳の時か。康史が亡くなったのは…」

「紀美さんは二十年くらい前だと話していましたが、その通りですね。二十年前…康史さんが四十二歳の時です。認知した翌年に亡くなったようです」

半林の報告書には現在は亡くなっている鴻巣家の人間たちについての情報も載っていた。紀美が話していた通り、康史は東京の大学を卒業した後、定職につかないまま都内で暮らしていたが、三十四歳の時に実家へ戻っていた。

「母親の方も亡くなっているのか…」

克の母親である岡戸昌子《まさこ》は、克が高校生の時に亡くなっていた。克が康史に認知を求めたきっかけは何だったのだろうと、久嶋は呟く。

「駒木曜市さんのように母親が日記でも遺したのでしょうか…」

「日記かどうかは分からないが、死んでから少し経っているから、遺言ってわけじゃなさそうだな。今際《いまわ》の際に父親について告げられたんなら、すぐに認知を求めていたはずだ」

「そうですね…」

興味深いので本人に聞いてみたいと言い、久嶋は次に曜市について触れた。食事の席で曜市は大学院生であると話したが、半林の報告もそれを裏付ける内容だった。

「都内の芸術大学を卒業後、院進し…現在は別の大学の大学院博士課程に在籍しているとあります。昨年までスペインにいたというのも、確かなようです」

「金に困っていないのも、な」

曜市が大学院生だと知った克、健人、祐馬の三名は金銭的余裕があるのだろうと揶揄したが、曜市の経済状況は果たしてその通りだった。曜市が父親だと考えていた母親の結婚相手は資産家で、離婚時に曜市の養育費代わりとして多額の慰謝料と一等地にあるマンションを渡している。その後、母親は二度結婚と離婚を繰り返しているが、その二人ともから高額の慰謝料を受け取っており、母親が亡くなった際、曜市はそれらを相続していた。曜市には今でも一生研究だけをして暮らしていけるくらいの財産がある。

「これを知ったら、あの三人は怒るだろうな。金に困ってるわけでもないのに、どうしてしゃしゃり出て来たんだって」

「そうですね…。駒木曜市さんは遺産を目当てに死後認知を求めたわけではないのでしょうか」

「金は幾らあっても腐らないぞ」

田之上のように金のにおいに群がる有象無象を面倒に思うタイプでないのなら、受け取れる権利を放棄したりはしないだろう。そんな指摘をして、音喜多は腕組みをし、「つまり」と続けた。

「殺害予告を出す動機があると考えられるのは、岡戸克、鴻巣健人、祐馬の三名だな…。田之上は除外してもいいだろう」

「そうですね。それは僕も同意しますが…。動機があると言えばあるけれど、特に強い動機を持つ人間は紛れていないように思えます…」

納得出来ない顔付きで考え込む久嶋を、音喜多はしばらく眺めていたが、フリーズしたように動かなくなってしまったのを見て、嘆息した。久嶋が考え込むと長いし、邪魔をすれば厭がられる。このまま解決しなければ夏休みにも影響が出ると思い、音喜多は取り敢えずの策を提示した。

「曜市に届いたっていう脅迫状を警察で調べて貰ってから判断するのはどうだ？　指紋だの何だので、はっきりするかもしれない」

誰が出したのか分かれば、対応のしようもある。久嶋は頷き、明日は一緒に東京へ戻ろうと曜市を誘うつもりなのだと話した。

「駒木曜市さんの自宅まで行き、被害届を出す為に警察へ同行しようと思います。捜査については汐月さんに口添えをお願いしようかと」

「そうだな」

久嶋に個人的な借りを作った汐月は厭とは言えないだろう。音喜多はそれがいいと賛成し、もう一度風呂に入らないかと久嶋を誘った。


夕食が終わった後、翌日の朝食は八時に同じ大広間で用意すると従業員に言われたので、翌朝、音喜多と久嶋は時間にあわせて大広間へ移動した。ロビーのソファには田之上と曜市が座っていて、おはようございますと挨拶する。

「よく眠れましたか？」

「はい。ここは静かで夏でも涼しくて、とてもいいところですね」

泊まれてよかったと田之上に返し、久嶋はその前に座っていた曜市を見る。田之上は昨夜と同じ浴衣を着ていたが、曜市は洋服に着替えていた。朝食後に発《た》つつもりなのかと考え、久嶋は曜市に予定を確認する。

「駒木さんはここを早く出られるんですか？」

「昼前の電車に乗ろうかと思っています」

「でしたら、僕たちと一緒に帰りませんか？　音喜多さんの車で来ているのでお送りします」

ついでに警察へ一緒に行きましょうと、続けようとした久嶋は、遠くから聞こえて来た叫び声に邪魔された。驚いて周囲を見回し、「庭の方だ」と言う音喜多に頷いて、共に廊下を駆けて庭へ向かう。大広間前のロビーから客室の方へ戻る形で進み、庭に面した廊下に出ると出入り口のサッシ戸辺りに使用人がいて、慌てて外へ出ようとしていた。

どうしたのかと尋ねる音喜多に、男性の使用人は硬い顔つきで答える。

「池に…人が…浮いているようなんです！」

「…！」

尋常ならざる事態を聞き、久嶋と音喜多は外履きに履き替えて、急いで池へ向かった。植栽の陰になって見えなかったが、橋のたもとまで出ると、男女二人の使用人が呆然《ぼうぜん》と池を見下ろしていた。

覗き込んだ池の水面にはうつ伏せになった人が浮かんでいるのが見えた。顔は分からなかったが、服装から岡戸克だと考えられる。あれは昨日、克が着ていた黒いTシャツだ。

「岡戸さん…！」

「警察は？」

「ま…まだです…」

「すぐに通報しろ」

音喜多の指示を受け、使用人はその場から警察へ通報する。久嶋は周辺の様子を確認した後、音喜多に遺体を引き上げるのを手伝って欲しいと頼んだ。

「いいのか？」

「ここは東京じゃないので警察が来たら僕たちは部外者として関わらせて貰えないかもしれません。その前に遺体の状況を確認したいんです」

久嶋の指摘に頷き、音喜多は後からやって来た使用人に池から遺体を引き上げる為に使えそうな道具はないかと尋ねる。そこへ遅れてやって来た田之上が池を見て、「岡戸さんですか⁉」と久嶋に尋ねた。

「そのようです。…駒木曜市さんは？」

「スリッパが一足しかなくて…廊下で待っています」

曜市に伝えて来ると言う田之上に、音喜多はそれよりも先に遺体の引き上げを手伝ってくれと頼む。使用人が持って来た庭掃除用のくまでを使って浮いている遺体を岸まで引き寄せ、その場にいた皆で陸に揚げた。遺体が仰向《あおむ》けになるとかなり顔色が変色しているのが分かったが、克である確認は取れた。その変容に皆が痛ましげに目を背ける中で、久嶋は訝しげな表情を浮かべ、遺体の頭部を凝視していた。

「何か…気づいたのか？」

音喜多が声を潜めて聞くと、久嶋は「いえ」と言って首を横に振る。しばし考えた後、遺体の横にしゃがんでその状態を具《つぶ》さに調べ始めた。

「…外傷はなさそうですね…。音喜多さん、動画を撮っておいてくれますか？」

「分かった」

久嶋の求めに応じ、音喜多はスマホを手にして克の遺体を調べる久嶋の行動を録画した。久嶋は克の頭部、頸部《けいぶ》を丹念に見た後、手や指先を観察する。

「…防御創は見当たりません…。…衣服に破れなどもない…。…足下は…スリッパは脱げてしまったのでしょうね。池のどこかにないか、見て来てくれませんか？」

久嶋に指示された使用人はすぐに探索へ出かける。間もなくして、別の場所にスリッパが浮かんでいるという報告がもたらされた。

「橋の途中で…掬《すく》い上げて来た方がいいですか？」

「見に行きます」

状況を確認すると言い、久嶋は立ち上がってスリッパを見つけた使用人に案内を頼んだ。彼女の言った通り、池にかかる橋の中間くらいのところに橋桁があり、そこに引っかかるようにして底面を上にしてスリッパが浮かんでいた。久嶋は使用人に、あれは外履き用のスリッパかと尋ねる。

「…いえ…たぶん、内履き用のものだと思います」

「教授。ここに…跡がある」

一緒について来ていた音喜多が、石造りの橋の上に擦《こす》れたような跡を見つけて久嶋に伝えた。橋には欄干がなく、人の通らない両端は汚れと堆積物で黒ずんでいた。その一部分に刷毛《はけ》で掃いたような跡が見える。恐らく、そこで誰かが足を滑らせた…のだと思われた。

「ここから落ちて…溺れ死んだのか…？」

「……」

遺体に損傷はなく、溺死である可能性が高い。現場には事故であることを示す状況証拠が残っている。ここで亡くなったのが曜市であれば、殺人事件ではないかという疑いも生まれるのだが、克には殺される理由がない。

少なくとも…昨夜、ここにいた人間からは。

「事故…なのでしょうか…」

小さく呟かれた声は自信なさげな、久嶋らしくないもので、音喜多は何も言えずに、水面に浮いたスリッパを眺める久嶋の横顔を見つめた。


山深い僻地《へきち》にある鴻巣家へ最初に到着した警官は、一番近くにある交番の巡査で、遺体を見るのは初めてだという若者だった。池から引き上げられた克が亡くなっていることを確認すると、所轄署から到着する予定の応援を待つと言って、正面玄関の方へ行ってしまった。久嶋は克の遺体を見張っているよう使用人に指示を出し、関係者を大広間へ集めた。

朝食の時間にあわせて客室を出た久嶋たちが大広間に着いた時、ロビーには曜市と田之上の姿があった。その頃、健人と祐馬の兄弟はまだ部屋で眠っており、騒がしいのに気がついて出てみたら、庭が騒然としていて驚いたと話した。

久嶋は鴻巣家側の使用人の代表として紀美を呼び、旅館側の代表として客室へ案内してくれた使用人の甲田を呼んだ。それぞれに昨夜の過ごし方、何か物音を聞いたりとか、異変に気がつかなかったかを確認する。

克が使っていた部屋は庭の向こう側にあり、健人と祐馬もそちら側の部屋に泊まっていた。克を見かけたりしなかったかと尋ねる久嶋に、二人は首を横に振った。

「夕食の後、祐馬と一緒に部屋に戻りましたが、祐馬の部屋とも出入り口が離れていたので…廊下で別れて、それから部屋を出なかったので、分かりません」

「俺も…兄貴から朝、電話を貰ってなんか大変そうだって聞くまで、爆睡してたんで…物音とかも全く聞いてません」

健人たちと同様に、曜市と田之上も、夕食後に部屋へ戻ってからそのまま朝までいたと言う。

「七時頃に目が覚めて…八時から朝食だと聞いてたので、部屋の露天風呂に入ってから、大広間に来たらロビーに曜市さんがいたので、座ったら…久嶋さんたちが来たって感じです」

「俺も…目が覚めて、することもないんで、ロビーに来て座ってたら田之上さんが来た…ていうか」

「庭へ出てみた方はいませんか？」

久嶋の質問に、全員が首を横に振る。久嶋は紀美と甲田に、物音を聞いたりした人間はいないかと確認した。

「本館は離れていますから…よほどの物音でないと聞こえません。夜は用もないのでこちらへは来ませんし」

「こっちは住み込みの人間はいませんので、夜の様子は分かりません。分かる範囲の話ですと、昨夜は夕食の片付けを終えて、朝食の仕込みをしてから、十時には全員が帰宅しています。今朝は早い者だと七時に来ていまして、調理場で朝食の準備に取りかかっていました。…庭で死体を見つけたのは庭掃除担当の人なんですが、いつも八時前くらいから仕事に取りかかるんです。掃き掃除から始めたところ、池に浮いているのを見つけたようで…」

発見者が受けたショックを思い、気の毒そうに話した甲田は顔を俯かせる。話を聞いていた音喜多は「すると」と切り出した。

「夜十時以降に庭への出入りが容易な露天風呂付きの客室にいたのは、俺たちと、相続関係者だけ、ってことだな」

「そうなりますね…」

思わせぶりな物言いを聞き、焦りを浮かべた健人が「まさか」と否定する。

「殺人事件だとか…思ってるんじゃないだろうな？　あり得ないだろ。だって……」

殺害予告を受けていたのは克じゃない。そう言おうとしたものの、デリカシーがなさすぎると気づいたのか、健人は途中で言葉を止めた。理性を働かせた兄に対し、弟の祐馬は曜市を見ながら皮肉めいた台詞《せりふ》を口にした。

「殺す相手を間違えたとか？」

「……」

祐馬の発言を聞き、曜市はどきりとした表情を浮かべ、息を呑む。たちの悪い言動だとして、田之上が祐馬を「やめて下さい」と窘《たしな》めたが、本人は反省している様子もなく、肩を竦めた。

「だって、そうだろ。あの人を殺して得をする人間はいないじゃないか」

開き直ったような祐馬の発言を、久嶋は「いいえ」と否定する。

「岡戸克さんが亡くなれば、相続人が一人減ります。皆さんの受け取り分が増えるのでは？」

反応を見るような目つきを向けられた祐馬は、眉間に皺を浮かべ、押し黙った。兄の健人は余計なことを口にするなと言いたげな、うんざりした顔付きで祐馬を見てから、「だから」と切り出した。

「殺人なんかじゃなくて、事故なんだろ。俺たちが知らない間に庭に出て…池に落ちたんじゃないか。水音でも聞こえたら助けられたけど、誰も聞こえなかったんだ。仕方ない」

短絡的な祐馬に対し、健人の物言いは利口なものだった。久嶋は大きく頷き、「そうですね」と相槌を打つ。

「現段階では殺人である証拠はありません。遺体には誰かと争ったような痕跡はありませんでした。岡戸克さんは夜間に庭に出て、橋を渡ろうとして足を滑らせ池に転落、溺れて亡くなったと考えるのが妥当でしょう。鴻巣健人さんが仰ったように岡戸克さんが池に落ちたのに誰かが気づけば助かったのかもしれませんが、誰も気づかなかった…。もちろん、僕もです。落ちた時や溺れている時の水音など、全く気づきませんでした」

「建物の構造上、仕方ないな。庭は廊下に囲まれていて、客室はその外側にあるし、部屋同士の物音も聞こえないように配慮された造りだ。庭の物音が客室に届くことはないだろう」

「確かに。…ただ、ひとつ気に掛かるのは、岡戸克さんはどうして庭へ出たのか、ということです」

夕食の後、克は一番に席を立って部屋へ戻って行った。その後、夜になってどうして庭へ行こうと思ったのか。

「夜になると庭に照明などは灯《とも》るのでしょうか？」

久嶋に尋ねられた使用人の甲田は、「いいえ」と言って首を横に振った。

「以前、旅館として営業していた頃は夜に散策される方の為に幾つか明かりを用意していたのですが、廃業してからは必要ないとして撤去したんです。ただ、廊下には等間隔で非常灯がありますので、その明かりで真っ暗というわけではないと思いますが…。池の辺りは庭の中心ですから、暗いかもしれません」

夜に庭へ出たことがないからはっきりとは言えないのだが…と付け加える甲田に、久嶋は十分ですと礼を言う。

「となると、昼間とは違い、散策してみようと思うような場所ではなかったと考えられます。それなのに、どうして岡戸克さんは庭へ出たのか」

その理由が分からない…と久嶋は難しい表情で首を捻《ひね》る。そこへ所轄署から警察官が到着したという知らせが伝えられた。久嶋は田之上たちに警察から話を聞かれると思うので、部屋へ戻り待機するように指示を出す。彼らが大広間を出て行くと、久嶋は甲田に克が使っていた部屋を見せて欲しいと頼んだ。警察が入る前に確認したいことがあると言う久嶋の頼みを甲田は了承し、「こちらです」と案内した。


久嶋と音喜多、甲田の三人は、事務室で管理されているマスターキーを持ち、警察の目につかないように庭に面していない廊下を選んで、本館側にある克の部屋に辿り着いた。

「こちらのお部屋をお使いだったようです」

「開けて下さい」

久嶋の指示に従う形で甲田はドアの鍵穴にマスターキーを差し込む。久嶋が遺体を確認した際、克は鍵を所持していないようだった。部屋に鍵はかけられていたので池の底に落ちているのかもしれない。内側へ開くドアを開けると、久嶋たちが使っている部屋と同じく、六畳はある広い踏み込みがあった。久嶋は甲田に廊下で待つように指示し、音喜多と共に室内へ入る。

踏み込みの段差近くでスリッパを脱ごうとした時だ。久嶋は土間に落ちている何かに気づいてその場にしゃがみ込む。

「どうした？」

「…これは…」

久嶋は灰色の床に指先を押し当てるようにして落ちているものを拾い上げた。その指先についていたのは土で、怪訝そうに首を傾げる。

「ここで脱ぐのは内履きのスリッパですから、土が落ちているのはおかしくないですか？」

「そうだな。何かについていたものが落ちたんだろうか」

しばし考えた後、久嶋は立ち上がり、室内へ入った。踏み込みから続く前室を抜け、座敷への襖を開けてすぐに動きを止める。

「…かなり飲んでいたようですね」

「持ち込んだんだろうか」

座敷の中央に置かれた座卓には、ビールの空き缶や日本酒の一合瓶が幾つも置かれていた。営業中の旅館ではないから、自販機などはないし、近くにコンビニがあるような立地でもない。不思議に思い、音喜多は廊下で待機している甲田に事情を聞きに行く。

「宿泊する客があると、冷蔵庫に飲み物を入れていたそうだ。それじゃないかと」

戻って来た音喜多の話に頷き、久嶋は室内へ足を踏み入れて、冷蔵庫を探す。床の間の隣に広縁があり、障子に隠れるようにして黒い冷蔵庫が置かれていた。

「ここに冷蔵庫があります。僕たちの部屋にもあるんでしょうか。気づきませんでしたが」

部屋の造りはほぼ同じなので…と言いながら、久嶋は冷蔵庫を開ける。中に残っていたのはソフトドリンクのみで、酒類は全て飲んでしまったようだった。

「夕食の時もビールや日本酒を飲んでいたから、かなりの飲酒量だな」

「ですね…」

そうなると、酔って池に落ちたと考えるのが最適解になるだろう。久嶋は音喜多の話に頷き、室内を歩き回って観察する。座敷の隣にある寝室のベッドを使った様子はなく、露天風呂や内風呂も、使用された気配はなかった。克は座敷でひたすら酒を飲んでいたようだ。克の荷物として残されていたのは財布とレンタカーのキー、スマホを充電するコードだけだった。着替えや、それを入れる為の鞄《かばん》といった類いのものは見当たらなかった。

「スマホは持ち歩いてたんだろうが…なかったんだよな？」

「ええ。恐らく、鍵と一緒で、ポケットの中に入れていて、溺れてもがいている時に池に落ちたのではないでしょうか」

警察が探すだろうと言い、久嶋は財布の中身を確認する。普段からズボンの尻ポケットに入れていたのだろう黒い折り畳み財布はひしゃげていた。中には免許証、クレジットカードにポイントカードが二枚、二万ほどの現金が入っていた。

久嶋は免許証の写真を撮り、半林の報告書にあった住所と同じだと音喜多に伝える。

「目新しい情報はないようです。警察が来ても面倒なので、出ましょうか」

久嶋は音喜多を促して廊下へ出ると、協力してくれた甲田に礼を言い、自分たちの部屋へ戻った。

どうして岡戸克は夜に庭へ出たのか。酔っ払って外の空気を吸いたくなったのだろうか。それならば露天風呂でもよかったはずだ。それに庭へ出てわざわざ池にかかる橋を渡ろうとしたのも解せない。夜間、照明のない庭はかなり暗かったはずだ。酔っていたから危ないと思わなかったのだろうか。

様々な疑問を抱えながらもこれといった答えを導き出せないまま、久嶋はずっと考え込んでいた。その間にも警察の捜査は進み、岡戸克の死は事故として処理されることになった。違和感を覚えながらも異議を唱えられるほどの材料がなかった久嶋は何も言えず、警察に事情を聞かれた際も簡単にしか答えなかった。

その日の夕方、久嶋は音喜多と共に東京へ戻った。当初は曜市を誘って一緒に戻り、警察へ届けをと考えていたのだが、克の件でショックを受けた曜市がしばらく休んでいくと言い出したので叶わなかった。落ち着いたら自分で被害届を出すという曜市と、久嶋は後日東京で会うことを約束し、連絡先を聞いて別れた。

鴻巣家を後にする際、二人を見送りに出た田之上は、申し訳なかったと深く詫びた。

「まさか…こんなことになるとは思ってもなくて…。すみませんでした」

「田之上さんが悪いわけじゃないのですから、謝る必要はありません。僕の方こそ、結局、何も出来なくて申し訳ないです」

「とんでもない。久嶋さんと音喜多さんがいてくれて本当によかったです。警察を呼んだりとか…お二人の指示がなかったら、僕たちはおろおろするだけだったと思いますので」

ありがとうございますと礼を言い、田之上は東京に戻ったら改めて挨拶に行くと告げた。健人と祐馬は警察の事情聴取が終わった後、早々に発っており、残っている鴻巣家に関する雑事と克の葬儀は、時間の融通が利く田之上が塩野弁護士と共に片付けることになっていた。

「岡戸さんは独身で身寄りがなかったようなので、鴻巣家の方で葬儀を出すことにしました。葬儀といっても、簡単なものですが…。それとここで働いている人たちの今後もどうするのか…話し合って決めなきゃいけませんし。健人さんたちは忙しいようなので、駒木さんに手伝って貰えたらと思っています」

「そうだな。裁判所の方は時間がかかるかもしれないが、DNA鑑定の結果が出たら確定したと考えていいだろうし」

「はい。鑑定の方も早急に進めて貰います」

田之上は駒木が相続人となるのに反対しておらず、協力的な態度を示していた。曜市と一緒に鴻巣家の残務整理をしたいと話す田之上に、音喜多はそれがいいと頷き、久嶋と連れだって車に乗り込んだ。

山間の曲がりくねった道を走り出してすぐ、久嶋は半林に礼を言った。

「短時間で色々と調べて下さってありがとうございました」

「いえ。お役に立てたのならよかったのですが」

「まさか殺害予告を出していたかもしれない人間の方が事故死するなんてな。これで殺害予告が止《や》んだら脅迫犯は岡戸克ってことか」

「いえ。それは違うと思います」

音喜多の推測を久嶋はすかさず否定する。その口調はきっぱりしたもので、音喜多は驚いて隣を見た。克が殺害予告を出していないと言い切る久嶋は…もしや。

「教授は…誰が殺害予告を出したのか、分かっているのか？」

「はい。ここまでの状況を考えると消去法で考えてあの人しかいないと」

「誰なんだ？」

「それよりも、問題は岡戸克さんは事故死だったのか、否か、に移っていると思います」

殺害予告犯は眼中にない様子の久嶋に、音喜多は「だが」と返す。岡戸克の遺体にも、現場にも、久嶋の観察眼をもってしても、怪しい点は発見出来なかったのではないか。

「教授が確認しても殺人だという証拠は見当たらなかったんだろう？　だったら、事故なんじゃないのか」

「……」

「警察は変死だから司法解剖に回すと言って遺体を運んで行ったが、それも形式的なもので、殺人だとは全く考えていないようだったし」

殺人が疑われるような証拠がひとつでもあれば、久嶋は警察に捜査を求めていたはずだ。たとえ警察に相手にされなくてもあらゆる手段を使って食い下がっただろう。それをしなかったのは、久嶋も殺人だと判断しきれていないからだと言える。

音喜多の言葉に、久嶋は無言で頷く。そのまま難しそうな顔付きで黙りこくってしまった横顔を、音喜多は残念な気分で見つめる。折角、尾瀬がすぐそこという土地まで来たのだから、一緒に高原を歩けたらと思っていたのに。尾瀬のある国立公園は広くて、散策出来る場所もたくさんあるから、近くに宿を取ってしばらく滞在してもいいと考えていた。

夏休みの計画は一から仕切り直しのようだ。いや、その前に、この件に久嶋が納得出来る形でオチがつかないと、引きずりそうだなと内心で嘆息しながら、音喜多は窓外を流れて行く緑に目を向けた。

久嶋を池之端《いけのはた》の徳澄《とくすみ》家へ送り届けた音喜多は、翌日から再び理想の夏休みの計画を立て始めた。やはり久嶋には海よりも山の方がよさそうだ。東京とは違う涼やかな空気の中、高原でのハイキングや軽い登山などで汗を掻《か》いた後、温泉に入るというのがベストではないか。普段は浴槽にほとんど入らない久嶋でも、温泉は気に入ったようだった。

長期で泊まるとなるとホテルや旅館では気を遣うので、別荘の方がいい。温泉付きの別荘を見繕いながら、自身が夏休みに入ると宣言した五日を待ち遠しく思っていた。

その前日。おおよそ納得のいくプランが立てられた音喜多は、久嶋に相談しに行こうと出かける支度をしていた。そこへタイミングよく久嶋から連絡が入り、喜んで電話に出ると。

『音喜多さん、すぐに来て下さい』

「ああ、もちろん。俺も今、出かけようとしていたんだ」

以心伝心の偶然を喜ぶ音喜多に対し、久嶋は緊張感のある声で伝える。

『駒木曜市さんが死後認知の訴えを取り下げたそうなんです』

「……」

一瞬、誰のことか分からなかった音喜多は、群馬で会った青年の顔を思い出し、「え？」と聞き返す。訴えを取り下げたというのは…。久嶋は続けて、田之上に会いに行きたいので自宅まで迎えに来てくれないかと頼んだ。音喜多は分かったと返事をし、半林を待たせている玄関へ急ぐ。大学ではなく、徳澄邸へ頼むと言うと、半林は車を急ぎ池之端へ走らせた。目白の邸宅から最短で移動したベントレーが徳澄家の前に着くと、玄関から久嶋が出て来るのが見えた。

「教授」

久嶋に代わって門扉を開け、車へ乗るよう促す。後部座席に座った久嶋は、駒木曜市の自宅がある広尾《ひろお》へ向かって欲しいと頼んだ。

「駒木の？　田之上に会うんじゃなかったのか？」

「田之上さんとは駒木さんの家で合流することにしました」

久嶋から詳しい住所を聞いた音喜多は半林に指示を出し、いつ田之上から連絡があったのかと尋ねる。久嶋は硬い顔つきで音喜多に電話をかけた少し前だと答えた。

「田之上さんも今朝、塩野弁護士から連絡を受けたそうなんです。駒木さんに確認を取ろうとして電話をかけても出ないのでどうしたらいいのかと相談されまして。塩野弁護士から自宅住所を聞いたというので、一緒に訪ねることにしました」

「教授も駒木から連絡先を聞いていただろう？」

「はい。僕も電話してみましたが出ません」

だったら、自宅にいるかどうかも分からないなと言う音喜多に、久嶋は頷く。

「会って話を聞きたいのですが…」

「どうして訴えを取り下げたりしたんだ？　相続を諦めるってことか？　ＤＮＡ鑑定するって話だったじゃないか」

怪訝そうに疑問を口にする音喜多に、久嶋は無言を返す。その表情は厳しいもので、音喜多は厭な予感を抱いて内心で嘆息した。鴻巣家からの帰り道、久嶋は納得のいかない様子で考え込んでいたけれど、こんな深刻な雰囲気は醸し出していなかった。

何かに確信を得たような…それも悪い方向の何かに…久嶋と共に田之上から知らされた広尾の住所に着くと、そこは低層階の高級マンションだった。エントランスの前に田之上が立っており、音喜多の車に気づいて手を挙げる。二人が車を降りて駆けつけると、申し訳なさそうに頭を下げた。

「久嶋さん！　音喜多さんも…すみません。またご迷惑をおかけして…」

「いえ。駒木さんは在宅しているようですか？」

「それが…部屋のインターフォンを鳴らしてみたのですが、出ません」

一等地に建つ高級マンションはもちろんオートロックで、住民の許可なく建物内へ立ち入ることは出来ない。駒木は留守なのか、居留守を使っているのかは分からないが、電話にも出ない、自宅を訪ねても出ないというのは気に掛かる。

「出かけているならいいのですが…」

「状況が状況だけに心配ですね」

何とかならないかと悩む二人に、音喜多はマンションの管理会社にかけ合うと申し出た。半林に、管理会社の連絡先を調べるように伝え、同時に駒木が行きそうな場所を捜してくれと頼む。すぐに折り返された管理会社の窓口に、マンションの室内で緊急事態が起きている可能性があると伝えると、すぐに対応するという返事があった。間もなくして警備会社の担当者が駆けつけて来たが、室内の様子を確認するには警察の立ち会いが必要だと言う。

「警察ならいいんですね？」

「待て」

警察と聞いて汐月を呼ぼうとする久嶋を音喜多は慌てて止める。貸しがあるのは事実だが、汐月は一応、官僚として多忙な人間だ。脅迫状の捜査を頼むのならともかく、汐月を頼るほどのことではない。

「こういうのは交番の警官で十分なんだが…」

音喜多はしばらく考えた後、自分が交渉すると言って、再度管理会社へ連絡を入れた。駒木の親戚だと名乗り、警察を呼ぶのは互いの為にならないと話した。通報すれば騒ぎになるのは間違いない。事件現場だと知られた部屋の価値は下がるし、警察が立ち入ることを嫌う住人も多いから、マンション全体にも影響が波及する。それよりも内々で解決した方が得策だという音喜多の脅しめいた内容の意見に、管理会社側は警備会社の担当者を同行させる条件付きで同意した。

そして、最悪の事態を想定しつつ入った駒木の部屋に本人はいなかった。

「留守…だったんですね」

「ええ…。よかったです」

何事もなかったことに安堵する田之上に相槌を打ち、久嶋は室内を見て回る。三十畳近いリビングダイニングと寝室、物置として使っているらしい部屋…余裕ある2ＬＤＫの物件は一人暮らしには十分すぎる広さだ。リビングの壁は一面が全部本棚になっており、駒木が研究している美術史関連の本で埋まっていた。

「教授もこんな風に本を整理したらどうだ？」

「してますよ。本棚の前に本があってよく見えないだけです」

自分のやり方できちんと分類、整理しているのだと言い、久嶋は本棚の前に置かれていたデスクに目を留める。きちんと整頓された机の上に一通の封筒が置かれており、表面には「駒木曜市様」という宛名と住所が印刷されていた。裏面に差出人の記載はなく、封は開けられている。

「それは…」

「たぶん、駒木さんに届いた脅迫状ですね」

確信めいた口調で言い、久嶋は指紋をつけないよう慎重に、封筒の中から手紙を取り出した。折り畳んで入っていたA４の用紙には宛名と同じ書体で、曜市に対して死後認知の訴えを取り下げろ、さもないと命に関わるという内容の脅迫文が印刷されていた。

「駒木さんは東京へ戻ったらすぐに被害届を出すと約束してくれたんですが…」

「駒木はいつ東京へ戻ったんだ？」

「音喜多さんと久嶋さんが帰った翌日です。僕は色々手伝って貰おうと思っていたんですが、体調が悪いと言われてしまいまして…」

音喜多に確認された田之上は困り顔で答え、自分はその後も鴻巣家に滞在し、所用を片付けた後、昨日、帰って来たのだと続けた。

「今日にでも久嶋さんに連絡してお礼を言いに行こうと思っていたところ…」

塩野弁護士からの電話に驚き、お礼どころではなくなってしまったと田之上が話していた時、音喜多のスマホに着信が入った。相手は半林で、駒木の居場所が分かったという知らせだった。

「……分かった。すぐに行く」

音喜多は半林に返事をしながら、久嶋と田之上に行こうと促した。警備会社の担当者に施錠を頼み、半林が待っているエントランスへ向かう。

「大学にいるらしい」

同じ港区《みなと》内の大学だからすぐだと言い、田之上も一緒に半林が運転する車で移動した。半林は曜市の身辺調査をした際に、彼が在籍している学部と研究室の情報を得ていて、そちらに連絡したところ、大学にいることが分かったと言う。三田《みた》にある大学で車を降りた三人は、曜市が所属する研究室のある校舎へ急いだ。

建物の七階にある研究室を訪ねると、曜市はそこにはおらず、三階のフリースペースにいるはずだという情報が得られた。院生や学部生の為に設けられている共用スペースへ移動すると、曜市は窓際の席で一人パソコンに向かっていた。

久嶋たちが近付いて行くと、途中で気づき顔を上げる。久嶋を見た曜市は小さく息を呑み、それからゆっくりパソコンを閉じた。

久嶋は曜市の向かい側に座り、音喜多はその後ろに立つ。田之上は久嶋の隣に座った。何も言わない曜市は用件を分かっているのだろうと判断し、久嶋は自宅を訪ねたことから話し始めた。

「電話が繋《つな》がらず、マンションを訪ねてみても応答がなかったので心配になり、失礼ですが、管理会社が契約している警備会社の担当者に立ち会って貰い、室内を確認しました。緊急事態を想定しての行動ですので、どうかお許し下さい」

「そうですか。電話に出なかった俺が悪いですね」

「どうして出なかったんですか？」

「塩野先生に伝えた以上のことは何もないからです」

「死後認知の訴訟を取り下げたと？」

「はい」

「その理由を教えて下さい」

正面から久嶋に尋ねられた曜市は、微かに眉を顰めた。怠《だる》そうな雰囲気を漂わせ、面倒になったのだと話す。

「俺の存在を煙たく思う人たちがいるのは分かっていましたが、実際会ってみて絡まれたりして、めんどくさいなって思ったんです。あの時、言われた通り、俺は金に困っているわけではないので」

「そうですね」

「では、死後認知を訴えたのは財産が目的だったわけではないのですか？」

「何が目的だったんですか？」

「……」

財産目当てでないのだとしたら、曜市はどうして鴻巣寿一の子供であることを認めて貰いたいと考えたのか。久嶋に尋ねられた曜市はすぐに答えられず、一瞬口ごもった後、どうでもいいじゃないかと開き直ったような台詞を吐いた。

「俺は訴えを取り下げたんだし、後はそっちで勝手にやればいいんじゃないですか。俺にはもう関係ありません」

「そうでしょうか」

関係ないと切り上げようとする曜市に、久嶋は食い下がる。険相を浮かべられても構うことなく、自分の話を聞いて欲しいと伝えた。

「僕は殺害予告を受けていた駒木さんではなく、岡戸克さんが亡くなったのは本当に事故だったのか、それとも殺人だったのか、ずっと考えていました。幾つか気になることがあったのですが、事実が点として散逸しているだけで、推測としての形にならず、困っていました。それが駒木さんが死後認知の訴えを取り下げたと聞いて、一つのストーリーとして繋がりましたので、お話しします。…まず、僕たちが最初に会った時…ここにいる四人以外に、亡くなった岡戸さんと鴻巣健人さん、祐馬さん兄弟がいました。僕たちだけでなく、岡戸さんも健人さん祐馬さん兄弟も、顔を合わせたのは初めてだったはずです。その中で、岡戸さんが駒木さんを凝視しているのが気になっていたんです。岡戸さんにとって駒木さんは邪魔な存在です。岡戸さんは経済的に困窮していたようですから、相続出来る額は多いほどいいと考えていたでしょう。それを減らそうとしている駒木さんを憎むのも理解出来、殺害予告を出した犯人である可能性も考えました。憎しみが行動に出ている…だから、睨んでいるのだろうと。しかし、あの時、DNA鑑定に乗り気でなかった健人さん祐馬さん兄弟とは違い、岡戸さんは鑑定をした方がいいという立場を率先して取りました。そこで違和感を覚えたんです。死後認知においてDNA鑑定は重要な証拠となります。日記や手紙といった類いのものよりも、親子関係があることを示す科学的証拠を提出すれば、裁判所だって認めざるを得ない。岡戸さんが健人さんたちと一緒に鑑定に非協力的な立場を取り、邪魔をしようとしていたのなら納得出来ました。駒木さんが鴻巣寿一氏の息子であることを証明出来ないようにした方が岡戸さんの利益となります。それなのに、しなかった。何故か…？」

一方的に話す久嶋を曜市は真っ直ぐに見つめていた。その目には苛立《いらだ》ちや怒りといった感情はなく、諦めの色が滲んでいるようだった。音喜多は曜市の動きを観察しながら久嶋を見守り、隣に座る田之上は不安を覚えて両手を握り締めていた。

久嶋は「何故」の答えを続けず、次の疑問に移る。

「大広間での話し合いが終わった後、僕たちはそれぞれの部屋に案内され、夕食までの時間を過ごしました。僕は夕食前に庭を散策しようとした際、駒木さんにお会いしました。会ったというより、庭にいる駒木さんを見かけた…と言った方が正しいですね。その際、駒木さんは誰かと話している様子だったのですが、庭の植栽が邪魔で相手は見えなかったんです。それで駒木さんが廊下へ戻って来た時に誰と話していたのかと聞いたところ、一人だったと答えました。あれは嘘で、駒木さんは岡戸さんと話していたのだと思います」

「あの脱ぎ捨ててあったスリッパを履いていたのが岡戸だったのか？」

曜市が去った後、庭に出た音喜多は久嶋と共に曜市以外の人間がいた痕跡を探した。その際、反対側の出入り口に脱ぎ捨てられた外履き用のスリッパを見つけたので、それを履いていた人間が曜市と話していたのではないかと想像していたのだが。

それを思い出して尋ねる音喜多に、久嶋は首を横に振る。

「いえ。あの時、岡戸さんは内履き用のスリッパのままで庭へ出て、駒木さんと話し、僕たちの存在に気づいて庭のどこかに身を隠したのだと思います。僕たちが去った後、部屋へ戻ったのでしょう。岡戸さんが池で亡くなった際、片足に引っかかっていたのは内履きのスリッパで、岡戸さんの部屋の土間には土が落ちていました」

久嶋の説明に音喜多は「なるほど」と頷く。久嶋は曜市を見つめたまま、克と何を話していたのか尋ねた。しかし、曜市は無言で、答える気はなさそうに見えた。

久嶋は仕方なく、自分の話を続ける。

「あの時、岡戸さんは話が途中になってしまったので、夕食後に庭でもう一度会おうと持ちかけたのではないですか?」

「……」

曜市は反応を見せず、黙ったままだった。もしも、久嶋の言うように、曜市が克と庭で会う約束をしてたのだとしたら…。「まさか」と田之上が小さく呟く声が聞こえ、久嶋はそれを打ち消すように「僕が」と切り出す。

「気になっていたのは、あなたと岡戸さんが話していた内容です。色んなパターンが考えられましたが、岡戸さんが駒木さんを邪魔に思う理由がある以上、岡戸さん側が駒木さんを脅迫するような…殺害予告に結びつくような内容だったのではないかと考えました。岡戸さんが駒木さんに殺害予告が狂言なのではないかと指摘したのも、自分へ疑いが向かないようにする為ではないかという考えもあったんです。でも、今朝になって駒木さんが訴えを取り下げたと聞いて、違う仮説が浮かびました。僕は先に幾つか気になっていることがあったと話しましたが、そのひとつに、駒木さんと岡戸さんの共通点があったんです」

久嶋が共通点と言った途端、それまで無表情に近かった曜市の顔が強張った。久嶋は彼の反応を見て、小さく息を吐く。共通点って…? と尋ねる田之上に、久嶋が「耳です」と返した途端、曜市は机の上に置いていた手をだらりと垂らし、椅子の背に身体を預けた。

「耳?」

「はい。最初に一同で顔合わせした時、岡戸さんが駒木さんを凝視しているのが気になったと話したでしょう。その時、岡戸さんは駒木さんの耳を見ていたんです。駒木さんの耳は立ち耳で、対耳輪《たいじりん》と呼ばれる部分が平坦です。髪型のせいで耳の上部が隠れていますからよく分かりませんが、僕たちが庭で会った際、駒木さんは風呂上がりで髪が濡れており、耳全体の形がはっきり分かりました。なので、僕は特徴として覚えていました。そして翌日、同じ耳の形を目にしたんです。池から引き上げられた岡戸さんの遺体の…耳です。岡戸さんは髪を長くしていて耳が見えないようなヘアスタイルでしたし、夕食時にも入浴はしておらず同じ格好でしたから分かりませんでしたが、遺体は濡れていたので耳の形を確認出来ました。耳の形というのは遺伝すると言われています。ですから、叔父と甥《おい》の関係にある岡戸さんと駒木さんの耳の形が同じでもおかしくはありません。立ち耳の人は人口比率的にもかなりの割合でいますから、偶然の一致であるとも考えられます。結びつけて考えるべきだろうかと迷っていたんですが、ここで思い出したのが長年、鴻巣寿一氏の世話をしていた使用人の話です。駒木さんの母親である駒木あやさんは一時期、鴻巣家に住んでいました。夏の短い間だけだという話でしたが、その時、岡戸克さんの父親である寿一氏の長男、鴻巣康史さんも鴻巣家の離れに住んでいたんです」

久嶋が何を指摘しようとしているのか。音喜多と田之上はすぐに気づき、見開いた目で曜市を見る。耳だと指摘された時の動揺をなんとか収めた曜市は、椅子の背にもたれたまま、久嶋をじっと見つめていた。久嶋は曜市の視線を受け止めつつ、話を続ける。

「同じ家の敷地内に住んでいたという材料だけで決めつけられることではないですが、もしも、駒木さんが寿一氏の息子ではなく、康史さんの息子だったら？　そして、岡戸さんが駒木さんの耳を見て、そう思ったのだとしたら？　…駒木さんと会った岡戸さんは特徴的な耳の形を見て、自分の兄弟なのではないかと考えたとします。それを庭で駒木さんに伝え、寿一氏の息子として死後認知を訴えることにリスクがあることを伝えた…駒木さんが孫であれば子として遺産の半分を相続することは出来なくなります。岡戸さんは駒木さんが寿一氏の子ではないと考えていたから、逆にＤＮＡ鑑定を勧めたのではないか」

「待ってくれ。だが、耳の形が遺伝だとしたら孫でも息子でも現れる可能性があるんじゃないのか？多少の確率の違いはあったとしても…」

「ええ。ですから…」

「康史は寿一の息子じゃなかったんです」

久嶋が続けようとした言葉を、曜市が代わって口にする。えっ…と息を呑む田之上の声が響き、久嶋と音喜多は沈痛な面持ちの曜市に注目した。曜市は脚の上で組んだ手をぎゅっと握り締め、久嶋の仮説は当たっていると認めた。

「風呂から上がって部屋へ戻る途中、岡戸さんに呼び止められ、庭で話をしました。岡戸さんは自分の耳を見せて、俺と同じ耳の形をしているから、お前は寿一の子供じゃないと言いました。岡戸さんは認知を求めて父親の康史と会った際、『認知してもいいが、俺は寿一の息子じゃない、母親が庭師と浮気して産んだ子だ、だから財産も貰えないかもしれない』と言われたそうです。その時、まだ若かった岡戸さんは財産目当てじゃないと言って、康史に認知して貰ったそうです。その後、寿一よりも先に康史は亡くなり、鴻巣家の財産も自分には関係がなくなったと考えていたそうですが、寿一が亡くなり、自分も相続人に含まれていると知り、驚くと同時に康史から言われた言葉が重みを増したと…寿一の、鴻巣家の血筋でないことを知られてはいけないと思ったと話していました。慎重に振る舞い、財産を相続しようとしていたところへ、現れたのが俺です。突然現れ、寿一の隠し子として遺産の半分を受け取ろうとしている俺に会った時、岡戸さんはすぐにピンと来たと言いました。こいつは寿一の子供じゃなく、康史の子供だ…自分の兄弟だと」

ふう…と曜市は短く息を吐く。彼の横には窓ガラスがあり、真上から照りつける太陽の日差しが入ることはないが、隣に立つ校舎に反射する光が眩《まぶ》しく感じられた。曜市は微かに目を細め、克から提案を受けたのだと話す。

「岡戸さんはこのままDNA鑑定をすれば寿一の子供でないと分かってしまうがいいのか、俺に協力しないかと言いました」

「協力というのは？」

「岡戸さんはDNA鑑定に使う寿一の試料を康史のものとすり替える、その代わりに俺が受け取る相続財産の半分を岡戸さんに渡すというものです」

ＤＮＡ鑑定をして曜市が寿一の子供でないとなれば、相続する権利を失う。すると、元通り、四人の孫で代襲相続することとなる。克の取り分は二十億の三分の一で六億六千万。それが曜市の登場により、半額の三億三千万に減っていた。

しかし、そこへ曜市が受け取る額の半分…五億を上乗せすれば、本来受け取れるはずだった額よりも多くの遺産が手に入る。

克の企《たくら》みに曜市はどう答えたのか。久嶋に尋ねられた曜市は、力無く首を横に振った。

「突然そんなことを言われて、返事なんて出来ません。それに久嶋さんたちが現れて、岡戸さんは夜にここで会おうと言って庭の奥へ消えて行きました。その後は…ご存じの通りです。俺は岡戸さんと話していたとは言えず、ごまかして部屋へ戻り、夕食の会場へ行きました」

「その後は？」

それが一番重要だと言いたげに、音喜多が声を強めて確認する。曜市は顔を俯かせ、益々強く手を握り締めた。

「…夕食の後、部屋に戻ってから庭へ行こうかどうかずっと迷っていました。俺が鴻巣寿一について知った母の日記には康史のことは全く書かれていませんでした。岡戸さんが言ってることは本当なのか。騙そうとしているんじゃないか。色んな考えが浮かんで…悩んでいる内に、岡戸さんと約束した時間を過ぎていたんです。岡戸さんは待っているかもしれないし、部屋まで来られても困ると思って、庭へ行きました。断ろうと思っていたんです…」

本当です。そう言って、曜市は俯いたまま、動かなくなった。その表情は見えず、丸くなった背中は震えている。久嶋は怯えているような曜市の姿を見つめ、「どうして」と尋ねた。

「庭で岡戸さんを見つけた時、すぐに知らせなかったんですか？」

「…怖くて…」

「助かったかもしれないのに？」

「俺が…見つけた時には…、もう動いてなかったから…」

死んでると思ったんです。告白する声は小さく、涙混じりで震えていた。田之上が「そんな」と呟く。久嶋は静かに息を吐き、最後にひとつ確認したいと口にした。曜市は無言だったが、構わずに話の序盤で向けた問いを繰り返す。

「駒木さんはどうして鴻巣寿一氏の子供だと名乗り出たんですか？　本当の父親が誰なのか知りたか

ったというような動機だとは思えないのですが」

「……」

「お金、ですか」

答えない曜市に対し、久嶋が付け加えた言葉は否定されなかった。曜市は財産が目的ではなかったと言った。けれど、やはり動機は金だったのか。久嶋は曜市から視線を外して立ち上がる。静かな口調で「残念です」と一言告げ、眩しさに満ちた屋外とは対照的なほの暗さが漂う席を後にした。


久嶋は後を追いかけてきた音喜多と共に、校舎の一階まで下りて、田之上を待っていた。しばらくして下りて来た田之上は、強張った表情で久嶋に詫びた。

「久嶋さん…すみませんでした。まさか…こんな…なんていうか…」

「田之上さんが戸惑うのも無理はありません。場所を移して話しませんか?」

大学の敷地を出た三人は半林の運転する車に乗り、芝公園《しばこうえん》にあるホテルへ移動した。そのラウンジに落ち着いた頃には、田之上の表情も幾分か和らいでいた。

「色々…ご迷惑をおかけしてすみませんでした。殺害予告なんて恐ろしいと思って久嶋さんを頼りましたが、本当に誰かが亡くなるような事態になるとは思っていなくて…それに駒木さんのことも…なんて言えばいいのか…」

「大丈夫です。死体には慣れていますので」

「え…あ…はあ…」

「それより、こうなった以上、鴻巣家の遺産は三人で相続することになるんじゃないのか？」

音喜多の指摘に田之上は困った表情を浮かべて頷いた。曜市が訴えを取り下げたことで、元々予定されていた代襲相続となり、亡くなった克を除く三人で遺産を分け合うことになる。

田之上としては歓迎しない事態だろうが、他の二名…健人と祐馬の兄弟にとっては起死回生の知らせとなるに違いない。

「あいつらは大喜びだろうな。こっちで調べたところによると、祐馬はギャンブル癖があってよくない筋に借金があるし、健人は金のかかる女に入れ込んでいるようだ。遺産相続のあれこれが終わったら関わらない方がいいぞ」

「そうなんですか？」

「それと。相続の手続きを行う弁護士を変更した方がいいです。殺害予告を出したのは塩野弁護士だと思われますので」

「えっ」

紅茶を飲みながら何気なく久嶋が付け加えた情報に、田之上は目を丸くする。紅茶と一緒に頼んだココナッツとパイナップルのムースが挟まれたショートケーキを食べながら、久嶋はそう考える理由を付け加えた。

「駒木さんに殺害予告を出す動機が強かったのは鴻巣家の財産を代襲相続する予定だった四人でしたが…最初は田之上さんも含めていました…、全員を観察してみて、脅迫状を送るタイプだとは考えられませんでした。違和感を持ったところへ脅迫状が郵送されていたと聞き、犯人はその時点で駒木さんの連絡先を知っていた人間…塩野弁護士しかいないだろうと推測したものの、岡戸克さんが気になっていたんです。しかし、やはり…塩野弁護士だろうと僕は考えます」

「まさか…塩野先生が…？」

「駒木さんの部屋にあった脅迫状を警察に調べて貰えばはっきりするかと思います。ただ、使い込みなどの疑いもありますので、早い内に顧問契約を解除して調査することをお勧めします」

久嶋が涼しい顔で勧めると、田之上はおろおろと動揺した。音喜多は田之上には荷が重いだろうと判断し、ちょうどいいのを紹介すると伝える。

「金には汚いが、報酬さえ貰えればうまくやる男だ」

先日、死後認知について詳しい話を聞いた八十田弁護士だと聞き、田之上は大きく頷く。あの時、八十田は人捜しをさせられているようだったが、どうなったのかと尋ねる久嶋に、音喜多は肩を竦めた。

「現地へ行くって話してたから、チョンジュ辺りで右往左往してるだろう」

「チョンジュ？」

「韓国《かんこく》の…ですか？」

ああ…と頷き、音喜多は明日が捜索の期限だからそろそろ連絡があるはずだと続ける。自分の名前が出たのを察知したとでもいうのか。タイミングよく鳴り出したスマホを見て、うんざりした表情を浮かべ「八十田だ」と吐き捨てた。スピーカーフォンにした音喜多のスマホが通話状態になると八十田は挨拶も抜きで、「いたぞ！」と叫んだ。

『お前の言う通り、日本にいるのは偽者だった！　本物はチョンジュの施設にいた！　会って話を聞いたところ、土地を売るなんて話は知らないそうだ！』

「だろうな。それより新しい仕事をやるからすぐに戻って来い」

『え…？』

「例の死後認知の件だ。ちょっと難ありの相続だが二十億の案件だ。手数料、欲しいだろう？」

『…！　すぐに戻る！　音喜多、それ、他に回すなよ！　頼んだぞ！』


二十億という金額を聞いた八十田は俄然《がぜん》やる気になったようだった。異国の街で何日もかけて苦労してようやく捜し出したのに、労《ねぎら》いの言葉のひとつもかけられなかったことへの不満は消し飛んだようで、すぐに戻ると言って通話を切る。音喜多はスマホを持ったまま肩を竦め、文字通り飛んで来るだろうから連絡させると田之上に告げた。


「田之上が塩野弁護士に顧問契約の解除を求めてもゴネられるだろうが、あいつならうまくやるはずだ。脅しにならない程度の脅しでな。そういうのが得意な男だから安心して任せていい」

「ありがとうございます…」

「あ、僕からもひとつだけ。健人さん祐馬さん兄弟には音喜多さんのことを八十田弁護士として紹介していますから、事務所の関係者だったとかにしてうまくごまかして下さい」

「分かりました」


補足する久嶋に頷き、田之上は改めて二人に「ありがとうございました」と礼を言って頭を下げた。一段落したものの、田之上の表情がすっきりしていない理由を久嶋は分かっていて、曜市が気になっているのかと尋ねる。

田之上は躊躇いながら「はい」と頷いた。

「駒木さんは本当にお金が目的だったんでしょうか。住んでいたマンションもかなりの物件でしたし、お金には困っていないようでしたが」

「確かに、他の三人と違って、駒木曜市には借金もなく、田之上と同じように一生食っていけるだけの遺産を親から受け継いでる。それでもなお、金が欲しかったのか…」

音喜多の呟きを聞いた久嶋は、鴻巣家での夕食の席で、祐馬が何気なく口にしたからかいは的を射ていたのだろうと指摘した。

「曜市さんの研究内容について聞いた後、祐馬さんが教会でも買うのかってからかったのを覚えていますか？　駒木曜市さんは相手にしていませんでしたが、だとしたら、相続しようとした理由として納得出来ます」

「教会…ですか」

「保全したい対象でもあったのかもしれませんね」

曜市の研究分野はロマネスク美術であり、その研究対象はヨーロッパ各地に点在する宗教施設などに多い。片田舎にぽつんとある古びた教会などに惹《ひ》かれ、研究者である曜市がそれを守りたいと考えてもおかしくない。

「残念です」

曜市に対しても向けた言葉を繰り返し、久嶋はケーキの残りにフォークを刺して口に頬張る。寂しげな横顔を見ながら、音喜多は久嶋の胸中を思った。久嶋は興味のある分野を研究している曜市と、よき友人になれればと考えていたのだろう。そして、もうひとつ。心に引っかかっているであろうことを田之上には言わないつもりなのだと察し、改めて久嶋の優しさに想《おも》いを寄せた。

話を終えてホテルを出ると、音喜多は八十田から連絡を入れさせると約束して田之上と別れた。時刻は昼近くになっており、久嶋に自宅へ戻るかと尋ねる。

「いえ。このまま大学へ送って貰えますか？」

「もちろんだ。教授は明日から休みなんだろう？」

「前にも言いましたが、学生たちが夏期休暇に入っても僕は職員なので休みになるわけじゃありません。通常通り、大学へ通うつもりです」

「だが、休みは取れるだろう？」

「そう…ですけど」

確認する音喜多に頷き、久嶋は半林が開けてくれたドアからベントレーの後部座席へ乗り込む。その隣に座った音喜多は自分が考えた夏休みのプランを披露した。元々、久嶋に相談する為に訪ねようと考えていたところだった。

「海もいいかと思ったんだが、教授は山でハイキングやトレッキングなんかをする方がよさそうだと思うんだ。長野《ながの》辺りの別荘にしばらく滞在するのはどうだ？　温泉付きの。北海道《ほっかいどう》でもいいぞ」

鴻巣家の温泉は久嶋も気に入ったようだった。涼しい空気の中で屋外のアクティビティを楽しみ、温泉に浸かって疲れを癒やす。最高のバケーションプランじゃないかと楽しそうに話す音喜多を見て、久嶋は微笑んで「考えておきます」と返事をした。いつもなら車が走り出すとすぐにデイパックから本を取り出し、読書しながら音喜多の相手をするのに、久嶋は車窓から外を眺めている。沈んだ雰囲気を漂わせている久嶋に、音喜多は彼自身も密かに引っかかっていることについて尋ねた。

「…あいつの…駒木のことが気になっているのか？」

音喜多に問われた久嶋は少しの間沈黙して、伏せていた目線を上げた。フロントガラスの向こうに見える街は夏の強い日差しを浴びて白く光っている。今日も外を歩くのが憚《はばか》られるほどの気温になるに違いない。

「駒木曜市さんが本当のことを話しているのかどうか、僕には見抜けませんでした」

「……」

曜市は克との待ち合わせに遅れて庭に着いた際、動いていない克を見つけ、死んでると思ったと話した。その後、誰にも伝えずに部屋に戻ったらしいが、曜市の証言を裏付けられる証拠はない。

「建物内にも庭にも防犯カメラはなく、岡戸さんが部屋をいつ出て、庭へ向かったのかも分かっていません。ですから、駒木曜市さんが庭を訪れたのが、岡戸さんが足を滑らせて池に落ち、亡くなった後だということを証明出来る術《すべ》はないんです」

そう言って、久嶋はしばし沈黙した。落ち込んでいる雰囲気が感じられ、音喜多は慰めの言葉を探していたのだが、適切なものが見つかる前に久嶋が再び口を開いた。

「僕の考えすぎかもしれませんが…岡戸さんの遺体が見つかったあの朝、ロビーで駒木曜市さんに会った時、彼は浴衣ではなく私服を着ていました。前の晩は浴衣で食事をしていましたし、同じように浴衣だった田之上さんは朝食の時も浴衣でした。ですから、食事をした後にすぐ出るつもりなのかと思ったのですが…、…浴衣を着られない理由があったのだとしたら…」

「……」

浴衣がなんらかの事情で汚れてしまっていたのなら…。

たとえば…池の水で濡れていたのなら。

再び沈黙した久嶋に、音喜多は静かな声で尋ねた。

「どうして教授はあいつを追及しなかったんだ？」

「……。全て推測で確信が持てなかったからです」

それでも。久嶋に追及されれば、曜市は「本当のこと」を話したかもしれない。

頭の中に浮かんだそんな考えを、音喜多は口には出さずに飲み込んだ。犯罪者に対して厳しい態度を取る久嶋を何度も目にしている。拭い切れない疑いを抱いていながら、曜市を問い詰めなかったのは、慧眼《けいがん》を持つ久嶋が戸惑うほど、曜市の話に混じる嘘が微量のものだったからなのだろう。

曜市自身も気づかないような。

気づかないふりが出来るような。

「…音喜多さん」

「ん？」

「どこかへ行くのなら海にしましょう。山も温泉も、しばらくいいです」

「そうだな」

十分だと言う久嶋に頷き、音喜多はプランを立て直すと言い、早速タブレットを取り出す。海と言えば沖縄《おきなわ》だなと呟き、高級リゾートホテルを検索し始める音喜多を見た久嶋は、小さく苦笑して、デイパックから本を取り出した。それを開こうとして、「あ」と声を上げる。

「その前に。ひとつ、行きたいところがあるので付き合って貰えませんか？」

「どこへ？」

「音喜多さんの家の近くだと思います」

目白にあると聞いたかき氷店へ行きたいと久嶋が告げると、音喜多は喜んで付き合うと申し出た。二時間待ちだという恐ろしい事実は伝えず、久嶋は可憐な微笑みを浮かべて膝の上に置いた本を開いた。

あとがき

こんにちは、谷崎泉《たにざきいずみ》でございます。前作の「オーセンティックプルーフ」から二年以上の間が開きまして、もう出ないいんじゃないかと本人も諦めかけていたのですが、読者様と編集担当さん、装画をお引き受け下さいました笠井《かさい》あゆみ先生のおかげで、ようやく四作目の「アディショナルデザイア」をお届けすることが出来ます。ありがとうございます。特に読者の皆様の応援なくして新作をお届けすることは出来なかったと思うので、心より感謝しております。

一話は汐月《しおつき》がお見合いするの巻でして、意外とアクティブな久嶋《くしま》が怪我をするという音《おと》喜多《きた》にとっては悪夢のような事態となってしまいました。それでも安静にさせられないのは音喜多の方で、きっと後から反省しただろうと思っています。久嶋を宿敵としている汐月ですが、根が真面目で律儀なので結局あれこれ手助けしてくれますから、久嶋の方も無意識に慕っているのでしょうね。久嶋には理解出来ない感情なのでしょうが。

そして、オーセンティックプルーフの一話でちらりと出てきた柿沼《かきぬま》教授&只野《ただの》准教授が登場する二話では、久嶋と同居したい音喜多が正面から挑んで玉砕しております。池谷《いけたに》さんの助言で、音喜多は重くてめんどくさいと久嶋は理解したようですが、同時に全く気にしていないはずなので、音喜多にはこれからも頑張って挑んで欲しいです。久嶋の髪をシャンプーするという願いも叶いましたし。願っていればいつか叶いますよね…きっと…。

三話では思いがけないきっかけで、久嶋と温泉旅館（正確には元ですが）に宿泊することになり、二人で温泉に入ったり、浴衣姿に喜んだりしている音喜多が見られます。ビターな感じで事件は幕を引くのですが、音喜多の夏休み計画はどうなったのか。気になるところであります。

自分は音喜多との関係を勉強しているところなのだと、作中で久嶋が説明しているのですが、そういう回りくどいところも、音喜多ならきっと愛してくれると思うので、分かりやすい愛情表現はなくても、一緒にいることをいつまでも楽しんでいられる、そんな関係でいてくれるといいなと願っています。

今回もお世話になりました笠井あゆみ先生に、厚く厚く御礼申し上げます。笠井先生なくしてこのシリーズを続けられることは出来ていないと、強く思っておりまして、今回も馬子にも衣装がすぎるのですが、甘えさせて頂くことをどうかお許し下さい。ありがとうございました。

編集担当さんも毎度ありがとうございます。長々とお付き合い下さり、頭が地面まで下がります。本当に…いつも長いお話ですみません…。

最後に、ここまでお読み下さった皆様に心よりお礼申し上げます。少しでもお楽しみ頂けていたら嬉しいです。またどこかでお会い出来ましたら幸いです。

梅雨の終わりに　　谷崎泉

スクランブルメソッド

谷崎　泉

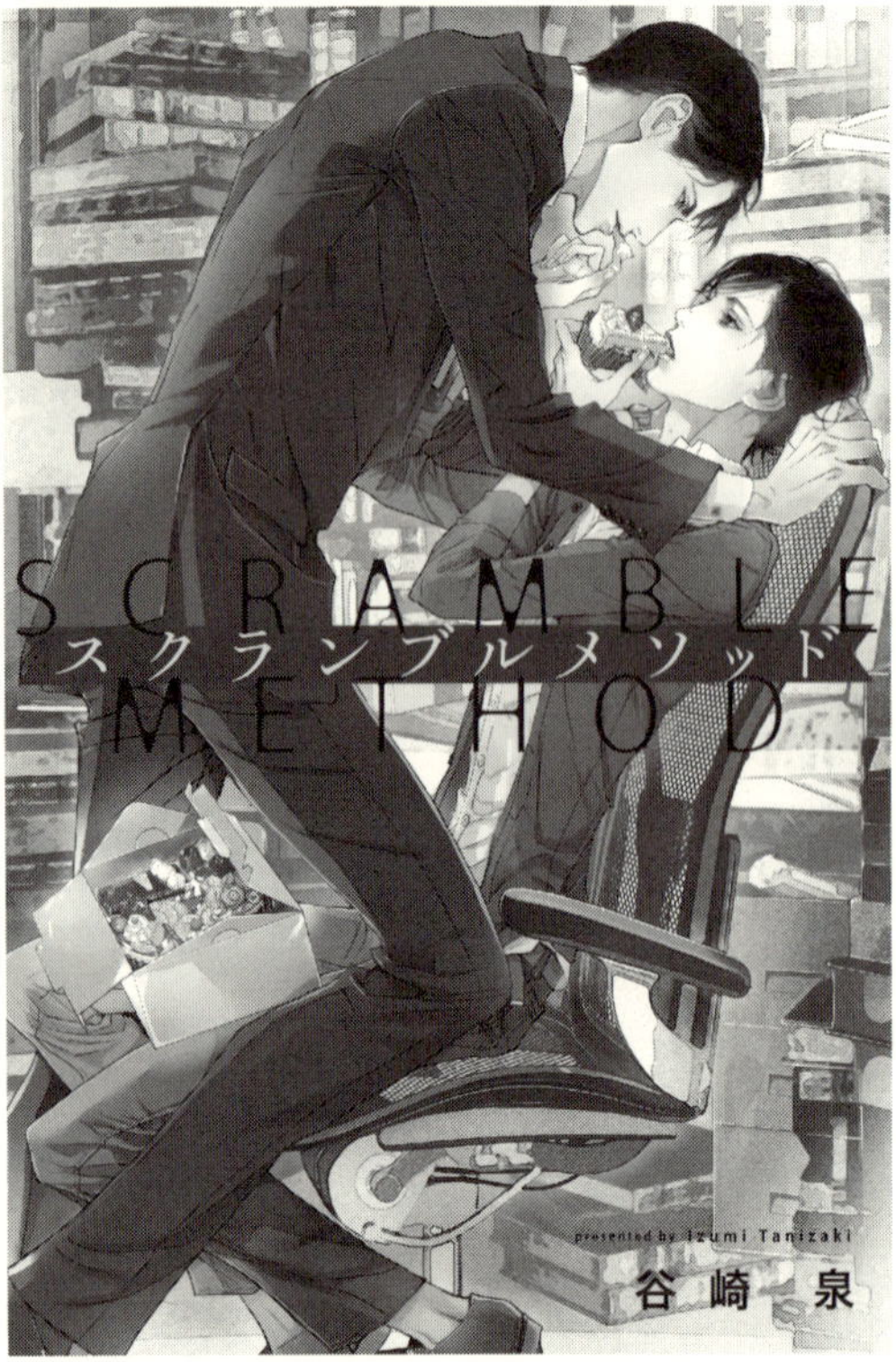

僕はあなたの気持ちは理解できませんが、
セックスしてもいいとは思っています。

容姿、地位、資産……人が羨むすべてを手にしながら、本気の恋を知らない男・音喜多。
そんな彼が落ちた、運命的な恋。その相手は、人の心が分からない天才犯罪心理学者・久嶋だった。
側にいたい一心であらゆる手を尽くし、久嶋と行動を共にしていた音喜多は、彼から身体だけの関係を提案され――。

Illust. 笠井あゆみ

コンプリートセオリー

谷崎　泉

「セックスには常習性があると思うんです」
「それは『俺との』セックスだからな」

若くして莫大な資産を築いた資産家・音喜多は、
美貌の天才犯罪心理学者・久嶋に出会い心惹かれる。
久嶋と離れたくない一心で行動を共にするようになった
音喜多は、天才ゆえ人の心が分からないという久嶋に
「何も聞かない」という条件付きで身体だけの関係を許され、
セックスするようになるが——。

Illust. 笠井あゆみ

初出　　アディショナルデザイア——書き下ろし

アディショナルデザイア

2024年8月31日　第1刷発行

著者……谷崎《たにざき》 泉《いずみ》

発行人……石原正康

発行元……株式会社　幻冬舎コミックス
〒151-0051
東京都渋谷区千駄ヶ谷4-9-7
電話 03-5411-6431（編集）

発売元……株式会社　幻冬舎
〒151-0051
東京都渋谷区千駄ヶ谷4-9-7
電話 03-5411-6222（営業）
振替 00120-8-767643

印刷・製本所……株式会社 光邦

検印廃止

ISBN978-4-344-85457-4　C0093
Printed in Japan

幻冬舎コミックスホームページ
https://www.gentosha-comics.net